中國語言文字研究輯刊

十九編

許學仁 主編

第13冊

論高本漢的中古音研究

宮 辰 著

花木蘭文化事業有限公司

國家圖書館出版品預行編目資料

論高本漢的中古音研究／宮辰 著 -- 初版 -- 新北市：花木蘭
文化事業有限公司，2020〔民 109〕
目 2+188 面；21×29.7 公分
（中國語言文字研究輯刊 十九編；第 13 冊）
ISBN 978-986-518-163-5（精裝）
1. 高本漢（Karlgren, Bernhard, 1889 ～ 1978）2. 漢語 3. 聲韻
4. 研究考訂
802.08   109010429

ISBN-978-986-518-163-5

中國語言文字研究輯刊
十九編　　第十三冊　　　　　　　ISBN：978-986-518-163-5

論高本漢的中古音研究

作　　者　宮辰
主　　編　許學仁
總 編 輯　杜潔祥
副總編輯　楊嘉樂
編　　輯　許郁翎、張雅淋　美術編輯　陳逸婷
出　　版　花木蘭文化事業有限公司
發 行 人　高小娟
聯絡地址　235 新北市中和區中安街七二號十三樓
　　　　　電話：02-2923-1455／傳真：02-2923-1452
網　　址　http://www.huamulan.tw 信箱 hml810518@gmail.com
印　　刷　普羅文化出版廣告事業
初　　版　2020 年 9 月
全書字數　144053 字
定　　價　十九編 14 冊（精裝）　台幣 42,000 元

論高本漢的中古音研究

宮辰　著

作者簡介

宮辰（1975～），男，文學博士。1996 年本科畢業於山東大學，同年考入南京大學中文系漢語史專業，從李開教授攻讀碩士學位。1999 年畢業，獲得碩士學位，留校任教至今。2011 年在職獲得文學博士學位，專業為漢語言文字學。現任教於南京大學海外教育學院，從事漢語國際教育工作。主要研究方向為漢語言文字學、漢語語言研究史、漢語國際教育。著作主要有《二十世紀中國的語言學》（合著）。

提　要

　　瑞典漢學家、語言學家高本漢在《中國音韻學研究》一書中全面、系統地建立了一個漢語中古音的音系，並且為其中每個聲母、韻母一一擬定音值。他的中古音研究在漢語語言研究史上具有開創性意義，在其後的漢語音韻學界影響深遠。本書共分七章。第一章對高本漢的生平與學行進行了總結，同時也對《中國音韻學研究》一書譯介到中國的過程做了考察。第二章從中國漢語研究史演進的角度探討了高本漢《中國音韻學研究》的意義所在，討論了高本漢歷史比較語言學、語音學和方言學的學術背景，指出高本漢是新語法學派的嫡系後學；在漢語方言研究領域，可以說他是中國現代方言學的開拓者。第三章從域外漢語研究史發展的角度討論了《中國音韻學研究》的意義，主要將高本漢與馬伯樂、賀登崧等學者進行了比較。第四章討論了高本漢構擬中古音所使用的三種研究方法：反切系聯法、審音法、歷史比較法。第五章考察了高本漢在研究中古音時所使用的材料，主要包括反切和韻圖、方言和域外漢字音等。第六章從聲母、韻母兩方面討論了高本漢中古音構擬的成績與不足，討論的時候參考了陸志韋、董同龢、李榮、邵榮芬等諸家的看法。第七章對高本漢的《切韻》單一音系說進行了討論，在分析、總結前人研究的基礎上，提出了我們自己的漢語南北雙線發展史觀，並初步設想了研究南、北通語可採用的方法。

目

次

緒　論 ……………………………………………………………… 1

第一章　高本漢的生平與學行 ……………………………………… 7
　第一節　西方漢學研究史略述 …………………………………… 7
　第二節　瑞典的漢學研究史 ……………………………………… 9
　第三節　高本漢的生平 ………………………………………… 11
　第四節　高本漢的著述 ………………………………………… 20
　第五節　《中國音韻學研究》的翻譯過程 ……………………… 22

第二章　《中國音韻學研究》在中國漢語研究史上的
　　　　地位 ……………………………………………………… 27
　第一節　在漢語音韻學研究上的地位 ………………………… 27
　第二節　在漢語方言研究上的地位 …………………………… 34

第三章　《中國音韻學研究》在域外漢語研究史上的
　　　　地位 ……………………………………………………… 53
　第一節　在域外漢語音韻學研究領域的地位 ………………… 53
　第二節　在域外漢語方言研究領域的地位 …………………… 58

第四章　論高本漢構擬中古音所使用的研究方法 ……… 65
　第一節　反切系聯法 …………………………………………… 68
　第二節　審音法 ………………………………………………… 70
　第三節　歷史比較法 …………………………………………… 76

第五章　論高本漢在研究中古音時所使用的材料 ········ 85

　第一節　反切和韻表 ·············· 86

　第二節　方言和域外漢字音 ············ 97

第六章　高本漢的中古音系統述評 ········· 105

　第一節　高本漢所構擬的中古音聲母 ······ 105

　第二節　高本漢所構擬的中古音韻母 ······ 116

第七章　論高本漢的《切韻》單一音系說 ······· 129

　第一節　學術界關於《切韻》音系的爭論 ······ 129

　第二節　《切韻》是綜合音系的證據 ······· 132

　第三節　雙線型漢語語音發展史觀 ······· 140

結論與展望 ·················· 147

附錄Ａ：現代漢語單字音節表（一） ········ 149

附錄Ｂ：現代漢語單字音節表（二） ········ 153

附錄Ｃ：《王仁昫刊謬補缺切韻》單字小韻 ······ 155

附錄Ｄ：陸法言所據五家韻書分合表 ······· 169

參考文獻 ·················· 177

致　謝 ··················· 185

緒　論

在漢語音韻學研究史上曾經受到過幾次外來的影響[註1]：

受到印度梵語研究傳統的影響，產生了三十（三十六）字母和切韻（等韻）之學。

受到歐洲羅馬字母拼音方式的影響，產生了《西儒耳目資》這樣的拼寫漢語的書籍，影響到明清的音韻學家。

受到滿文拼音方式的影響，產生了《音韻闡微》、《音韻逢源》這樣的著作。

受到近現代語音學和歷史比較語言學的影響，利用音標手段和歷史比較的方法來研究漢語語音的歷史。

高本漢就是這最後一次外來影響中最著者。高氏 20 歲時始接觸漢語，學習不到一年即已開始在中國調查方言，此後轉赴法國研習漢學，26 歲博士畢業，論文即為著名的《中國音韻學研究》第一、二卷。他 30 歲時已經完成了漢語中古音的全面構擬，奠定了在漢學界、漢語研究界的學術地位。人們常說，時勢造英雄。像高本漢這樣天才的語言學家實則是當時學術發展的「時勢」所造就出來的。他在烏普薩拉大學的導師是一流的語音學家，給了高本漢最好的語音學訓練；瑞典的方言調查當時在歐洲是最好的，高本漢也是這些方言調查活動的參加者；當時歐洲的歷史比較語言學發展到了頂峰時期，

〔註 1〕羅常培《漢語音韻學的外來影響》。

高本漢受到了新語法學派很深的影響；高本漢去法國學習漢學時，法國是歐洲漢學的中心，伯希和、馬伯樂等人實是西方漢學的最高峰。高本漢的出現實際上是學術史發展上的某種必然，當然我們也不能否定高本漢自身的努力——他是一個極為勤勉的學者。

高本漢採用了歷史比較語言學的觀念和方法，利用了中國傳統音韻學研究的成果——反切和韻圖，利用了其前漢學家對漢語方言的記錄，親自調查了 20 多種漢語方言（包括域外漢字音），建構了中古音的音類系統，並在此基礎上全面構擬了中古音的音值。在他之前，中國傳統語言學研究已經達到了一個高峰。清儒對古音，尤其是上古音，已經有了比較深入的研究。但苦於沒有科學的記音工具和現代語言學方法，想再有所突破已是非常困難。西方漢學家對漢語語音史已經開始了初步的探討，已經有學者利用歷史比較的方法來構擬中古音。但苦於對中國傳統音韻學研究成果瞭解不夠深入，在材料的利用上漏洞百出，研究的結論也缺乏可靠性與系統性。高本漢的研究則在其力所能及的範圍內做到將中國舊有音韻學成就和西方近現代語言學方法更好地結合起來，將文獻的考證與歷史的比較更好地結合起來，從而取得了輝煌的成就。高本漢對中國古代學術成果的掌握與利用，與他所受的漢學訓練不無關係。法國漢學界在沙畹、伯希和之前雖然做中國研究，但是往往對中國學者的研究成果不甚重視，甚至出現了不懂漢語也能研究漢學的情況。這種狀況到了沙畹時開始有所轉變，伯希和則對中國傳統學術有深厚造詣，連王國維都肯定他優於中學。〔註2〕受沙畹、伯希和等人的影響，高本漢對中國舊學的研究成果注意吸收，傅斯年在《中國音韻學研究》中譯本《序》中說：「高本漢先生之成此大業固有其自得之方法，然其探討接受吾國音韻學家之結論，實其成功主因之一，此可以本書及其後來所刊各文為證者也。」

高本漢的研究開創了中國音韻學研究的一個新時代，從 20 世紀 20 年代末到 1949 年新中國成立之前，這一階段的中國音韻學，可以稱之為「高本漢時代」。〔註3〕其時，中國音韻學界或翻譯高本漢的著作，吸收、消化他的學術思想；或批評他的某些見解，重新予以審定；或參考他的研究方法，利用

〔註2〕桑兵《國學與漢學——近代中外學界交往錄》第 119 頁。

〔註3〕何九盈《中國現代語言學史》第 234 頁。

新的材料，另創一套體系。總之，從高本漢的研究成果出來以後，就成為了中國音韻學研究中一座無法繞過去的山峰。實際上，高本漢研究的影響在 1949 年以後還持續了很長一段時間，李榮《切韻音系》、邵榮芬《切韻研究》等著作雖然從材料上全面超越了高本漢，但仍處處注意與高本漢研究結論的比較，整體框架與研究方法仍不出高氏範圍。1970 年代以後，張琨提出《切韻》既包含了由《詩經》發展而來的北方漢語系統，也包含了《詩經》以外的南方漢語系統，是一個異質的系統，應該運用異質語言學的研究方法來研究《切韻》。張琨的看法在學術界的影響日益擴大，越來越多的學者接受了他的漢語南、北雙線發展的觀念。不過時至今日，高本漢在中國音韻學界還是有著很大的影響，還有不少學者贊同他的整個體系和研究方法。

　　雖然高本漢在中國音韻學研究領域有著巨大的影響，但是學術界對他的研究卻不是很多。1949 年以前，主要是將他的作品譯介到中國。新中國成立以後，由於種種原因，國內外學術界來往很少，國內很長一段時間對海外的研究成績知之甚少。80 年代以後，中外學界恢復交流，語言學界也和國外有了來往。1982 年《國外語言學》第 1 期上刊登了高本漢的學生易家樂寫的《高本漢的生平和成就》（林書武摘譯），中國學界對高本漢的全部成就才算有所瞭解。此後，史學界多從漢學史的角度對高本漢的學術成就予以介紹，如何寅、許光華的《國外漢學史》中設有專章介紹高本漢，而張靜河的《瑞典漢學史》和羅多弼的《翻開瑞典的漢學研究史》都用了很大的篇幅來介紹高本漢的學術成就，這是因為瑞典乃至整個北歐的漢學研究都是從高本漢開始才實際建立起來的。具體到音韻學研究領域，一些對 20 世紀音韻學研究成績進行總結的專著或文章，都有對高本漢成就及其地位的中肯的評價。以專文形式對《中國音韻學研究》進行整體評價的主要有李開先生的《高本漢和他的漢學名著〈中國音韻學研究〉》、曹強的《高本漢〈中國音韻學研究〉研究綜述》等。從方言材料方面討論高本漢方言調查準確性的有張文軒的《高本漢所記蘭州聲韻系統檢討》、羅偉豪的《析高本漢〈中國音韻學研究〉中的廣州音》等。其他如討論高本漢中古音研究方法和《切韻》音系的性質，討論其中古音系統裏具體音類、音值，這樣的單篇論文很多，在這裡不一一贅述。然而全面總結高本漢音韻學研究成績，並從漢語語言研究史的角度去評其得失，這樣的專書迄今未見。李維琦先生的《〈中國音韻學研究〉述評》對高本

漢的中古擬音逐聲、逐韻攝進行了探討，注意吸收陸志韋、趙元任、李榮、邵榮芬等中國學者對高本漢的批評，補充了方言語音資料，特別是補充了梵漢對音的資料，最後整理出來一個依據高氏而又參考各家的中古音系統。這本《述評》以高著為主體，將《中國音韻學研究》的系統框架進行了整理簡化，又部分整理了20世紀中古音研究的成果以補充、修正高本漢的研究，實為閱讀高著的津梁，又是後學理解、掌握中古音研究的重要參考資料。可惜《述評》印數太少（只有500本），不為學界所知。

關於高本漢的中古音構擬方面，學界爭論主要集中在以下幾個方面。

1. 〔j〕化的問題。高本漢根據《切韻》反切上字一二四等和三等的不同把中古聲母分成單純音和〔j〕化音兩套，他的這個分法主要承自其前的漢學家商克（Simon Hartwich Schaank），當然和他所使用的語音分析方法是音素分析法而非後來的音位分析法也有很大關係。另外還和他的母語有關，因為在瑞典語裏輔音就有普通和〔j〕化的區別。〔註4〕陸志韋在《三四等與所謂「喻化」》、《古音說略》裏對這一說法進行了批評，認為在對音材料和方言材料中都找不到〔j〕化的證據，而且這一說法掩蓋了三四等對立的實質——主元音的不同，〔j〕化說不可取。趙元任在 *Distinctions within Ancient Chinese* 提出出現反切上字分組的情況主要是由於上下字配合的時候有介音和諧的傾向。此後，李榮、邵榮芬陸續對〔j〕化說進行了批評〔註5〕，可以說現在除極少數學者外〔註6〕，一般都不再接受這個說法了。

2. 全濁聲母送氣的問題。並、定、澄、群、從、崇、船7母高本漢都構擬為送氣音，主要根據是他認為從音理上濁音不送氣對現代方言的清送氣音不好解釋，並且吳方言的濁音是弱送氣音，是古代送氣音的遺跡。陸志韋、李榮、邵榮芬等批評了這一說法，指出吳方言濁聲母后的送氣成分實際上是後起的，是在聲調分化為陰、陽之後，受陽調的影響而產生的，它不但不能作為濁聲母原來送氣的證明，反過來倒可以作為《切韻》濁聲母原來不送氣的證明了。陸志韋等人還用梵漢對音、少數民族語言借音、方言語音等材料對濁聲母不送氣進行了證明，現在學界大多接受這個說法。其實中古濁音聲

〔註4〕有 d：dj，g：gj，h：hj，l：lj 這樣一套對立。

〔註5〕參看邵榮芬《切韻研究》第90～93頁。

〔註6〕羅傑瑞還持〔j〕化的看法，見氏所著《早期漢語的咽化與齶化來源》。

母從音位角度來說，送氣或者不送氣並不影響它的音位性質；但是從音理說明和古今音演變角度來看，當時可能有送氣和不送氣的地域差異。〔註7〕

3. 介音的問題。高本漢構擬了 4 個介音，其中用於合口韻的介音有〔u〕（元音性，用於開合分韻的合口字）和〔w〕（輔音性，用於開合同韻的合口字）兩個。對此，中國音韻學家普遍地表示了反對，陸志韋的意見是只保留一個〔w〕，李榮和邵榮芬的看法都是保留一個合口介音，寫作〔u〕。高本漢認為三四等字都有前齶介音，三等字是個弱的〔ǐ〕，四等字是個強的〔i〕，他有這個看法的理由主要是多數方音有前齶介音。他早期認為二等韻也有〔i〕介音，是一個寄生的〔i〕，擬作〔ⁱ〕（如 kⁱa）。當時他只是覺得這個介音音質較弱，但具體是什麼音值也還不能確定。1922 年他接受了馬伯樂等學者的意見，取消了二等韻的介音。到了 1954 年寫《中上古漢語音韻綱要》（第 45 頁）的時候再次提出二等韻還是有微弱的寄生元音（音渡 glide）。陸志韋和王靜如都認為中古純四等沒有前齶介音，而後代這個介音的產生是由於四等主元音的分裂，李榮認為《切韻》音系裏四等沒有前齶介音，只有三等有，可以寫作〔i〕。三四等前齶介音的問題是和對主元音的構擬、對重紐的看法等等問題直接相關的，現在學界的構擬大多接受李榮的看法，即認為只有三等有介音〔i〕。至於二等韻的介音，近些年來學界又開始重新討論這個問題，但是思路和構擬已經與高本漢很不相同。李方桂、丁邦新等學者認為中古二等韻來源於上古含〔r〕介音（或複輔音）的音節，但在中古以前已經消失了；蒲立本則認為二等韻直到中古後期還有〔r〕介音。還有其他一些學者將二等韻的介音擬為〔ɣ〕、〔ɯ〕或〔rɯ〕。〔註8〕

4. 元音系統的問題。高本漢是最早全面構擬漢語中古音系的學者，構擬得也較為成功，後來的學者多是在他的基礎上進行一些修訂，使中古音系統趨於完善。高氏為《切韻》構擬了 15 個元音，顯得比較複雜，而且有些地方，如用元音的長短來區別一二等重韻的現象，則未必符合漢語的實際，出現這種情況的一個原因就是高氏分析語音一直採用的是音素分析法。後來的學者構擬的元

〔註7〕參看魯國堯《客、贛、通泰方言源於南朝通語說》，徐通鏘《歷史語言學》第 404
　　　～410 頁。

〔註8〕黃笑山《中古二等韻介音和〈切韻〉元音數量》。

音出現了數量減少的趨勢，邵榮芬用了 13 個主元音，王力用了 10 個〔註9〕，到了薛鳳生則只用了 7 個〔註10〕，這是音位學在古音構擬上逐步深入的結果。但是高本漢一直對音位分析法都持一種保守態度，他在《中上古漢語音韻綱要》（第 232 頁）不無調侃地說：「現代語言學家有這樣一種傾向，他們盲目地重彈這一老調，以求在這種智力遊戲中省些力氣——用盡可能少而簡單的字母來寫下一門特定的語言，如果能用美國打字機上的那一套字母來寫，那就再好不過了。語言學的這一現代趨向過分簡化了所研究的語言的真正特性，從而歪曲了它。」

由於李維琦的《〈中國音韻學研究〉述評》已經對高本漢整個中古音的音類和音值有了比較系統的評述，因此本書不擬對具體語音擬測的問題過多論述。我們打算從 20 世紀漢語音韻學和方言學發展歷程入手，對高本漢的中古音研究在漢語研究史上的地位進行評價。研究主要涉及高本漢中古音的研究方法、研究材料，他的中古音研究在漢語語言研究史（國內的和域外的）上的地位，對高本漢《切韻》單一音系論的探討等幾個方面。在考察高本漢的中古音研究之前，先對高氏的生平、學行進行了比較詳細的敘述，這主要是為了介紹他的學術背景，以利於說明他何以取得如此輝煌的學術成就。

高本漢涉及到漢語中古音研究的著作主要有《中國音韻學研究》、《中古漢語構擬》（The Reconstruction of Ancient Chinese）〔註11〕、《中上古漢語音韻綱要》、《漢文典》等。他關於中古音的體系從《中國音韻學研究》開始就基本未變，僅有幾處小小的改動。我們在評論高氏的中古音研究成績時以《中國音韻學研究》為主，有時也涉及到其他幾本著作。

〔註9〕王力《漢語音韻》，中華書局，1963 年。

〔註10〕薛鳳生《試論〈切韻〉音系的元音音位與重紐、重韻等現象》。

〔註11〕也即林語堂翻譯的《答馬斯貝羅論切韻之音》。

第一章　高本漢的生平與學行

　　高本漢在漢語和漢學的研究中取得了很大的成就，特別是他成功地將產生於歐洲的歷史比較語言學研究方法移植到了漢語上，構建了一個完整的中古音系，並為之擬定了音值。我們在本章將簡要地介紹一下高本漢的生平，特別是他的學術生涯，以期對他研究中古音的學術背景有全面的把握。

第一節　西方漢學研究史略述

　　1793 年在中外交往史上無疑是有著特殊意義的一年。這一年的 9 月，由馬戛爾尼率領的英國使團訪問中國，受到了乾隆皇帝的接見。雙方就覲見時究竟應該單膝跪還是雙膝下跪發生了有名的「禮儀之爭」。英國方面提出的開放通商口岸、允許英商出入廣東等一系列請求都遭到了乾隆帝的拒絕，英國使團可謂無功而返。然而正是這次「失敗」的中國之行，讓以馬戛爾尼為代表的英國人對中國國情──包括中國沿海的軍事力量──有了真正的瞭解。馬戛爾尼寫道：「中華帝國只是一艘破舊不堪的舊船，只是幸運地有了幾位謹慎的船長才使它在近 150 年期間沒有沉沒。它那巨大的軀殼使周圍的鄰國見了害怕。假如來了個無能之輩掌舵，那船上的紀律與安全就都完了。」〔註1〕

　　我們更該關注的是這次英國使團訪問時的背景情況：一方面是英國工業

〔註1〕〔法〕佩雷菲特《停滯的帝國──兩個世界的撞擊》，王國卿等譯，第 532 頁。

革命的成功帶來的嚴重產能過剩與商品膨脹，以及美國獨立和印度市場的趨於飽和；另一方面是中國自給自足經濟體制下對外的市場封閉，以及整個社會瀰漫的老大帝國和對於外部世界變化毫不關注的風氣。雖然馬戛爾尼本人並不主張用武力入侵中國，因為那樣會影響到英國的商貿收入，但是他的訪問和一些實地的調查讓歐洲人對中國這個「世界上最古老、最遼闊和人口最多的帝國」〔註2〕有了真正的瞭解。這瞭解的結果就是：半個世紀之後鴉片戰爭爆發，中國被迫開啟國門，淪為一個半殖民地社會。

近代西方漢學研究也就是在上述背景之下展開的。早期的西方漢學研究者多由傳教士兼職擔任，限於對中國的瞭解以及一些專業知識的缺乏，這些傳教士所描寫介紹的中國往往有失片面，其中還有不少虛幻成分或是奇談怪說。在18世紀的啟蒙學者（如孟德斯鳩、伏爾泰）那裡，中國成為了理想的政治制度、美好的道德倫理的代名詞。例如法國的古典經濟學家魁奈就曾說過：「中國的法律完全建立在倫理原則的基礎上……在那個帝國的統治中，一切都像它賴以建立的普遍和基本的法則之不可改變一樣，是永遠穩定和永遠開明的。」〔註3〕然而隨著中國國門的打開，在所有希望瞭解和研究中國的西方人面前，一下子出現了可以滿足他們興趣的前所未有的寬廣空間。西方人開始越來越多地進入中國、瞭解中國，西方研究中國的學者也終於可以接觸到直接的第一手材料，而不需要經過轉述轉譯（有時甚至是經過多個語言的轉譯）。同時，由於科學技術的突飛猛進，科技的發展為科學研究提供了新的思維方式，在自然科學中重視觀察和實驗，重視實地考察的風氣也傳入了社會科學、語言學、歷史學、人類學等學科之中。漢學研究也越來越重視綜合運用自然科學和人文科學的研究方法，學科日趨專門化、專業化。到了19世紀末，漢學作為一個專門學科可以說已經確立起來了，並且得到了國際社會的公認。

從明朝開始，在中國的歐洲傳教士常常停留較長時間，他們為了傳教目的需要刻苦地學習漢語，而且這時的傳教士整體文化素質也較此前有很大的提高，因此出現了一些傳教士編寫的漢語書籍。這些書籍中最為有名的是利瑪竇的《西字奇蹟》和金尼閣的《西儒耳目資》。這兩本書從性質上來說都屬

〔註2〕〔法〕佩雷菲特《停滯的帝國——兩個世界的撞擊》，王國卿等譯，第14頁。

〔註3〕何寅、許光華《國外漢學史》第112頁。

於用羅馬字母給漢字注音的漢語學習教材，其中《西儒耳目資》更是因為完整系統地記錄了明末官話音系，是自《中原音韻》至現代普通話之間一段時期的重要的語音資料，它對於我們探求近代漢語共同語語音的發展演變，具有不可忽視的、極高的參考價值。〔註4〕1728年，法國傳教士馬若瑟編寫了《中國語言志略》，對漢語的各個方面（特別是語法和漢字）做了很詳細的介紹說明。〔註5〕傳教士還編寫了相當數量的漢語詞典，其中不僅有官話詞典，更重要的是還有一些方言詞典或方言語法書，例如艾約瑟（Joseph Edkins）編寫的《中國上海土話文法》（A Grammar of Colloquial Chinese as Exhibited in the Shanghai Dialect），杜嘉德（Cartairs Douglas）編寫的《廈英大辭典》〔註6〕等。19世紀末、20世紀初，也有一些學者對漢語的歷史語音很感興趣，寫出了一些比較重要的研究著作，例如商克（S. H. Schaank）的《古代漢語發聲學》（Ancient Chinese Phonetics）和馬伯樂（Henri Maspero）《安南語言歷史語音學研究》（Études sur la phonétique historique de la langue annamite），其中後者雖然研究的是中國境外的語言，但其中也構擬了漢語的古音作為研究的起點。

第二節　瑞典的漢學研究史

瑞典的漢學研究有三百年多年的歷史，早期的著作主要是傳教士和商人在中國沿海地區傳教、經商以後所寫的報告。第一個前來中國訪問並且發表了觀感的人，可以確定為尼爾斯・瑪森・雪平（Nils Matsson Kiöping），他於1654年陪同一位荷蘭商人兼外交官遠航中國海岸。他的旅行報告於1667年出版，將中國描繪成一個居住了聰明和快樂人民的國家。〔註7〕瑞典的知識分子最初為中國文化所吸引並受到影響的渠道主要有兩條：一是歐洲其他國家的傳教士來中國傳教，帶回大量關於中國政治、文化、經濟和社會生活等方面的參考資料，這些資料又輾轉傳入瑞典知識分子手中。另一條渠道是瑞典東印度公司的商業活動。該公司的商船從中國運回了大量的工藝品與生活用品，

〔註4〕曾曉渝《試論〈西儒耳目資〉的語音基礎及明代官話的標準音》。

〔註5〕何寅、許光華《國外漢學史》第99頁。

〔註6〕同上，第202頁。

〔註7〕〔瑞典〕羅多弼《翻開瑞典的漢學研究史》。

如瓷器、茶葉、漆器和絲綢等，這些東西逐漸進入瑞典家庭。同時，瑞典商船還攜帶了一批科學家前來中國進行科學考察，他們的成果後來陸續發表，對傳播中國文化起了積極的作用。〔註8〕瑞典作為漢學研究方面最早的著作應該算是洛克納斯（Jonas Locnæus）所寫的《中國的長城》，這是他 1694 年在烏普薩拉大學（Upsala University）提交的博士論文。〔註9〕三年之後，另一位學者羅蘭‧艾力（Erik Roland）在同一所學校也發表了他的博士論文《大中華帝國》。〔註10〕這些早期的著作大多用拉丁文寫成，作者都沒有到過中國，也不懂中文，他們的著作一般是在早期西歐傳教士著作基礎上翻譯或者改寫的。1847 年，瑞典傳教士韓山文（Theodor Hamberg）到香港、廣東來傳教。他學習了中文，對中國文化和社會頗為瞭解。1852 年到 1854 年，他和洪秀全的堂弟洪仁玕有過一些來往，韓山文向洪仁玕傳教，洪則向韓介紹太平天國的進展情況。依據洪仁玕介紹的信息，韓山文撰寫了《中國的起義領袖洪秀全和廣西起義的緣由》（The Chinese Rebel Chief Hung-siu-Tshuen and the Origin of the Kwangsi Insurrection）。〔註11〕該書 1955 年出版於倫敦，是研究太平天國運動重要的外文資料之一。

　　瑞典真正運用現代科學方法研究漢學，是從斯文‧赫定（Sven Hedin，1865～1952）開始的。斯文‧赫定畢業於烏普薩拉大學地質系，後又跟從德國著名地理學教授李希霍芬（Richthofen， Ferdinand von，1833～1905）〔註12〕學習，獲得地理學博士學位。他一生中最大的功績就是在 1893～1935 年之間對中亞地區進行了三次大遠征，其中前兩次尤為意義重大。第一次遠征他穿過新疆腹地，到達了羅布泊，找到了一批重要的佛教文物。第二次遠征他考察、

〔註8〕張靜河《瑞典漢學史》第 2 頁。

〔註9〕同上，第 9 頁。

〔註10〕〔瑞典〕羅多弼《翻開瑞典的漢學研究史》。

〔註11〕〔瑞典〕羅多弼《翻開瑞典的漢學研究史》，又何寅、許光華《國外漢學史》第 241 頁。

〔註12〕德國地理學家，地質學家，曾任柏林國際地理學會會長、柏林大學校長。他 1868～1872 年在中國考察過地質和地理，後著有五卷本《中國——親身旅行的成果和以之為根據的研究》，為中國地質、地理的研究做了奠基性、開創性的貢獻。他也是近代中國和西方國家科學交流的先驅，對近代中國地質學、地理學的產生和發展具有重大影響。

測繪了塔里木河流域，發現了樓蘭古城，當時在國際漢學界、考古學界引起了轟動。另一位對中國地質勘探和考古有重大貢獻的瑞典人是安特生（Johan Gunnar Andersson，1874～1960）。他也是烏普薩拉大學地質系的畢業生，並獲得了該校的博士學位。他 1914 年應中國政府（北洋政府）之邀，來華擔任農商部礦政顧問。他被中國政府派去調查北方煤鐵分布與儲藏的情況，還參與培養中國地質勘探和地理學研究人員的工作，後來他轉向研究、收集古生物化石和考古工作。他在中國最大的考古發現為：在北京周口店的山洞裏發現了公元前 5000 到 3000 年的新石器時代文化遺跡和距今 60 多萬年的北京猿人化石；在河南澠池縣仰韶村附近發現了史前文化遺跡，出土了數百件新石器時代的石製工具和彩陶碎片。可以說，安特生是中國現代考古學和史前史學的先驅者和奠基人。

瑞典的整個上層社會和知識界具有較高的文化修養，對人文學科的研究有悠久的傳統。特別應該指出的是，瑞典的皇室對中國一直十分關注。1739 年成立的瑞典皇家科學院第一任主席卡爾·林奈是一位植物學家，他對中國充滿了興趣。雖然他自己未能來到中國，但是他的不少學生和友人搭乘瑞典東印度公司的商船來中國進行過考察。〔註13〕瑞典皇室對中國的這種興趣持續了很多年，到了 20 世紀，王子古斯塔夫·阿爾道夫（後來的瑞典國王古斯塔夫六世，King Gustaf VI Adolf）曾親自來過中國，訪問過故宮，拜訪過羅振玉。王子長期擔任瑞典中國委員會主席，並組織成立了瑞典遠東博物館。〔註 14〕這是當今最大的博物館之一，尤其以中國古代青銅器、陶瓷等藏品的豐富聞名世界，高本漢從 1939 年起長期擔任該博物館館長。

第三節　高本漢的生平

下面我們來看看高本漢個人成長的歷史，關於高本漢的傳記資料，現在有其學生馬悅然所寫的《我的老師高本漢：一位學者的肖像》（李之義譯），內容豐富、詳細。我們主要關注的是高本漢為什麼對漢學特別是其中的分支——語言學特別感興趣以及他在音韻學方面取得巨大成績的原因。

〔註13〕何寅、許光華《國外漢學史》第 240 頁。

〔註14〕William Cohn, China and Sweden. 又張靜河《瑞典漢學史》第 28 頁。

（一）家世出身

高本漢 1889 年 10 月 5 日出生於瑞典南部的延雪平（Jönköping），本名 Bernhard Karlgren，其中 Karlgren 是姓。在高本漢的時代，瑞典人的姓還非常傳統，一般使用從父名得姓的方式。例如高本漢的祖父名叫 Lars Magnusson，姓 Magnusson 來自高本漢的曾祖父 Magnus Larsson；而高本漢的祖母名叫 Anna Jakobsdotter，姓 Jakobsdotter 來自高本漢的外曾祖父 Jakob Olofsson。從高本漢的父親那輩開始，情況有了些改變。他的父親名叫 Johannes Karlgren，得到這個姓的原因是高本漢的祖父 Lars Magnusson 一直租種卡爾村（Karleby）的土地並在這裡定居，便用地名給 Johhannes 取了姓，其中的 gren 是分支、支系的意思（相當於英語裏的 branch）。從此 Karlgren 這個姓就作為高本漢家族的姓氏固定了下來，不像以往那樣沒有一個家族固定的姓氏（這是瑞典平民的一般情況）。這種姓氏的穩定、下傳在 19 世紀的瑞典是一種常見的現象，其背景當然是資本主義社會日益發展，平民的社會地位逐漸提高。

高本漢的父親約翰納斯（Johannes Karlgren）是一位有語言天賦的學者，精通德語、法語、拉丁語和希臘語，他一直有攻讀博士學位的計劃，可惜後來迫於生活壓力半途而廢。約翰納斯大學畢業後在延雪平中學擔任拉丁語、希臘語和現代國語（瑞典語）助教，同時擔任學校圖書館館員，高本漢後來也畢業於這所中學。高本漢的大哥安東（Anton）也對學習和研究語言充滿了興趣，他在烏普薩拉大學研究北歐語言和斯拉夫語言，有攻讀博士學位的計劃，後來也由於經濟原因放棄了。父親、兄長對博士學位的中途放棄可以很好地解釋高本漢為什麼在求學期間一直以近乎瘋狂的熱情從事研究工作，對於父兄來說，沒有完成博士論文是他們終生的悲劇。〔註15〕

高本漢終生關注語言研究應該主要受到家庭氛圍的影響，有必要提一下他的母親艾拉（Ella）也精通多門外語，從事過英文、法文的翻譯工作。高本漢在延雪平中學求學期間也系統學習了拉丁語、希臘語、法語和英語等多種語言，我們看看他在高中時期的老師是何許人物就可以知道高本漢的學術背景以及當時高中教育的水平了。高本漢的國語教師卡爾‧列畢（Carl Rebbe）曾經出版

〔註15〕馬悅然《我的老師高本漢——一個學者的肖像》第 30 頁。以下引用此書，簡稱《高本漢》。

過《瑞典語言學》，並負責籌辦過 1924 年第一次瑞典西部語言學家會議。高本漢的歷史和地理教師阿克塞爾・沃克布魯姆（Axel Åkerblom）是歷史學博士，發表過瑞典歷史語音學著作以及古代冰島詩歌方面的譯著。另外還有父親約翰納斯是高本漢的拉丁語和希臘語教師。高本漢在高中時不僅對學外語感興趣，對母語研究也十分關注，擔任過延雪平中學「母語之友」協會的主席。前任主席是高本漢的大哥安東，高本漢能掌握倫德爾〔註16〕（Johan August Lundell，1851～1940）教授的方言字母系統〔註17〕曾得到安東很大的幫助。高本漢高中一年級（1904 年）就開始在離延雪平不遠的塔貝（Taberg）周圍地區考察方言。二年級夏天（1905 年 8 月）他寫信給倫德爾教授，並給後者寄去了一份「瑞典方言調查的典型詞語」。他的方言調查報告《特維達和莫縣的民間故事》1908 年發表在《瑞典方言和瑞典人民生活》上，這部作品用倫德爾的方言字母系統記錄了 45 個在調查地區流行的民間故事。〔註18〕

由於熟知多種語言，高本漢有極強的聽音辨音能力，當然這種辨音能力也和他上大學以後受到的系統的語音學訓練有關。還值得注意的是，他終生對音樂都有著濃厚的興趣。他自己會演奏多種樂器，其中有鋼琴、小提琴和笛子。後來在大學教書的時候，高本漢還參與組建了大學合唱團並擔任該團的第二男高音。〔註19〕對音樂的愛好和語言的學習、研究是相輔相成的，很高的音樂水平無疑提高了他的辨音能力，特別是後來對他從事中國方言——把聲音的高低變化當作靈魂的語言——研究是有著很大幫助的。可與高本漢進行比較的是當時正在成長起來的中國語言學家趙元任（1892～1982），趙元任在很小的時候就學會了中國的好幾個方言，後來學習了多種外語，終生對音樂充滿興趣，是位有名的作曲家。

〔註16〕也有譯作「蘭道」的，見萬毅《高本漢早期學術行歷與〈中國音韻學研究〉的撰作》。

〔註17〕Landsmålsalfabetet（Dialect Alphabet），1878 年由倫德爾發明，用嚴式音標記錄瑞典方言，包含有 118 個字母。高本漢《中國音韻學研究》的音標部分本來用這種字母系統書寫，中譯本改成更為通行的國際音標系統。

〔註18〕《高本漢》第 45 頁。

〔註19〕同上，第 125、178 頁。

（二）得遇名師

1907 年秋，高本漢進入烏普薩拉大學學習，師從著名的斯拉夫語言學教授倫德爾。倫德爾精通多種斯拉夫語言，同時還是瑞典方言調查研究方面的專家。他還在很年輕的時候（26 歲）就發明了用於記錄瑞典各種方言語音的字母系統，並在後來不斷修訂完善。倫德爾 1878 年創辦了《瑞典方言和瑞典人民生活》（Svenska landsmål och svenskt folkliv）雜誌並擔任主編直至 1940 年去世。另外，倫德爾還是語音教師協會的創始人之一，語音教師協會也就是後來的國際語音協會（IPA， The International Phonetic Association）。倫德爾在斯拉夫語言學、語音學和方言學方面無疑給了高本漢很好的指導，後來高本漢在談到調查中國方言的時候曾經說：「在大體上我就憑我自己的耳朵，我的耳朵曾經在優越的斯坎第那維亞語言學家 Lundell 指導之下研究過瑞典的方言，那麼一個受過訓練的耳朵的確可以算是一個很有用的儀器。」〔註 20〕高本漢在進入大學之後不久就決定學習漢語，從事漢學研究，這或許也和倫德爾有關。他對高本漢即將從事的研究鼓勵有加，曾經當著很多學生（其中包括高本漢的大哥）說高本漢「將來可能比較容易當這方面（日語和漢語）的教授」〔註 21〕，這對高本漢來說無疑是極大的鼓舞。高本漢打算學習漢語可能還有外在的社會因素，斯文‧赫定這位校友的幾次遠征在國際社會上引起了轟動，無疑會激起更多瑞典人關注中國。1907 年，瑞典在北京設立了公使館，中瑞兩國的交往日益頻繁，更多的瑞典人來到中國。

1909 年，高本漢經過艱難的斯拉夫語考試，獲得了哲學學士學位。借著學習過俄語的光兒，他於這年 10 月到了聖彼得堡，跟隨俄國漢學家伊鳳閣〔註 22〕學習漢語。伊鳳閣曾在中國留過學，並且在西歐的漢學中心從事過研究工作，對漢學較為精通。他建議高本漢最多在聖彼得堡待兩個月，然後就去中國，因為在中國待一個月勝過在俄國待兩年。伊鳳閣還給了高本漢以下建議：在俄國只學習口語，文言文到中國再學；把漢語語言學特別是語音學作為主攻

〔註20〕高本漢著，趙元任、羅常培、李方桂合譯，《中國音韻學研究》第 140 頁。以下引用此書簡稱《中國音韻學研究》。

〔註21〕《高本漢》第 53 頁。

〔註22〕Aleksei Ivanovich Ivanov, 1878～1937。俄國著名漢學家，外交官。1909 年發現了西夏文、漢文對照的《番漢合時掌中珠》，以研究此書出名，著有《西夏語研究》。

方向（因為這個領域裏歐洲漢學家的研究較少，而且取得好成果不需要像其他領域那樣花費很長時間）；在中國不要超過兩年，然後去巴黎或者倫敦的漢學中心學習。高本漢對伊鳳閣的建議言聽計從，他在漢學的起步階段就遇到了伊鳳閣這樣的名師指點，無疑對以後的成長有很大幫助。

（三）中國之行

高本漢在俄國果然只待了兩個月，1909 年 12 月他便回到了瑞典，準備在新年以後就啟程前往中國。倫德爾曾經告訴過高本漢：「在中國中部有一個城市，那裡有一個瑞典工程師，他可以為希望學習語言的任何瑞典人提供食宿。」〔註23〕這個瑞典工程師中文名叫李長富，瑞典名字 Erik Nyström，是名地質學專家。李長富於 1902 年來華，擔任山西大學堂（今山西大學前身）的自然科學系系主任，一直到 1911 年辛亥革命爆發。他在山西的主要工作就是從事地質調查，1920 年他在太原組建了中瑞研究所，勘探山西省的地質和煤礦資源。〔註24〕1910 年 2 月底，高本漢搭乘東印度公司的貨船離開了瑞典，4 月底，他到達了上海。5 月份，他到了太原，住在李長富家裏（李離開了中國，前去度假）。高本漢在中國主要做了三件事情，一是繼續學習漢語，包括口語和文言文的學習；二是在山西大學堂擔任法文、德文和英文教師；三是調查中國的方言。高本漢在學習漢語和研究漢學之初備受挫折，他覺得光是對漢學有個基本的瞭解就需要 4 到 5 年的時間，而且雖然他掌握了現代口語，會幾千個單詞（字），也讀不懂一句中國（古典）文學。不過他認為雖然「苦海無邊，寸步難行，但是天總會亮的。」〔註25〕

在高本漢的要求下，山西大學堂的校長幫助他找到了山西各地講方言的人。1910 年 8、9 月間，他調查了一些受訪者，記錄他們的方言，收集到了甘肅、陝西以及山西一些地方的方言資料。這年冬季，他花了 3 個月的時間出去做方言調查，研究了西安府和開封府的方言。他在太原逗留的時間裏，一共收集了晉陝甘豫等地的十幾種方言，其中主要是晉方言。在中國北方方言中，晉方言是比較特殊的一種，在語音、詞彙等方面都和其他北方方言有很大的不

〔註23〕《高本漢》第 54 頁。

〔註24〕張靜河《瑞典漢學史》第 44 頁。

〔註25〕《高本漢》第 74 頁。

同，現在學術界一般認為晉語是一個獨立的方言，而不是北方方言的次方言。高本漢在上個世紀初就收集了晉語的大量資料，雖然他開始晉方言的調查完全是偶然的原因，但這偶然對這位方言及歷史語言學研究者來說無疑是一種幸運。調查方言的過程是艱苦的，那時的山西還常有土匪。高本漢在山西默默地調查方言，沒人認識這個後來會名揚中華的漢語語言學家。〔註26〕

1911 年 10 月底高本漢親眼目睹了辛亥革命中革命軍攻佔太原城的經過。李長富、高本漢和其他很多在山西的外國人在這次戰爭以後離開了太原，高本漢這年年底回到了瑞典。

（四）留學法國

1912 年春天，高本漢在倫敦短暫逗留了一段時間，感覺這裡不能給他的研究以任何幫助，便決定前往巴黎。這年秋天，高本漢來到巴黎法蘭西學院學習，直到 1914 年 4 月才離開。

1814 年，法蘭西學院在歐洲各大學中首創「漢學講座」，由漢學家雷慕沙擔任教授，這標誌著漢學作為一個學科的確立。〔註27〕整個 19 世紀，直到 20 世紀中期，國際漢學界幾乎是法國的一統天下。〔註28〕只需要列一些漢學家的名字和他們的成就就足以證明法國漢學在國際漢學界的地位：沙畹（Edouard Chavanne，1865～1918），翻譯出版了 5 卷本《史記》，考據精細、注釋詳盡，另外他還著有《兩漢時代的石畫像》、《西突厥史料》等。亨利‧考狄（Henri Cordier，1849～1925），著有 4 卷本《中國通史》，編有《中國學圖書志》，創辦了《通報》並長期擔任主編。伯希和（Paul Pelliot，1878～1945），精通十幾種語言（包括好幾種古代語言、文字），著有《中國摩尼教考》、《鄭和下西洋》等。馬伯樂（Henri Maspero，1883～1945），著有《安南語言歷史語音學研究》、《唐代長安方言考》等。〔註29〕

高本漢就是在法國漢學鼎盛時期來到了巴黎，師從沙畹、伯希和學習，並繼承了他們的漢學衣缽，將這一學問帶到了瑞典。高本漢在巴黎聽了沙畹關於

〔註26〕羅斯瑪麗‧列文森《趙元任傳》第 153 頁。

〔註27〕許光華《法國漢學史》第 91 頁。

〔註28〕桑兵《國學與漢學——近代中外學界交往錄》第 1 頁。

〔註29〕許光華《法國漢學史》第 12 頁。

中國古代經典的課程，聽了伯希和關於敦煌和蒙古帝國的課程。按照課表，伯希和還應該開設有漢語歷史語言學、漢外對音和中國方言方面的課程，但是伯希和實際上沒有開這門課，這大大減輕了高本漢的壓力。〔註30〕高本漢很可能還聽了列維（Sylvain Lévi，1863～1935，東方學和印度學專家）講授的伯希和從敦煌帶回法國的吐火羅語經卷。1913 年陳寅恪也在巴黎，他通過王國維的介紹認識了伯希和。〔註31〕陳寅恪對吐火羅文字也很感興趣，法蘭西學院的課程是開放的，陳寅恪很有可能也聽過伯希和和列維的課程。高本漢和陳寅恪或許在課堂上有碰面、結識的機會，這點史無明文，聊備一說。

高本漢在巴黎時的書信表明，他本想寫一篇較短的關於中國北方方言的研究文章，然後再著手寫有關漢朝時期社會形態和社會關係的博士論文。但是在逗留巴黎期間，他可能征求過伯希和的意見，因此改變了主意。〔註32〕他最終將自己的研究方向確定為漢語的歷史語言學（主要是語音學）。高本漢在巴黎期間還在繼續收集漢語方言的資料，他找到了幾位能幫助他瞭解中國南方方言的助手〔註33〕（疑為發音人，應該為來自中國南方方言區的華人）。同時，他給在中國的瑞典傳教士發了幾十封信，託他們幫助詢問方言的問題。

1913 年到 1914 年，高本漢一方面在法國國家圖書館閱讀、摘抄漢語語音方面的各種著作，一方面緊張地進行著他的論文的寫作。他夜以繼日地工作，甚至發動妻子和姐妹幫助他做漢語方言辭書的摘抄。為什麼會顯得如此匆忙？主要有兩個原因：第一，他的論文定在 1915 年 5 月期間進行答辯，那時這樣一篇論文的印刷過程還需要相當長的時間。第二，當時伯希和和馬伯樂也在從事相同領域的研究工作，特別是馬伯樂，此前他已經發表了《安南語言歷史語音學研究》，並已經開始轉向中古漢語語音的研究。馬伯樂的《唐代長安方言考》發表於 1920 年，實際上要不是因為 1915 年馬伯樂應徵入伍（第一次世界大戰），這部著作應該會更早完成。

1915 年 4 月間，高本漢終於完成了他的博士論文《中國音韻學研究》（第一、二卷）。

〔註30〕《高本漢》第 97 頁。

〔註31〕王川《東西方漢學的一對巨擘——陳寅恪與伯希和學術交往述論》。

〔註32〕《高本漢》第 203 頁。

〔註33〕同上，第 97 頁。

（五）終成正果

1915 年 5 月 21 日，高本漢進行了論文答辯。關於答辯主考官，一度曾考慮過由伯希和擔任。對於高本漢來說，伯希和擔任主考官是他既希望又十分害怕的事情。一方面由於伯希和當時在漢學界的地位以及伯希和對語言學的瞭解程度，如果能順利通過答辯，無疑對高本漢未來在歐洲漢學界的立足有很大幫助。可是另一方面，伯希和太過專業，很可能通過答辯本身就是非常困難的事情，而且伯希和是非常嚴厲的一個人，時常扮演著國際漢學界警察的角色。〔註34〕劉復 1925 年 3 月在巴黎通過博士答辯時，由伯希和為首的漢學家及語言學家對劉復進行 6 個小時的提問，答辯結束「劉回家時都要人架著走了」〔註35〕。關於伯希和的嚴格，於此可窺見一斑。由於當時伯希和正在參加戰爭，可能不能來參加高本漢的論文答辯，高本漢聽說這個消息以後給妻子寫信說：「現在只能盼望戰爭多打一段時間，讓他無法成為我的論文考官！」〔註36〕

伯希和最終沒能來參加高本漢的論文答辯，擔任主考官的是德國漢學家孔好古（August Conrady，1864～1925），同時擔任考官的還有倫德爾等烏普薩拉大學的教授。由於孔好古並非漢語音韻學專家，而倫德爾等教授對漢學瞭解不多，高本漢的答辯進行的十分順利，最後孔好古給了最高分。高本漢得到了博士學位，同時還獲得了漢語副教授的職位，在烏普薩拉大學開設漢語、漢學方面的課程。

第一次世界大戰，瑞典是中立國，這使得高本漢能有一個好的環境進行他的研究。馬伯樂、伯希和都參加了戰爭，馬伯樂因此而中斷了他的研究，伯希和因此而不能參加高本漢的答辯，高本漢沒有遭受任何打擊就順利地拿到了博士學位。高本漢由此成為歐洲漢學家中漢語音韻學研究的第一人，也是第一個系統、全面構擬漢語中古音的漢學家，這和當時的歐洲歷史竟極有關係。法德兩國在戰場上拼得你死我活，高本漢在法國學習了漢學，又由德國人擔任了答辯主考官，學術真的是沒有國界的！

〔註34〕桑兵《國學與漢學——近代中外學界交往錄》第 5 頁。

〔註35〕楊步偉《雜記趙家》第 47 頁。

〔註36〕《高本漢》第 133 頁。

（六）潛心著述

1915～1918 年，高本漢在烏普薩拉大學擔任副教授；1918 年～1939，他在哥德堡大學擔任教授，中間曾有五年（1931～1936）擔任哥德堡大學校長；1939 年以後他接替安特生擔任了斯德哥爾摩遠東博物館館長直到 1959 年退休；1933 年他被選為瑞典文學、歷史、考古研究院院士，1956 年當選為研究院主席。自從 1911 年離開中國以後，高本漢僅在 1922 年來做過短期訪問，以後一直沒再回到這個他終生為之研究不已的國家。1927 年間，中山大學曾兩次試圖聘請他來華工作，他都予以了婉拒。〔註37〕1978 年 10 月 20 日，高本漢因病去世，享年 89 歲。

高本漢在哥德堡大學開設了漢語和漢學方面的多種課程，還開設有日語和日本文學方面的課程，培養了馬悅然、易家樂、韓恒樂等一批漢學家。高本漢的研究涉及到漢學的很多方面，如漢語歷史語音學、方言學、語法學、考證學和青銅器年代學等。在所有這些研究中，漢語語言學（特別是音韻學）無疑是其他學問的根柢。高本漢曾經說：「沒有語言學支持的文字學是不可能的。但是僅此還不夠。語言學，特別是歷史語音學，在漢學裏表明是一個逐步形成對文字學無與倫比的輔助科學，比其他大多數語言領域都重要。」〔註38〕對於漢語古音學在漢學上的重要意義，他還說過：「哪一天語言學能夠把中國古音的系統確實的構擬出來，哪一天歷史學跟考古學就會很感謝的看出許多關於東亞細亞跟中亞細亞的問題，都不成問題了。」〔註39〕這些說法和清代經學研究獲得巨大成功是可以類比的，清代經學家往往也即小學家，由文字、音韻、訓詁為基礎進而研究經籍，遂取得了巨大的成就。顧炎武曾經說：「故愚以為讀九經自考文始，考文自知音始，以至諸子百家之書，亦莫不然。」〔註40〕錢大昕說：「六經皆載於文字者也，非聲音則經之文不正，非訓詁則經之義不明。」〔註41〕高本漢的看法和清儒的說法何其相近。

〔註37〕陳星燦《高本漢與廣州中山大學——跋一封新發現的中山大學致高本漢的聘請函》。

〔註38〕《高本漢》第 146 頁。

〔註39〕《中國音韻學研究·緒論》第 3 頁。

〔註40〕《答李子德書》（《亭林文集》卷四），《顧亭林詩文集》第 73 頁。

〔註41〕《小學考序》（《潛研堂文集》卷二十四），《嘉定錢大昕全集》（九）第 378 頁。

第四節　高本漢的著述

高本漢一生潛心學問，著述頗豐。《高本漢》和《中國音韻學研究》書後都附有高本漢著作的編年目錄，共計有 130 多種，其中 1929 年以後的作品基本上都發表在《遠東博物館館刊》（Bulletin of the Museum of Far Eastern Antiquities）上，高本漢 1936～1976 年一直是該刊物主編。1929 年以前的作品，則大多數刊發在《通報》（T'oung Pao）、《亞細亞學刊》（Asia Major）、《德國文獻彙編》（Deutsche Literaturzeitung）上。高本漢著作中較為重要的部分大多有中文譯本，關於這部分資料，可以參看《高本漢》書後的附錄和馬軍整理的《中國學術界譯介瑞典漢學家高本漢（Bernhard Karlgren）篇目彙編》〔註 42〕。現在將其重要著作簡述如下：

1. 關於漢語歷史語音學，主要有：

表 1.1

外文名稱及刊發時間	中文名稱及刊發時間	譯　者
Etudes sur la phonologie chinoise（1915～1926）	中國音韻學研究（1940）	趙元任、羅常培、李方桂
The Reconstruction of Ancient Chinese（1922）	答馬斯貝羅論切韻之音（1923）	林語堂
Analytic Dictionary of Chinese and Sino-Japanese（1923）	高本漢的諧聲說（1927）中國古音（切韻）之系統及其演變（1930）〔註 43〕	趙元任王靜如
Problems in Archaic Chinese（1928）	上古中國音當中的幾個問題（1930）	趙元任
Shi King Researches（1932）	詩經研究（1939）	張世祿
The Poetical Parts in Lao-tsi（1932）	老子韻考（1939）	張世祿
The Rimes in the Sung Section of the Shi King（1935）	論周頌的韻（1937）	朱炳蓀
Grammata Serica（1940）Grammata Serica Recensa（1957）	漢文典・修訂本（1997）	潘悟雲等
Comendium of Phonetics in Ancient and Archaic Chinese（1954）	中上古漢語音韻綱要（1987）	聶鴻音

〔註 42〕《傳統中國研究集刊（第六輯）》第 412～425 頁。

〔註 43〕均為節譯。

2. 關於漢語研究的其他方面，主要有：

表 1.2

外文名稱及刊發時間	中文名稱及刊發時間	譯　者
Sound and Symbol in Chinese（1923）〔註44〕	中國語與中國文（1932）	張世祿
Philology and Ancient China（1926）	中國語言學研究（1926）	賀昌群
The Pronoun Küe in the Shu King（1933）	書經中的代名詞「厥」字（1936）	陸侃如
Word Families in Chinese（1933）	漢語詞類（1937）	張世祿

3. 關於古籍辨偽、注釋及研究，主要有：

表 1.3

外文名稱及刊發時間	中文名稱及刊發時間	譯　者
On the Authenticity and Nature of the Tso Chuan（1926）	左傳真偽考（1927）	陸侃如
The Authenticity of Ancient Chinese Texts（1929）	中國古書的真偽（1933）	陸侃如、馮沅君
Glosses on the Kuo feng odes（1942）Glosses on the Siao ya odes（1944）Glosses on the Ta ya and Sung Odes（1946）	高本漢詩經注釋（1960）	董同龢
Glosses on the Book of Documents（1948～1949）	高本漢尚書注釋（1970）	陳舜政
Loan Characters in pre-Han Texts（1968）〔註45〕	先秦文獻假借字研究提要（1971）	陳舜政
Glosses on the Tso Chuan（1969）	高本漢左傳注釋（1972）	陳舜政
Glosses on the Li Ki（1971）	高本漢禮記注釋（1981）	陳舜政

　　此外，高本漢還寫有大量關於中國古代青銅器紋飾、藝術特徵和斷代方面的文章，未見有人翻譯為中文。

　　漢語歷史語音學是高本漢學術的根基，他的研究是從中古音開始的，從中古音開始可以上溯古音，下證今音。其中《中國音韻學研究》是他最早的漢語學術著作，也是他一生著述的原點。《中國音韻學研究》一書除「原序」、

〔註44〕瑞典語原文出版於 1918 年，中文版係據英文版譯出。

〔註45〕高本漢 1964～1967 年寫了一系列關於古籍中假借字的研究文章，1968 年結集出版。

「緒論」和附說「所調查方言地圖」外，共分四卷。第一卷《古代漢語》，第二卷《現代方言的描寫語音學》，第三卷《歷史上的研究》，第四卷《方言字彙》。各卷法文原本的出版年份為：第一冊（第一卷及第二卷除複合元音外），1915 年；第二冊（第二卷複合元音及第三卷至日母），1916 年；第三冊（第三卷泥母至卷終），1919 年；第四冊（第四卷），1926 年。高本漢關於漢語中古音的基本觀念從《中國音韻學研究》開始就確定下來了，以後幾十年只有一些小的具體問題的修正，整體框架未有變動。

第五節　《中國音韻學研究》的翻譯過程

鑒於此書的重要意義，在這裡有必要簡述一下它譯介到中國來的過程。

高本漢的著作大量譯介到中國來，和俄國學者鋼和泰（Alexander von Stael-Holstein，1877～1937）大有關係。鋼和泰 1923 年在《國學季刊》第 1 卷第 1 期上發表了《音譯梵書與中國古音》（胡適翻譯）一文，提示中國學術界要多注意歐洲學者伯希和、高本漢等人的研究進展。鋼和泰此文當時在中國學術界有較大影響，《國學季刊》第 2 期上發表了汪榮寶的《歌戈魚虞模古讀考》，汪文即是鋼和泰研究思路的直接產物。《歌戈魚虞模古讀考》當時「引起了古音學上空前的大辯論」，「對於擬測漢字的古音確實開闢了一條新途徑」。〔註46〕鋼氏文章更積極的意義在於使中國學者知道了高本漢的成績，由此開始了高本漢著作大量的翻譯與介紹。〔註47〕

最早將《中國音韻學研究》譯介到中國來的人應該是徐炳昶（1888～1976，歷史學家，曾任北京大學教授和中國科學院考古所研究員）。徐炳昶 1913 年在巴黎大學留學，應該在此時及以後和歐洲漢學界保持了聯繫，從而較早地接觸到了高本漢的著作。徐炳昶的譯作名為《對於「死」、「時」、「主」、「書」諸字內韻母之研究》，1923 年 7 月發表於北京大學《國學季刊》第 1 卷第 3 期。這篇文章翻譯的是《中國音韻學研究》第六章《定性語音學》的「元音」部分。〔註48〕另一位高本漢作品的早期翻譯者是林語堂，林語堂 1922 年進入萊

〔註46〕羅常培《唐五代西北方音・自序》。

〔註47〕王啟龍、鄧小詠，《佛學大師鋼和泰男爵生平考（二）》。

〔註48〕《中國音韻學研究》第 197 頁，譯注（一）。

比錫大學學習語言學，導師就是孔好古。高本漢得到博士學位以後和孔好古一直有聯繫，林語堂應該是在此時接觸到了高本漢的著作的。林語堂翻譯了高本漢的 The Reconstruction of Ancient Chinese，題名為《答馬斯貝羅論〈切韻〉之音》，也發表在《國學季刊》第 1 卷第 3 期上（譯者名：林玉堂），後來又收入了林語堂的《語言學論叢》（1933）中。

　　當然，從 1923 年開始研究者們將高本漢的著作翻譯到中國來，並不意味著中國人接觸高本漢的作品是從這個時候才開始的。根據魏建功的回憶，高本漢原著前三卷 1919 年出版以後曾送了一部給錢玄同。錢玄同在北京大學講課時，就從高本漢原書裏把廣韻韻類構擬的音值抽錄出來和國音系統一同手寫油印。〔註49〕魏建功 1919 年考入北大預科，1921 年進入北大研究所國學門師從錢玄同、沈兼士等人學習文字、音韻等，1925 年畢業，錢玄同油印高本漢的書應該就是在這幾年間。趙元任在 1921 年也已看到了《中國音韻學研究》前三冊。趙元任接觸到《中國音韻學研究》，和丁文江（1887～1936，地質學家）有直接關係。

　　1913 年，丁文江與章鴻釗等人創辦了農商部地質研究所，1916 年改名為「地質調查所」，丁文江任所長。1914 年瑞典人安特生應北洋政府之邀，來華擔任農商部礦政顧問，他進入了地質研究所，和丁文江一起組織地質調查。安特生 1926 年在瑞典創辦了遠東博物館，並一直擔任館長至 1939 年，此後由高本漢擔任館長。高本漢在中國時應該就和安特生有過接觸，並有可能通過安特生認識了丁文江。1919 年，高本漢《中國音韻學研究》的前三冊出版了，此後不久，高本漢贈送了一套給丁文江。1921 年夏丁文江將高本漢贈本轉送給了趙元任，說：「這像是一部重要的著作，可是他送給我是送錯了人了，你拿了這書一定更有用處，這部就送了給你吧。」（《中國音韻學研究·譯者序》）根據趙元任後來的回憶錄，這件事應該發生在 1921 年的 3 月。〔註50〕1924～1925 年，趙元任遊歷歐洲，到哥德堡初次見到了高本漢，談到了翻譯《中國音韻學研究》的可能。〔註51〕

〔註49〕何九盈《中國現代語言學史》第 239 頁。

〔註50〕趙元任《從家鄉到美國——趙元任早年回憶》第 163 頁。

〔註51〕《中國音韻學研究·譯者序》，又《趙元任生平大事記》，《中國現代語言學的開拓和發展——趙元任語言學論文選》第 276 頁。

　　《中國音韻學研究・（傅斯年）序》：「故中央研究院歷史語言研究所創辦之初，即有意迻譯此書，雖譯書不在本所計劃範圍之內，然為此書不可不作一例外。」中央研究院歷史語言研究所創辦於 1928 年，趙元任 1929 年擔任該所研究員兼語言組主任。從 1928 年開始，趙元任多次和高本漢通信商討將這部書修訂一下，以利於翻譯，可是高本漢一直沒有時間著手做這件事。1931 年，高本漢來信說：「最好還是讓一個新鮮的腦子來把全書編成一部可讀的書吧。」（《中國音韻學研究・譯者序》）正式的翻譯工作就是從這一年開始的，羅常培也是這年加入進來的。到本年九一八事變之前，翻譯了大約三分之一。因為瀋陽事變的原因，同時也由於趙元任赴美國接替梅貽琦擔任清華留美監督，翻譯工作暫停。從 1932 年開始，胡適主持的中華教育文化基金董事會編譯委員會提供資金贊助，史語所和編譯委員會決定將這本書翻譯完成。李方桂就是這個時候加入進來的。1936 年，翻譯工作完成。最後由丁聲樹又反覆細校了幾遍，「把所有查得著的引證都對核了」（《中國音韻學研究・譯者序》）。翻譯完成後，交由商務印書館排版。未幾，八一三事變爆發，滬寧一帶陷入戰亂，商務印書館的書版也毀於戰火。1939 年，該書又於昆明重新排版。1940 年，《中國音韻學研究》中譯本作為中華教育文化基金董事會編譯委員會特刊由商務印書館發行，1948 年再版，稍有補遺，1994 年商務印書館據 1948 年版出版了縮印本。

　　中文譯本不是對原本純粹的翻譯，而是做了不少修正，主要包括：1. 高本漢在《中國音韻學研究》出版以後觀點有了變化的方面。例如高本漢最早是主張二等有 i 介音的，後來放棄了這個說法；又如高本漢最早認為四等和三等是同樣的韻，只是聲母不同，後來認為三四等除聲母不同外，韻母也不同。高本漢這些觀點的改變主要見於 1922 年發表的《中古漢語構擬》裏。2. 高本漢引據韻書、韻圖材料有誤的方面。高本漢引用的反切大多來自《康熙字典》中所引的《廣韻》反切，其中有一些反切有錯誤；他所參考的韻圖主要是《切韻指掌圖》和《康熙字典》卷首的《等韻切音指南》（以下簡稱《切音指南》），這兩種韻圖距離《切韻》時代的語音有一定差距，特別是後者高本漢誤以為即是劉鑒的《經史正音切韻指南》（以下簡稱《切韻指南》），實際上兩種韻圖有一些差別。〔註52〕3. 高本漢引用的或者自己調查的方言材料有錯誤的方面。例如高本

〔註52〕關於這方面的問題，我們在後面還有專章予以論述。

漢研究「知徹澄」等聲母音值時引用了莊延齡（E. H. Parker）關於漢口、揚州的材料，錯誤太多，譯文略去（《中國音韻學研究》第 309 頁）；又如高本漢討論聲調的時候引用了艾約瑟（J. Edkins）和何美齡（Karl Hemeling）關於南京話的調值，引用了杜嘉德（C. Douglas）關於廈門話的調值，都錯誤甚多，譯文都略去不譯了（《中國音韻學研究》第 441、443 頁）。不過，更多材料方面的錯誤譯文是以另外出注的辦法予以指出的。可以說，趙元任、羅常培、李方桂翻譯《中國音韻學研究》，已經是對原著的一種再創造了，既基本忠實於原文，又能讓讀者看到高本漢觀點的全貌，還給讀者以正確的材料，不至以訛傳訛。可以說，這部書的中譯本實在是較原著更具有學術價值的書，同時通過它也反映了當時漢語音韻學界的水平。〔註 53〕由於書成於眾手，譯者對原文的理解可能會有所不同，還有些手民偶誤，中譯本有幾處也有些小小的問題，這些我們在本書中也會隨文予以指出。還有就是因為高本漢原書所用的音標系統與後來的國際音標系統有所不同，特別是高本漢的音標系統實際上有嚴式、寬式兩個層次，寬式音標用西文字母的正體，而嚴式音標用西文字母的斜體（瑞典方言字母系統就是這樣來操作的）。譯文中統一改為國際音標，有些地方會難以標示出原文的兩種層次性，如果閱讀不仔細可能會帶來誤解。比如說《中國音韻學研究》在討論中古「郡（群）」母讀音的時候，有這麼兩句話（第 244 頁）：

這個古聲母普通是拿 g，k，kʻ，dʐ，tɕ，tɕʻ 這些音來讀的。

上海 gʻ 讀作 gʻ，dʐ 讀作 dʐ2。

李維琦先生在《〈中國音韻學研究〉述評》（第 7 頁）說：「『上海 gʻ 讀作 gʻ』，此話疑有誤，但不知誤在何處。」核對法文原本，這裡應該改為「上海 g 讀作 g」，沒有送氣符號。但這應該不是致使李維琦先生不明就裏的主要原因，實際上依據原文是「上海 g 讀作 g」，前一個〔g〕是寬式標音，指示大的類別為舌根濁塞音，後一個〔g〕是嚴式標音，說明這裡應該是〔g〕，而不是〔ɢ〕或者〔ɟ〕這樣相近的塞音。實際上中譯本也想辦法來表示了這個區別，後一個〔g〕字母稍細一些，但是區別性很小，如果不仔細閱讀中譯者所寫的《音標對照及說明》並且細核全書，這樣的地方很容易產生誤解。

第二章 《中國音韻學研究》在中國漢語研究史上的地位

進入到 20 世紀以後，漢語語言研究經歷了一個現代化的過程。何九盈指出：「當我們說中國現代語言學的時候，實際上應該包含兩個層面的意思。一是指現代的語言學，二是指語言學的現代化。」〔註1〕現代的語言學，主要相對於古代的語言學而言，是一個歷史時期、發展階段方面的概念。語言學的現代化，則指的是在觀念、方法上的轉變，指的是學科本身的革新。正是從這個意義上來說，我們認為高本漢的《中國音韻學研究》在漢語研究的現代化轉向有著重大的意義，可以認為是中國現代語言文字學的奠基之作。〔註2〕下面我們從漢語音韻學、方言學方面來探討一下《中國音韻學研究》的成就及其意義。

第一節 在漢語音韻學研究上的地位

20 世紀初中國學者的漢語音韻學研究是直接繼承著清代學者的，以章太炎、黃侃為代表。清代的語言學研究在文字、音韻、訓詁（詞彙學、詞源學）等許多方面都取得了超越前代的成績，可是也有比較突出的問題，而且這些

〔註1〕何九盈《中國現代語言學史》第 4 頁。

〔註2〕盛林、宮辰、李開，《二十世紀中國的語言學·緒論》。

問題越到後期暴露得越明顯。問題主要包括這樣幾個方面：第一是重古不重今，也即有著嚴重的復古主義傾向。重視研究上古的語音、詞彙、文字，對魏晉以後語言現象的研究不重視，甚至對魏晉以後的語言學成就否定過多。〔註3〕第二，受以上思想的指導，重視古書上的材料，對活語言現象注意不多。第三，重材料的整理、堆砌，輕分析、歸納，特別缺少科學的分析能力，這一點在乾嘉以後的學者身上表現得尤為突出。具體到清代的音韻學上來說，表現為重視上古音研究，輕視今音學和等韻學的研究。一流的學者往往在古音學上都用力極勤，而且都有所發明，其為他人所稱道者往往都是古音學研究的成就。乾嘉時期今音學研究上只有江永、戴震成就比較突出，到了清末才有陳澧對切韻音系進行了比較深入的探討，他的研究直接啟發後來的研究者，例如高本漢研究中古音的重要方法就是陳澧的反切系聯法。至於等韻學方面，清初繼承明末，對等韻研究還比較重視，有潘耒《類音》這樣的著作。康熙以後一直到清末，較有影響的等韻著作就只有江永《音學辨微》、勞乃宣《等韻一得》等少數幾家了。但是即使在等韻學內部，能根據當時語音做一個反映單一現實音系的韻圖，那基本上是找不到的。清代的等韻學大多是宋元「切韻學」〔註4〕和時音的一個折衷體，好些的像李汝珍的《李氏音鑒》和《康熙字典》前面的《字母切韻要法》，反映的時音多一些，差些的像潘耒的《類音》甚至打算搞出一個於天下之音無所不包的漢語音系來。章太炎、黃侃基本上還是繼承了清代學者的研究材料與研究方法，屬於清代語言學研究的殿軍，他們的成就雖然屬於現代語言學史的一部分，但卻不能包括在語言學的現代化之中。

　　1923 年汪榮寶發表的《歌戈魚虞模古讀考》當時是投在漢語語言研究界的一顆重磅炸彈，引起了贊成者（新派）和反對者（舊派）的大辯論。汪文是對新材料、新方法的初次嘗試，本身上存在一些粗疏、武斷之處，而且只是個別音值的考訂，尚不成其為系統。等到高本漢的研究成果不斷地譯介過來，特別是 1940 年以後《中國音韻學研究》由三位最知名的學者做了翻譯與修訂，中國學術界才算是系統地暸解了高氏的研究。到這個時候，舊派似乎已經完全偃旗息鼓了。然而我們認為，應該說新舊兩派由前期的水火不相容，演變為此時的

〔註3〕何九盈《中國古代語言學史》第 292 頁。

〔註4〕魯國堯《盧宗邁切韻法》述論。

互相融合，特別是新派用其新觀念、新方法包容了舊派的材料與研究手段，又補充了新的研究材料，舊派已經融合到了新派之中。作為章太炎弟子的錢玄同就是一個很好的例證。

高本漢的中古音研究在中國學術界有著深遠的影響，甚至可以說從 20 世紀 20 年代末一直到 1949 年中華人民共和國成立之前，中國音韻學是「高本漢時代」。高本漢的研究能引起中國學術界如此大的反響主要是：1. 他選擇了一個很好的研究切入點，中古音的研究在以前一直未受中國學術界的足夠重視，而這個音系又有著上推古音、下證今音的重要意義。2. 他的研究貫穿著強烈的歷史主義傾向，並與現實語言（方言）直接相關。高本漢研究的主要目的在於說明歷史上漢語語音的面貌，揭示從古音到現代方言的發展過程。3. 他所考訂的中古音是一個完整的系統，傳統的韻書不直接反映聲母情況，而且韻母的類也沒有明確分開，高本漢通過反切的系聯建立起了一個語言的語音系統（他的方法實際上承自陳澧）。4. 他所考訂的語音系統是賦予了具體音值的，這樣一方面像一個正在使用中的語言一樣讓人感覺到了實存性，另一方面又可以與現實方言通過具體語音實體聯繫起來。就這個意義上來說，高本漢的研究超越了陳澧，超越了等韻圖的作者，進入了現代語言科學的領域。

高本漢 1909 年開始學習漢語，1910 年在中國從事方言調查，真正進入漢學領域開始漢語歷史語音的探索應該說是從 1912 年師從法國漢學家之時，1915 年《中國音韻學研究》即已開始出版，他的中古音研究已初步展開。即使我們以 1919 年《中國音韻學研究》第三冊的出版作為他中古音體系確立的標誌，他也不過才學習了 10 年漢語，進入漢語研究的領域才 7 年而已。短短幾年的研究，就取得了這樣驚人的成就，與他所處的時代以及個人的成長經歷是分不開的。

首先要指出的是他的歷史比較語言學背景。

17、18 世紀英國在印度的擴張將印度古典研究傳統帶到了歐洲，其中包括梵語研究和印度語言學。歐洲人通過梵語和歐洲諸語言的比較，開始了印歐語系的歷史比較語言學。1786 年，威廉·瓊斯（William Jones，1746～1794）在加爾各答皇家亞洲學會上宣讀了他的著名論文，為歷史比較語言學的建立奠定了基礎。〔註5〕1816 年德國學者葆樸（Franz Bopp，1791～1867）發表了

〔註5〕羅賓斯《簡明語言學史》第 164 頁。

《論梵語與希臘語、拉丁語、波斯語和日耳曼語詞變位體系的對比》，以翔實的材料為基礎，建立了系統的理論，人們一般把這篇論文的發表作為歷史比較語言學誕生的標誌。〔註6〕在整個 19 世紀中，歷史比較語言學取得了長足的進步。經由拉斯克（Rasmus Rask，1787～1832）研究發現、到格里姆（Jacob Grimm，1785～1863）最終確定的格里姆定律（Grimm's law）闡述了語音變化的規律性問題，使得歷史比較語言學走上了科學的道路。其後施萊歇爾（August Schleicher， 1821～1868)確立了「譜系樹理論」（Stammbaum Theory），初步構擬了印歐語的共同母語，並且首創了用星號「*」表示構擬形式的辦法。施密特（Johannes Schmidt，1843～1901）校正了施萊歇爾的譜系樹理論，提出了「波浪理論」（Wave Theory），認為語言形式從一種方言裏產生以後擴散到其他方言裏的時候，就像水面上用石頭激起的波浪，逐漸向四周擴散起影響。到了 19 世紀 70、80 年代，新語法學派（Neogrammarians）〔註7〕勃魯格曼（Karl Brugmann， 1849～1919）、奧斯托霍夫（Hermann Osthoff，1847～1909）等人提出了語言變化的兩條重要原則：語音規律不允許有例外；由類推作用構成新形式。〔註8〕這在歷史比較語言學的發展中，是一個重要的分界線，把歷史比較研究推向了一個新的時期。〔註9〕20 世紀初，法國語言學家梅耶（Antoine Meillet， 1866～1936）對歷史比較語言學的成就與方法做了全面的總結。而索緒爾（Ferdinand de Saussure， 1857～1913）這位歷史比較語言學曾經的主將轉入了普通語言學領域，其研究為 20 世紀語言學及很多人文學科奠定了重要基礎。

縱觀歷史比較語言學的發展，簡直就是一部 19 世紀德國的語言研究史。歷史比較語言學的中心在德國，傑出的語言學家大多是德國人，這種狀況與18、19 世紀德國在思想文化領域取得的巨大成就是分不開的。德國歷史比較語言學家中，新語法學派的影響比較大，他們的學說傳播到了歐洲其他國家，

〔註6〕拉斯克 1814 年用歷史比較法寫成了《古代北方語或冰島語起源研究》一書，但由於到 1818 年才出版，而且是用丹麥語寫成的，所以一般還是把葆樸的著作看成是歷史比較語言學誕生的標誌。參看劉國輝《歷史比較語言學概論》第 34 頁。

〔註7〕又被稱為「青年語法學家」（Young Grammarians）。

〔註8〕劉國輝《歷史比較語言學概論》第 53 頁。

〔註9〕徐通鏘《歷史語言學》第 112 頁。

甚至傳到了美國，鮑阿斯、薩丕爾、布隆菲爾德等人都曾經受過新語法學派的基本訓練。瑞典是離德國最近的國家之一，瑞典語與德語同屬日耳曼語族，19 世紀瑞典的語言學研究自然深受德國的影響。

在《中國音韻學研究》中，高本漢提到了一位瑞典語言學家諾林（Adolf Noreen，1854～1925）〔註10〕。高本漢在《中國音韻學研究》第二卷對普通語音學進行介紹的時候，用的就是諾林在「現代瑞典語大文法 Vårt Språk 講語音的部分裏所用的組織方法。」（《中國音韻學研究》第 142 頁）這個諾林實際上是高本漢的老師，高本漢 1907～1909 年在烏普薩拉大學學習時選修了諾林關於北歐語、古瑞典語等多門課程，成績為特別優秀。〔註11〕諾林 1877 年從烏普薩拉大學獲得博士學位，留校任講師，1879 年進入萊比錫大學（University of Leipzig）師從新語法學派的著名學者雷斯金（August Leskien，1840～1916）學習和研究立陶宛語。諾林早期的研究主要集中在瑞典方言學方面，在萊比錫大學學習以後，他的研究領域轉移到了日耳曼語族的歷史比較研究方面。他所寫的關於古斯堪地納維亞語和古代瑞典語的語法著作到今天還為瑞典學者所稱引。

毫無疑問，高本漢從他的老師諾林、倫德爾等人那裡獲得了歷史比較語言學的觀念與研究方法，並將這種研究擴展到了印歐語系以外的語言——漢語中，取得了很大的成績。我們還可以具體地指出，高本漢屬於新語法學派的嫡系後學。

一般歷史比較語言學家都把語言歷史比較研究的主要內容規定為兩個方面：第一，通過比較確定親屬語言的同源性；第二，重建有關語言的「母語」形式。從 19 世紀中期開始，母語形式的重建在歷史比較語言學中地位有所上升，特別是施萊歇爾以後的語言學家都把這一工作看作是語言歷史比較研究的首要任務，也是語言歷史比較研究的終極目標。〔註12〕高本漢在《中國音韻學研究·緒論》裏即闡明了這種看法：

1. 把中國古音擬測出來，要想作系統的現代方言研究的起點，

〔註10〕《高本漢》一書譯作努列。

〔註11〕《高本漢》第 51 頁。

〔註12〕岑麒祥《歷史比較語言學講話》第 7 頁。

這一層是很必要的；

    2. 把中國方言的語音作一個完全描寫的說明，作過這層之後然後可以；

    3. 用音韻學的研究指明現代方言是怎樣從古音演變出來的。

而從他全部的研究中我們可以看到，對漢語中古音系統的重建正是《中國音韻學研究》一書的首要任務：第一卷、第三卷關於古代漢語音類和音值的討論佔了全書內容的大半（如果把純粹屬於方言調查性質的方言字彙排除掉，這個比例會提高很多）。

19 世紀歷史比較語言學的一大特點（也可以說是一大不足〔註13〕）就是語音的研究居於核心地位，歷史比較語音學占整個歷史比較語言學成就的絕大部分，一些重要的規律都是音變規律，而新語法學派的核心觀念就是「音變規律無例外」。同樣，我們能看到高本漢的《中國音韻學研究》一書完全就是關於古代漢語的語音研究，實際上在高本漢的整個古代漢語的研究中，語音研究既是基礎也是核心，可以說漢語歷史語音學研究的成就即是高本漢全部漢學成就的代表。

其次，我們要指出的是他的語音學背景。

上文已經談到高本漢的老師倫德爾在語音學方面的成績以及倫德爾的瑞典方言字母系統，高本漢接受了倫德爾系統的語音學訓練。對語音知識的掌握可以為語音材料的研究、描寫、說明等提供很大的便利，利用語音學知識來研究音韻學，這是現代音韻學的首要特點。〔註14〕高本漢是一位語音學家，他在《中國音韻學研究》一書裏用了一卷（第二卷）的篇幅對漢語方言的各種語音分門別類進行了細緻的描寫與比較。同時，因為他對歷史比較語音學的熟悉，在第三卷中對漢語各種音變規律的闡釋，使得他所建立的中古音系統具有很大的科學性，也有很高的可信度，較之前人（包括中國學者和歐洲的其他漢學家）其成就不可以道里計。

高本漢對瑞典方言字母系統掌握得極為熟練，這個系統和國際音標系統性相差無幾。運用它來解決記音和古音音值的描寫，能突破傳統研究者只知

〔註13〕岑麒祥《歷史比較語言學講話》第 10 頁。

〔註14〕何九盈《中國現代語言學》第 235 頁。

音類、不明音值的弊端。傳統音韻學在發展中也出現了力圖描寫語音音值的傾向，可是由於漢字本身不表音、超時空的局限，造成了研究者心知其意、口不能言的遺憾。以高本漢為代表的現代音韻學家運用了音標這個法寶將「古代音類表裏所有的那些 x、y 的類名用確切的音值代出來」（《中國音韻學研究》第 452 頁），從而極大地促進了 20 世紀漢語音韻學的發展。

最後，我們還要指出他的方言學背景。

新語法學派提出「音變規律無例外」的論斷之後，即遭到了來自傳統歷史比較語言學派的反對。為了證明自己觀點的準確性，新語法學派提出方言可以揭示語言變化，是語言研究的一個極為重要的部分。這一派開始了認真的方言研究、方言調查和方言地圖繪製等工作，意圖從方言演變中為自己的理論尋求依託。在從事了方言調查之後，部分語言學家發現「音變規律無例外」是不可靠的論斷，提出了「每一個詞都有它自己的歷史」這一口號，形成了方言地理學派。〔註 15〕這兩派雖然相互對立，不斷爭論，但是對方言調查的重視程度則是一樣的，這極大地促進了德國的方言調查與研究。與方言調查受到語言學家重視相關的是貫穿於整個 19 世紀的德國民族主義思潮，這一思潮也隨著德國文化的傳播來到了瑞典。

瑞典的方言運動開始於 19 世紀 70 年代，是從大學生建立方言協會開始的。1875 年在隆德大學建立了斯科訥方言協會〔註 16〕，1874 年芬蘭建立了瑞典方言協會。瑞典方言的研究開展得非常深入，以至於高本漢自豪地說：

> 差不多沒有哪一國的方音研究能像瑞典這樣進深的。在前一世紀的最後二十年，就曾經有過一番很有效果的工作，是用最新的方法來分析瑞典各種語言，並且曾經有很美滿的結果。（《中國音韻學研究·原序》）。

高本漢的老師倫德爾和諾林都是瑞典方言調查與研究方面的開拓者與奠基人，特別是倫德爾在瑞典方言語音調查的基礎之上發明了方言字母系統，整個系統和國際音標體系相近，而且在具體符號的選擇上也與國際音標有很多共同之處。〔註 17〕高本漢調查了中國的 22 種方言，做了嚴式音標的描寫，這和他

〔註 15〕徐通鏘《歷史語言學》第 235 頁。

〔註 16〕斯科訥是瑞典最南部的一個省的名字，這一地區常被看作是北歐民族的發源地。

〔註 17〕關於這點可以參看《中國音韻學研究》中譯本前面的音標對照與說明，以及《中

的老師們調查瑞典方言的方法是一致的；他描寫漢語方言是為了給中古音研究提供材料，研究的根本目的還是在於重建中古音音系，這一點與他的老師們以及德國師祖們的研究目的與方法是一致的。

第二節　在漢語方言研究上的地位

　　漢語裏的「方言」一詞在古代的意思和英語「vernacular」極為相近，「vernacular」既可以指「地方語」，也可以指「地方話」，而且有非標準的、俗語白話的意思。魯國堯先生提出，直至 19 世紀末，漢語中的「方言」意指各地的語言，它既包括現在意義的漢語各方言，也包括中國境內的少數民族語言，甚至被用來指稱國外的語言。〔註18〕我們認為實際上到了 20 世紀還有學者在這個傳統意義上來使用「方言」一詞。例如董作賓在《歌謠》週刊第 49期（1924 年 4 月）發表的《為方言進一解》裏面說：「方言，是一國內各地方不同的語言。」他的這一說法其實是代表了當時剛成立的北京大學方言調查會的普遍看法。而林語堂 1925 年的《關於中國方言的洋文論著目錄》〔註19〕也還是將外國學者對中國苗族、臺灣和西南的少數民族語言的記錄和上海、蘇州等地方言的記錄並列起來的，可見林語堂所說的「方言」一詞的含義也包括了民族語言。

　　中國有方言研究的歷史可以追溯到漢代揚雄的《輶軒使者絕代語釋別國方言》，這部書記錄了方言詞彙，具有了方言分區的觀念。晉代郭璞為揚雄《方言》做注，拿晉代方言與之進行比較，郭璞注成了研究晉代方言的重要資料。縱觀近兩千年的古代方言研究，就會發現其中雖然不乏有關方言的記錄和研究，但總體偏於詞彙記錄，輕於語音描寫；少量的語音描寫資料也多不成系統，用漢字表現語音以致不易推斷具體音值；往往站在用正音矯正方音的立場，不是為方音而研究方音。〔註20〕而且方言研究的資料零散，多見於經籍、詞典、史書、經注、韻書、韻圖、筆記雜談等書籍之中，到了清代才有像錢

　　　　國音韻學研究》法文原本第 260～336 頁描寫現代漢語方言語音時所使用的符號。

〔註18〕魯國堯《「方言」和〈方言〉》。另可參看 Lauren Keeler, Linguistic reconstruction and the construction of nationalist-era Chinese linguistics.

〔註19〕收入林語堂《語言學論叢》中。

〔註20〕羅常培《漢語方音研究小史》。

大昕《恒言考》、胡文英《吳下方言考》等一些專門的著作，但由於時代風氣的原因，這類著作也多傾向於方言考證，即所謂以今（方言詞語）證古（古書本字）。〔註 21〕章太炎是傳統方言學研究的最後一位大師，他的《新方言》擅長將方言的音、義結合起來進行研究，從語音的演變來考釋詞語，但是研究旨趣仍與清代學者相同。

20 世紀現代漢語方言調查與研究是從高本漢開始的，可以毫不誇張的說高本漢就是中國現代方言學的開拓者。高本漢 1910～1911 年之間在中國調查了北方的 17 種方言，回歐洲以後，又採訪了一些在歐洲的華人，並通過書信方式請求瑞典駐華傳教士幫助記錄方音。他親自調查了 22 種中國方言，他對這些方言語音（以及日本譯音、安南譯音）的瞭解程度「夠得上用嚴式音標來記的。」（《中國音韻學研究》第 145 頁）每種方言他記錄下來的單字有 3000 多字，單就記錄單字數量來說就達到了 6～7 萬之多，工作量之大，可想而知。

20 世紀初中國學者對漢語方言開始關注和「五四」運動提倡平民文學，反對貴族文學有關。1918 年，北京大學校長蔡元培發表啟事，成立「歌謠徵集處」，向全國徵集民間歌謠。由當時北大教授劉半農、沈尹默等任編輯。1920年，在「歌謠徵集處」基礎上成立了北京大學歌謠研究會，由沈兼士、周作人任主任，繼續徵集中國歌謠，並展開了對歌謠的研究。由於在歌謠的搜集和研究過程中牽涉到了大量的方言問題，所以方言的調查與研究自然地就成為伴隨歌謠搜集而出現的熱門話題。

1924 年 1 月 26 日北京大學方言調查會成立了，這標誌著漢語方言研究成為語言學領域內一個獨立的部門。林語堂是現代漢語方言學創始階段的重要人物，他在《中國音韻學研究方言應有的幾個語言學觀察點》〔註 22〕一文中認為方言研究的幾個「緊要基件」為：1.「應考求聲音遞變的真相，及觀察方言畛域現象（需要研究與調查點鄰近的方音，區分方言界域）」；2.「應以《廣韻》二百〇六部為研究起發點」；3.「應使發音學詳密的方法釐清音聲的現象（需要制定通用的標音符號，需要詳備精深的普通語音學書籍）」；4.「應注重俗語而略於字音」；5.「應力求規則的條理，或者說，應承認語言為有被科學整理的可能性」；6.「對於詞字應尋求文化的痕跡」；7.「應博求古語之存於俗語

〔註 21〕周振鶴、游汝傑，《方言與中國文化》第 12 頁。

〔註 22〕收入林語堂《語言學論叢》中。

中的」；8.「對於文法關係應做獨立的語言學上的研究」；9.「應考求句法的同異」。這篇文章不僅在漢語方言學方面，就是在漢語語言學的早期理論探索方面都應該佔有一席之地。林語堂是高本漢學說在中國的早期譯介者之一，他關於漢語音韻學和方言學的研究受到高本漢很大的影響，這點從他早期語言研究中言必稱高本漢可以看得出來。林語堂所強調的以中古音為起始點來考察漢語方言語音的發展變化，需要科學的語音學作為指導，需要科學的記音符號作為手段，整理出語言（主要指語音）變化的規律等等觀念，無疑都受到新語法學派（林語堂時代在漢語音韻學研究中的代表就是高本漢）的影響。從漢語方言學的角度看，它強調了研究方言還需要注意比較方言語法的異同，而這一點以後一段時期的方言調查者們卻多未能注意。

方言調查會成立後，也經常開展活動，發表了一些有關方言調查研究的文章，但往往只限於對某一方言的個別現象或問題進行簡單的介紹，缺乏系統性和科學性。中國學者有計劃、有目的、全面系統地運用現代語言學理論方法進行方言調查研究，是從趙元任開始的。

1927 年，清華學校組織了對吳語的調查，實際由當時任清華國學研究院導師的趙元任負責。這是個開端。這一年的 10 月，趙元任和助手楊時逢來到了江蘇，他們在兩個半月的時間裏，先後調查了江蘇、浙江兩省吳語區的 33 個方言點，訪問了 200 多人，記錄了 63 位發音人的語言材料。他們還順便記錄了南京、鎮江、揚州等地屬於官話區的方言。他們這次調查的結果就是 1928 年作為清華學校研究院叢書第四種發表的《現代吳語的研究》。這本書用現代語言學原理分析方言特徵和語言結構系統，用音韻學原理考察現代方言的演變規律。它重視語音的細緻描寫和來歷分析，科學合理地解釋錯綜複雜的方言現象。這本書具有劃時代的意義，它標誌著現代漢語方言學的真正誕生。

高本漢在瑞典調查方言的時候就曾編過一份《瑞典方言調查的典型詞語》，他的老師倫德爾也曾編寫過《瑞典民間各種方言調查中的典型詞彙》，對於調查漢語方言他應該是有備而來的。具體的調查方法並不是就每個漢字來問被調查者在方言中的讀音，而是：

> 問他什麼叫什麼。例如「帆」字也許被問的人不認識它，也許把它讀作別字，所以最好問他：借風力行船用布做的那個東西叫什麼；如果他說是「船篷」，那麼再問他還叫什麼，直到問出可認為

「帆」字讀音為止。(《中國音韻學研究・譯者提綱》中譯者據高氏
通信所說)

但是字表裏有一些文言字(如「謚、瞥、懲」等)大概都是就字問字所得的讀
音了。其實倫德爾在《典型詞彙》裏提出過更好的方法:「不要直接問詞和形式
(受訪者不應該知道你要的是什麼),而是負責把它們放到句子裏。」〔註23〕可
是由於時間倉促,要調查的方言太多,高本漢無法遵循導師的忠告。後來中國
學者董同龢在調查華陽涼水井客家話的時候倒是完全按照倫德爾的方法來做的,
董同龢嘗試純粹以描寫語言學方法調查漢語,他的文章提供的是完全得自口語
的語料,並由語料歸納音系,整理語彙。董同龢的《華陽涼水井客家話記音》
不僅成為客家話的第一篇調查報告,而且是首次以純粹描寫語言學立場寫成的
漢語方言調查報告。〔註24〕其實在這兩種調查方法(高本漢的記錄單字音和董
同龢的記錄口語語料歸納音系)背後更重要的是方言調查的目的與旨趣的不
同。

　　高本漢調查、記錄、描寫現代漢語方言的目的是為了建立中古音,可以說
現代漢字音的研究是古漢字音研究的手段,漢字音比較是古音擬測的手段,最
終目的完全在於中古漢字音的擬測。〔註25〕高本漢說:

　　　　要得到可靠的結果,我以為得要把我的研究放在一個很寬廣的
基礎上。每一條語音定律只有少數的幾個例是不行的,因為少數的
例不能作充分的保障。所以我拿來作基本材料的就有三千一百上下
語言中常用的字(不過有些很常用的字倒是沒有收,因為未能確定
考出他們在古音中的地位)。這麼多材料我覺得已經夠把我要找的結
論確定到相當的重要地位了。(《中國音韻學研究》第13頁)

從這方面來看,現代方言的描寫研究實則是中古音研究的副產品,處於從屬
的、作為證據的地位。在中古音裏無法確定考出地位的字不收,這就可以看
出高本漢描寫漢語方言的旨趣所在了,這當然是由他的歷史比較語言學背景

〔註23〕《高本漢》第74頁。

〔註24〕盛林、宮辰、李開,《二十世紀中國的語言學》第327頁。

〔註25〕洪惟仁《小川尚義與高本漢漢語語音研究之比較——兼論小川尚義在漢語研究史
　　　　上應有的地位》。

決定的。其實高本漢的這個觀點也影響到了中國的學者，趙元任等在《中國音韻學研究・譯者提綱》裏就說：「高氏工作的計劃是用現代方言的材料來擬測古音，<u>但是研究現代的方言，必得要有個基本的出發點</u>。他所用的基本出發點就是在第一卷第一至第三章裏所整理出來的古音類的系統。」（下劃線為筆者所加）

董同龢在去調查華陽涼水井客家話的時候，史語所已經有了一個調查方言的字表了，可是董同龢捨而未用，原因是：

> 不過如從整個的語言的瞭解說，我們知道，那種辦法（按：指用調查字表的辦法）也確有顯然的短處。第一，選字是以現代各方言所自出的「中古音系」為據，求得的音韻系統，難免是演繹式的而非歸納式的。第二，極少自成片斷的真的語言記錄，詞彙與語法的觀察無法下手。職是之故，若干年來，我們一方面固然在繼續執行那初步計劃，一方面總也想找個機會，把漢字丟掉，踏踏實實的依照語言研究的基本步驟，去記錄一種漢語。那樣的工作當是以往工作的邏輯的繼續，同時也是他的缺點的補正。〔註26〕

這實際上是與進入20世紀以後語言學的現代化有關係的。20世紀與19世紀的主要的、最明顯的區別，就是相對於歷史語言學的描寫語言學得到了迅速的發展，並上升到了後來的主導地位。鮑阿斯、薩丕爾等美國語言學家將歐洲語言研究的方法用於美洲印第安語言的研究上並有了拓展，他們側重共時的語言描寫和結構主義的分析方法。這種研究風氣也經由趙元任、李方桂等學者傳到了中國語言學界，特別是李方桂在薩丕爾的指導下調查、描寫印第安語，後來又將美國的現代語言學方法應用到了中國非漢語語言的描寫上，取得了很大的成績。董同龢的研究直接受到了李方桂的影響，實際上和董同龢同時發表的就是李方桂的《莫話記略》。這是中國方言調查方向上的一種轉變，從高本漢時期開始的為構擬中古音、闡釋語音演變進行的字音記錄轉變到此時的為描寫語言共時狀態進行的語言記錄。這種轉變的主要原因在董同龢這篇調查報告的《前言》裏就能看得到：

> 去年九月間本篇初稿將成之時，趙元任先生從美國來信，有云：

〔註26〕董同龢《華陽涼水井客家話記音・前言》。

　　「Monumenta Serica〔註27〕上有一篇 W. A. Grostears〔註28〕寫的文章，談近年中國語言研究。他批評咱們的工作像 Neo-grammarians，就是說太以 Phonetic Law 為主。我覺得他批評得對。不過我們的理由是，如以 Phonetic Law 為主，用極少時間可以得一大批的初步知識」。我看過之後就想：我們已表現的工作固然像 Neo-grammarians，但是我們實在也沒有忘記 Phonetic Law 以外的事。本篇雖然還是一個不完全的研究報告，他的做法也可以作個事實的表現吧。

　　從高本漢開始的方言調查就是新語法學派的理路，以探索音變規律為主，這種研究理路在高本漢以後中國學者的漢語方言調查報告中一直沿用著，高本漢在中國語言學領域的影響由此可窺見一斑，不過這也是由當時語言學現代化進程的現狀所決定的。20 世紀的中國語言學自始即是拿來主義，早期學者接觸到國外語言學時，西方正是歷史比較語言學大行其道，拿來的自然是歷史比較語言學，這背後還有當時學術界所彌漫的用新知整理國故的風氣。到了從美國系統學習現代語言學的一批學者（特別是趙元任、李方桂）回國之後，同時也因為這些學者與國外語言學界一直有不斷的聯繫，結構主義語言學也進入了中國，對中國方言的研究風氣隨之發生了轉變。1928 年趙元任發表《南京音系》的時候，提出研究一處的方音有語音學的研究（phonetics）和音韻的研究（phonology）前者主要指的就是描寫語音學的內容，而後者指的則是歷史語音學的內容。〔註29〕《南京音系》即是以方言語音描寫為主體的調查報告，裏面涉及方言歷史的部分比重不大；而他的《鍾祥方言記》（1939）拿前兩章來做純粹靜態的研究，基本上不涉及歷史，描寫語言學的性質比較濃厚。〔註30〕

　　《中國音韻學研究》第四卷《方言字彙》將 3125 個漢字〔註31〕在 22 種方言和 4 種漢外譯音中的讀音以中古音為序進行了排列，排列的順序是果、止、

〔註27〕此刊物中文名《華裔學誌》，輔仁大學主辦。

〔註28〕按：當為 W. A. Grootaers，即賀登崧，原文拼寫有誤。

〔註29〕趙元任《南京音系》第 273 頁。

〔註30〕王力《中國語言學史》第 250 頁。

〔註31〕其中 1328 個字作為代表字置於表頭，1797 個字是列於表頭漢字的同音字，只注出它們的例外讀音。

蟹、咸、深、山、臻、梗、宕、效、流、遇、通（以上列平上去）、咸入、深入、山入、臻入、梗入、宕入、通入，和一般所說的中古音 16 攝相比少了假（併入了果攝）、曾（併入了梗攝）、江（併入了宕攝）三攝。每攝下漢字按照中古音聲母見系（含曉匣影喻）、知系（含照組和日母）、泥系（含娘來）、端系（含精組）、非系（幫組、非組不分）的順序排列。這種排列的辦法當然是和高本漢古音為體、方音為用的觀念有關，依照中古音的順序來排列可以清楚地看到從古音到今音的發展變化。這個《字彙》有三種讀法：選擇一個方言橫向來讀，可以大體看出這個方言的音系，同時找到「它跟古音正則的相配法」（《中國音韻學研究》第 539 頁）。選擇一個或一組漢字（比如說歌韻見系）從中古音到各個方言縱向來讀，可以「看出來哪些方言對於古某韻母是合夥兒走的」，「並且還可以看得出來聲母的不同如何影響到現在韻母的讀法。」（同前）縱向選擇幾組漢字橫向選擇幾組方言比較著來看，可以考出方言之間的親疏遠近。

　　排列、比對漢語方言讀音的辦法並不是創自高本漢的，在他之前莊延齡（Edward Harper Parker〔註32〕）和武爾披齊利（Zenone Volpicelli）做過類似的工作。〔註33〕莊延齡在翟理斯（Herbert Allen Giles）的《華英詞典》裏為每個字都注了 12 種方音，但這個還是比較零散的。武爾披齊利就將《康熙字典》前面的《切音指南》裏面每一個字都根據莊延齡的 12 種方音逐一記錄下來，列為字表。武爾披齊利的想法是用這些方言的讀音來上推古音，但是他是按照每個音在方言裏出現的百分比來計算出古音的，研究的結果錯誤比較多。前人的這些研究無疑對高本漢很有啟發，但是這些研究都有一些問題，比如說記音錯誤、標音符號混亂，更主要的問題是缺乏系統性，不能闡釋從古音到今音的演變，所以高本漢用根本於歷史比較語言學的方法製作了《方言字彙》。

　　在高本漢之後像這樣大規模地將調查到的方言讀音排列出來成為字彙的就只有《漢語方音字彙》了。這部書編於 1958～1959 年，初版於 1962 年；

〔註32〕此人為漢學家，曾任英國駐中國領事，1869～1895 年一直留駐中國。《中國音韻學研究》中譯本第 5 頁縮寫為 G. A. Parker，未明何據，高本漢法文原本正為「E. H. Parker」。

〔註33〕《中國音韻學研究・緒論》，又羅常培《漢語音韻學的外來影響》。

1980 年開始又做了修訂，1989 年再版；2003 年重排的時候又做了核對、調整和補充。對比兩本《字彙》是一個很有意思的事情：1. 編者情況，一方是高本漢，一個外國漢學家；一方是幾十位漢語方言方面的專家。〔註34〕　2. 編寫的時間，前一本出版於 1926 年，後一本初版 1962 年，相差 36 年；再版 1989年，相差 63 年。在這段時間裏，解放前中國一些大的方言區都已經有比較詳細、科學的調查報告，解放後從 1955 年到 1959 年之間，開展了方言普查工作，大陸 1849 個縣市的方言得到了調查。而 1980 年以後，漢語方言的調查更是向縱深發展，重要的方言都有了方言志或方言詞典。3. 選擇的地點，前者詳於北方（特別是晉方言區）而略於南方（北方 16 種，南方 6 種）；後者則分布比較均勻（北方 8 種，南方 12 種）。4. 列字的數量，兩者都是 3000 左右（高本漢 3125，北大字彙 3000）。5. 列字的順序，高本漢以中古音為序，北大字彙以現代漢語普通話拼音為序，前者利於研究中古音到現代方音的分化，後者利於閱讀、檢索，瞭解方言情況，做方言對比研究。6. 每個字包含的信息，高本漢只包含聲、韻，北大字彙包含聲、韻、調，更為全面。

　　高本漢《中國音韻學研究》第一卷第三章為《古音字類表》，對於這個表高本漢說：

> 　　下文所發表的三千一百多字的字表，就是根據反切的材料，參照韻表的排列，給六世紀（500～600）的音韻分類列出一個有系統的字表。這個字表是為研究現代中國方言作基礎的，但是照我看它的功用比這個還要多的多呢。（《中國音韻學研究》第 61 頁）

其後趙元任在調查吳語的時候製作了一個《吳音單字表》，後來又專門編寫了《方言調查字表》，1930 年由中央研究院歷史語言研究所鉛印發行。我們現在一般調查方言所用《方言調查字表》實際上就是由 1930 年史語所那個表所來，只是稍加修訂而已。〔註35〕此外，趙元任等學者在調查官話方言時還編寫了《方言調查簡表》，這個表在 1948 年出版的《湖北方言調查報告》裏可以看到。如果將這幾個表綜合起來看，可以看出來高本漢方言調查的觀念以及表格製

〔註34〕僅舉《漢語方音字彙‧前言》中所列協助修訂工作的專家就達到 30 多人，再加上初版的編寫人員，應該更多。

〔註35〕張清常《趙元任先生所指引的》。

作方面對中國學者的影響。

當然在談這個問題之前，先應該看看傳統的韻圖對高本漢《古音字類表》的影響。韻圖用圖表的形式闡釋韻書中反切的字音，相當於韻書的音節拼合表。高本漢研究過的韻圖主要為《切韻指掌圖》、《切音指南》等，他也通過馬伯樂的研究暸解一點《韻鏡》，但是並未加以利用〔註36〕。總體來說，《切韻指掌圖》對他編製字類表的影響比較大，這在這樣幾個方面可以看得出來：梗攝和曾攝合併；咸攝凡類不單獨列圖；先列咸攝、深攝圖，再列山攝、臻攝圖；江攝與宕攝合併。這樣，僅看高本漢《古音字類表・韻母表》平上去部分，圖數、分合與《切韻指掌圖》完全是一樣的，與《切音指南》不同。但是高本漢在一個大的方面上卻是直接使用了《切音指南》的方法，那就是等列和四聲的排列方式。請參看下表（僅列部分以示例，為了便於閱讀，排列方向與韻圖左右相反）：

表2.1

《切韻指掌圖》的方式		見	溪	群	疑
平	一				
	二				
	三				
	四				
上	一				
	二				
	三				
	四				

《切音指南》的方式		見	溪	群	疑
一	平				
	上				
	去				
	入				
二	平				
	上				
	去				
	入				

高本漢採用的方式與後者相同。傳統韻圖等列與四聲的這兩種排列方式，前者較古，《韻鏡》、《七音略》都是這一方式。後一種方式現在能看到的最早的韻圖當為《四聲等子》，《四聲等子》的成書年代有些疑問，趙蔭棠認為不會晚於南宋，張世祿則認為不會早於南宋末年，今本經過元明間人的改竄，唐作藩先生則認為它的語音系統反映了宋元之間的語音特點，但成書可能在元代。〔註37〕元代劉鑑的《切韻指南》也是這種列字方式，《切音指南》即源自

〔註36〕關於這一點，下文還有詳細論述。

〔註37〕唐作藩《〈四聲等子〉研究》。

《切韻指南》。〔註38〕高本漢等列、四聲的排列方式，後來的幾種方言調查字表也都沿用下來了。

高本漢的《古音字類表》也有和傳統韻圖很不一樣的地方，主要表現在：

第一，他除了有《韻母表》以外，還另外編製了聲母表，每個聲母下列出四聲和四等，等的排列以一、二、四／三的方式，主要用於考察方言聲母的演變，尤其是在三等字裏面的演變。

第二，他在《韻母表》中將入聲全部獨立出來，按照咸入、深入、山入、臻入、梗入、宕入、通入順序排列於舒聲各攝之後，這一點與傳統韻圖大不相同。我們認為他這樣做應該還是受到了《切韻指掌圖》的影響，因為在《切韻指掌圖》中，入聲既與陽聲韻相承，又與陰聲韻相承，即所謂「異平同入」。在製作《古音字類表》的時候，如果依據《切韻指掌圖》和哪一類相承都不好處理。而且高本漢調查過的晉方言、南京方言等都是入聲獨立為一種調類，收〔ʔ〕尾，這應該就是他將入聲獨立出來的原因。趙元任調查吳語時使用了高本漢的辦法，但是後來的《方言調查字表》（1930）、《方言調查簡表》（1948）、《方言調查字表》（1955）等還是將入聲韻附於陽聲各部之後。

第三，他按照中古擬音主元音和韻尾的不同，將舒聲各攝的順序進行了整理，與傳統韻圖的列序都不相同。排列順序是果攝、止攝（以上舒聲，主元音不同），蟹攝（收-i 韻尾），咸攝、深攝（收〔m〕韻尾，主元音不同），山攝、臻攝（收〔n〕韻尾，主元音不同），梗攝、宕攝（收〔ŋ〕韻尾，主元音不同），效攝、流攝（收〔u〕韻尾，主元音不同），遇攝、通攝（主元音為〔u〕或〔o〕，後者有〔ŋ〕韻尾）。後來的方言調查表格也都沿用了這種調整中古韻攝的策略，不過調整的結果各不相同，大體上傾向於按照韻尾不同（無韻尾、元音韻尾、鼻音韻尾、塞音韻尾）來進行排列。

第四，高本漢對聲母做了不同於以往韻圖的修改，有些修改甚至是創造性的。他將見溪群疑和曉匣影喻合為見系，知徹澄、照組和日母合為知系，泥娘來三母合為泥系，端透定、精組合為端系，非組稱為非系（非組、幫組不分）。見組和曉匣等母古、今音關係都很大，韻圖分離很遠。知、照組後來有方言演

〔註38〕又魯國堯先生根據沈括《夢溪筆談》所載復原出一種與以上方式都有所不同的切韻圖，但未見諸載籍，且與本文關係不大，茲不贅言。可參看魯國堯《沈括〈夢溪筆談〉所載切韻法繹析》。

變上的分合問題，韻圖分開。泥娘古、今音有分合，泥來今音有分合，韻圖不在一處。高本漢的這種修改於上古音到中古音、中古音到今音的演變都有利於說明的一面，是一大創造。現在我們用的《方言調查字表》聲母順序基本上按照高本漢的排列辦法，變化只有：各系順序有了調整，泥系成為泥組，併入端系，知系進一步分出莊、章兩組。現在的《方言調查字表》創自趙元任，趙元任是《中國音韻學研究》一書的主要翻譯者，他的聲母排列方法應該是直接源自於高本漢的。

最後應該予以強調指出的是，高本漢認為《切韻》所代表的音系是各種現代漢語方言的祖語，因此根據《切韻》音系所排列出來的這種《古音字類表》完全可以用於調查現代漢語的方言，並藉以瞭解古今語音的流變。〔註39〕《方言調查字表》的作者在翻譯了《中國音韻學研究》一書同時也接受了高本漢歷史比較語言學的觀點，認為方言調查是為了說明祖語的音系到現代方言的演變，我們認為至少到 1930 年的《方言調查字表》還是體現作者這種語言觀的。但是後來在實際的方言調查中發現這個字表還是不夠完善的，並且受到了結構主義語言學的影響，趙元任等人在這個字表的基礎上，又補充了關於語音（如文白讀、連讀變調等等）、詞彙、語法等更多方面的調查，使方言共時描寫的內容更為全面。

在《中國音韻學研究》一書前三卷出版的時候，裏面有 22 種方言資料是經過高本漢審核的，也就是說是經過他親自調查、記錄的。到 1926 年第四卷出版的時候，高本漢又審核了汕頭的讀音，對於溫州、客家等方言的讀音他又得到了更好的資料。現在看來，他在《方言字彙》裏所提供的方言讀音都是比較真實準確的（也有些有問題的，主要和發音人的選擇有關）。對於這些讀音，還有一個很大的利用價值，就是拿來當作方言語音史的資料，可以直接用於考察這些方言的語音在這一個世紀裏的變化情況，並可以與其他更早的材料相配合，考證方言語音的歷史演變。

高本漢調查的方言點最多、最細緻，語音記錄也最為可靠的當數晉方言。他調查了晉方言的 8 個方言點，這 8 個點分別是：歸化城（今呼和浩特）、大同、太原、文水、太谷、興縣、鳳臺（今晉城）、懷慶（今沁陽）。按照目前學者關

〔註39〕關於高本漢的這一觀念，我們下文還要詳加評述。

於晉方言的分片，這 8 個點分別屬於張呼片（呼和浩特）、大包片（大同）、呂梁片（興縣）、并州片（太原、文水、太谷）、邯新片（晉城、沁陽）。〔註40〕另外，高本漢調查的山西方言點還有平陽（今臨汾），學者們一般認為臨汾屬於中原官話汾河片。下面我們即舉晉方言的幾個例子來談談《中國音韻學研究》一書在方言語音史研究上的意義。

　　目前晉方言中，古日母字「日、軟」等字聲母讀音可分為兩種類型〔註41〕：

　　第一種：日＝軟。但讀音各地不同，可分為讀〔z〕、〔z̩〕、〔nz〕、零聲母四種情況。

　　第二種：日≠軟。又可以分為三小類。1.「日」讀〔z̩〕，「軟」讀〔z〕；2.「日」讀〔z̩〕，「軟」讀〔v〕；3.「日」讀〔z〕，「軟」讀〔v〕。

　　我們對比高本漢 20 世紀初所記音值（僅取聲母）和 20 世紀末方言調查報告所記聲母音值〔註42〕，列表如下：

表 2.2

世紀初、末讀音相同				
	日	軟	日	軟
大同	z̩	z̩	z̩	z̩
太原	z	z	z	z

世紀初、末讀音不同				
	日	軟	日	軟
晉城	z	z	z̩	z̩
文水	z̩	z	z	z
興縣	z̩	z	z	z
呼和浩特	z̩	z	z	z
太谷	z	∅	z	v

整理上表，我們可以看到「日、軟」類讀音在晉方言中這一個世紀存在著四種類型的變化：

　　1. 世紀初「日＝軟」，世紀末「日＝軟」，世紀初、末讀音無變化，如大同、太原。太原、大同是山西最大的兩座城市，其方言在所屬方言片中具有權威地位，其中太原為省會城市，輻射面更廣。權威方言語音上的一些特點會輻射到周邊地區，自身反而比較穩固，太原、大同「日、軟」聲母讀音一個世紀以來

〔註40〕《中國語言地圖集》B7。

〔註41〕侯精一、溫端政，《山西方言調查研究報告》第 22 頁。

〔註42〕晉方言各地資料見前注，呼和浩特資料來自劉文秀等《呼和浩特市方言辨正》第47、52 頁。

沒有變化證明了這一點。

2. 世紀初「日＝軟」，世紀末「日＝軟」，世紀初、末讀音不同，如晉城。這種類型的變化可能是受到普通話推廣的影響所致。

3. 世紀初「日≠軟」，世紀末「日＝軟」，如文水、興縣、呼和浩特。文水、興縣距離太原較近，世紀初「日、軟」雖然聲母不同，但是有相同的發音特點，受到權威方言的影響，很容易改變自己的發音。呼和浩特變化原因不明。

4. 世紀初「日≠軟」，世紀末「日≠軟」，如太谷。太谷「日、軟」的讀音在世紀初差別很大，雖然離太原不遠，也受到權威方言的影響，可是這種類型上遠隔的發音就不會發生改變。「軟」從零聲母到〔v〕聲母，可能的解釋如下：第一，晉方言中古微母字讀〔v〕的方言點比較多，「軟」讀〔v〕或許是〔v〕聲母在詞彙上的擴散。第二，北京話零聲母合口呼的字在太原、太谷等地都讀〔v〕，這個〔v〕實際上已經基本清化，讀作〔v̥〕。〔註43〕考慮到這一點，高本漢和世紀末的調查者實際上記的是同一個讀音，只是兩者記錄的是不同的變體而已。

臨汾（平陽）方言一般認為屬於中原官話區，不屬於晉方言。但是實際上其所屬的汾河片在歷史上與宋西北方音接近，以後逐漸受到中原官話的影響，應該說是晉方言和中原官話之間的一個過渡區，尤其與晉方言核心地區并州片有較多共同點。〔註44〕我們現在來看看臨汾方言在這一個世紀裏語音方面發生的一些變化：〔註45〕

1. 20 世紀初，臨汾方言裏古知、莊、章三組字聲母除合口的生、書母與船、禪母的仄聲字和部分平聲字讀為〔f〕以外，其餘的都讀為〔ts tsʻ s〕，古日母字讀為〔z〕。目前則演變為〔tʂ tʂʻ ʂ ʐ〕，這甚至包括北京話的「擇廁色搜」等平舌音的字在內。

2. 20 世紀初古生、書母遇攝合口三等字讀為〔f〕，現在一般都讀為〔ʂ〕，這些字在 20 世紀中期還有〔f〕、〔ʂ〕的文白兩讀。

3. 20 世紀初古明母、泥娘母一二等、泥娘母三四等、疑母（部分影母字）讀為鼻音加同部位的塞音：〔mb nd ȵdʑ ŋg〕，現在則都變為單純的鼻音。

〔註43〕侯精一、溫端政，《山西方言調查研究報告》第 377 頁。

〔註44〕喬全生《晉方言語音史研究》第 1 頁。

〔註45〕這個部分參考了鄭林傑《臨汾方音百年來的演變》。

4. 20 世紀初臨汾方言讀送氣清音的時候帶有舌根或舌面前齶的摩擦音：〔pχ／pç　tχ／tç　kχ〕，到 20 世紀中期的時候，送氣還比較強烈，現在這些摩擦音已經不太明顯了。

5. 20 世紀初臨汾方言存在著大量的韻母鼻化的現象，現在這種鼻化現象已經發展為元音加鼻音韻尾，例如〔aỹ〕發展為〔an〕。

總體來說，這些改變都是受到了普通話的影響，早期的臨汾方言尚具有晉方言的一些特點，現在的臨汾方言則更靠近官話，所以學者認為這一地區是晉方言和官話方言之間的過渡區是十分準確的。

高本漢在《中國音韻學研究》裏還記錄了南京方言，這也應該是他在中國的時候調查所得。他引用了何美齡（K. Hemeling）的《南京官話》（The Nanking kuan hua，1907），並對何書的記錄做了一些修正，何美齡的主要問題是記錄得太靠近北京話。此後，趙元任 1927 年調查吳語的時候順便調查了南京方言，題名《南京音系》發表在《科學》月刊上。我們對比高本漢的調查、《南京音系》和後來關於南京方言的調查，也可以整理出南京方言這一個世紀裏面的變化。我們現在擇其要點以敘述之：〔註46〕

1. 高本漢、趙元任所記錄的南京話尚分尖團，古精組聲母在細音〔i　y〕前讀〔ts　ts‘　s〕，古見曉組聲母在細音〔i　y〕前讀〔tç　tç‘　ç〕。例如：西〔si〕≠希〔çi〕。在《南京音系》裏作者指出當時的城北已經出現將尖團合併的現象了，在城南還可以找出一個獨立的南京音系來。城北出現合併的現象主要是因為外來移民，多來自江北（揚州等地）。現在完全能分尖團的南京城裏人已經基本上找不到了（除了部分白局藝人和年齡在百歲以上的老人），有些老人（70 歲以上城南人）在〔ie　ien　ieʔ〕三韻前分尖團，其他南京人已經完全不分尖團了。在南京江寧區（過去為江寧縣）東山街道、淳化街道老派讀音裏〔ie　ien　ieʔ〕之前也分尖團。

2. 高本漢、趙元任所記的南京話有〔tʂ〕組聲母和〔ts〕組聲母的系統對立，但是字的歸類和普通話有所不同。現在的南京話〔tʂ　tʂ‘　ʂ〕只出現在〔ʅ　ʅʔ〕兩韻前，其他〔tʂ〕組字一律念〔ts〕組。有些老年人除了〔i　y〕

〔註46〕參看劉丹青《南京方言詞典·引論》第 5～15 頁，鮑明煒《六十年來南京方音向普通話靠攏情況的考察》。江寧方言語音參考聶平《江寧方言語音研究》、劉存雨《江寧方言的地理語言學研究》。

前的〔ts〕組併入〔tɕ〕外，其他〔ts〕組聲母和〔tʂ〕組聲母保留區分。江寧部分地區如湯山街道、陶吳鎮還較為完整地保留著老南京話〔tʂ〕組和〔ts〕組的系統對立。

3. 高本漢《中國音韻學研究》法文原本中將假攝、蟹攝（部分）開口二等字、咸山兩攝入聲開口二等字〔註47〕韻母都標為〔a〕，這是寬式標音，高本漢認為嚴式標音應該為深〔ɑ〕。中文譯本中把它改為〔ɔ〕，認為〔a〕容易產生誤會，這應當是指這個元音的圓唇性而言的。今按：中文譯本也是用的寬式標音法，用嚴式標音法應該為〔ɒ〕，在《南京音系》中即為〔ɒ〕〔註48〕。這個讀音過去被看作是南京方言的顯著特色，趙元任為了方便大家記住南京話的特點用「他家插花」四字以概括之，但是這一語音特色現在只保留在最老派裏的一部分人（尤其是婦女）口中。江寧方言中江寧街道、谷里街道部分老年人口中還可以聽到〔ɒ〕這個音，另外雨花臺區、浦口區、大廠區仍普遍保留這一讀音。

4. 高本漢所記南京話山攝入聲開口三等、曾攝入聲開合口一等、梗攝入聲開合口二等韻母讀為〔æʔ〕、〔uæʔ〕，例如：麥〔mæʔ〕，國〔guæʔ〕，革〔gæʔ〕。趙元任認為主元音是〔e〕。《南京方言詞典》說最老派逢唇音聲母念〔ɛʔ〕，其他聲母介於〔ɛ　əʔ〕之間，逢零聲母為〔əʔ〕。新南京話一律念〔əʔ〕，老派介於最老派和新南京話之間，讀音不穩定。今按：高本漢所記〔æʔ〕在所有聲母（包括零聲母）後讀音沒有變體，或許為寬式標音。《南京音系》於入聲部分記錄不夠詳細，從後附《單字音全表》來看和高氏所記相同。現在江寧方言中多數和南京城區一樣讀為〔əʔ〕；位於城區東邊的麒麟鎮唇音聲母后念〔ɛʔ〕，其他聲母后念〔əʔ〕，與老南京話最為接近；周崗、陶吳、丹陽等離南京城區較遠的村鎮則併入山攝合口一等入聲中，讀為〔oʔ〕。

5. 高本漢、趙元任所記的南京話蟹攝開口部分二等字在見組聲母后韻母為〔iai〕，如街：〔tɕiai〕，蟹：〔ɕiai〕，根據趙元任的嚴式標音法則為〔iaæ〕，新南京話讀為〔ie〕。部分城南老年人還保留有〔iɛ〕（在〔i〕後元音沒有動程）、〔ie〕兩讀。江寧方言中則一般讀為〔iɛ〕，部分字還保留有古讀，如：街〔kɛ〕、鞋〔hɛ〕。推測這些字的讀音經歷了這樣一個過程：〔kai〕〉〔tɕiai〕〉

〔註47〕即北京話讀為〔a〕的那些字。

〔註48〕《趙元任語言學論文選》中《南京音系》韻母表部分誤印為〔ɐ〕，後文南京元音舌位圖中不誤。

〔tɕiɛ〕〕>〔tɕie〕。

6. 高所記的南京話中假攝開口三等字在精、照組後韻母為〔ai〕，如：車〔tʂʻai〕，射〔ʂai〕。趙元任認為記音不對，應該為〔æ〕（文讀）、〔ə〕（白讀），而且這個〔ə〕是一個很前的〔ə〕，也可以算是一個很後的〔e〕。《南京方言詞典》裏說這些字最老派（現在年齡當在百歲或以上）讀為〔e〕，有些字（如「者」）讀為〔ae〕（即高本漢所記的〔ai〕）；老派（70 歲以上）一般讀為〔e〕，部分字有〔ae〕、〔ə〕的又讀；新派（40 歲～70 歲）和最新派（40 歲以下）都讀為〔ə〕。江寧方言中大多將這類字歸入了〔ei〕韻，和美、碑等同韻，只有周崗鎮讀為〔e〕。

7. 高本漢、趙元任所記南京話果攝字開合口同音，歌＝鍋＝〔ko〕。現在的南京話（最新派）將北京話讀〔ɣ〕字都讀為〔ə〕。江寧區一律保持歌＝鍋＝〔ko〕的舊讀。

8. 高本漢所記南京話中止攝三等唇音字、蟹攝合口一、三等唇音字〔註49〕韻母為〔əi〕，《南京音系》所記相同，趙元任說這個與附近方言的音彩很不同，是南京人到外頭去的時候自己覺得最願意掩飾的地方之一。《南京方言詞典》標為〔əi〕，這個音到今天沒有太大變化。

總體來說，高本漢所記錄的南京方言是當時南京話的真實記錄，語音描寫非常準確，這點可以從《南京音系》獲得旁證。南京方言在一個世紀中經歷了比較大的變化，受外地話（主要是蘇北、皖北）和普通話的影響非常大。這一個世紀以來，特別是最近的 30 年，伴隨著中國城市化的進程和城市的快速膨脹，城市中的語言狀況變化劇烈，各大城市都有的一大特點就是向普通話的不斷靠攏。南京由於這一個世紀以來的幾次人口變動，在這方面顯得尤其突出。民國時期，作為首都的南京吸引大量外來人口進入，包括政府工作人員、學生、商人等，其中蘇北、皖北人較多。日本侵華戰爭以後，由於大屠殺導致南京人口銳減，抗戰勝利以後一直到新中國成立，周邊地區（主要為蘇皖）移民到南京來的很多，使得南京人口快速恢復到原先數量。改革開放以來，大量農村人口湧入城市，南京外來人口又一次增加。這幾次移民給南京方言帶來極大的影響，80 年代的時候，不同年齡段的人、居住在不同片

〔註49〕即北京話讀為〔ei〕的那些字，不含合口字。

區的人對同一個字往往有不同的發音，有的字多達 6、7 種發音。正如鮑明煒先生所說，「一字多音是現階段南京話的一個特色，這種情況是其他方言少見的。」〔註 50〕相對來說，周邊郊縣的方言則發展較慢，較好地保存了老南京話的特點。

高本漢調查中國方言取得了很大的成績，屬於開創性的工作，天下事因仍者易為功，創始者難為力，他的方言調查也同樣存在一些問題。關於選擇被調查人的辦法，高本漢說：

> 我就用了現在語音學家中通用的方法。我挑選了一個人，這個人是指我所要研究的地方生長並且是在這個地方受教育的，還得經我詳細考慮過後才斷定他可以代表這個地方的讀音。我詳詳細細的把他的讀音寫下來，就可以表現他本地（如廣州等）土音的概略。
>
> （《中國音韻學研究》第 144 頁）

首先是被調查人的數量太少，不具有足夠的代表性。其次被調查人的年齡、性別、居住在方言區的城市還是農村等等都會影響到調查結果。再次中國的方言很多都有文白讀的情況，高本漢實際上很多地方都是採用就字以問字的辦法，這樣很可能調查到的只是文讀音，而調查不到真正能反映古音情況的白讀音。另外，高本漢調查的是受過教育的對象，面對一個外國調查者，很可能會刻意地使用讀書音來讀這些字。以上情況都會影響到高本漢方言調查的結果，實際上《方言字彙》裏有不少讀音反映了高本漢調查手段尚不夠嚴密。例如高本漢調查的蘭州方音與今天的蘭州話有 15 項實質性的差異，實際上不是因為蘭州話這一個世紀中發生了如此巨大的變化，而是因為高本漢選擇的調查對象可能是住在蘭州的一位文化程度不高的教書先生，被調查人有些字刻意使用讀書音來念，而有些字還出現了讀半邊字誤以為即是讀書音的現象。〔註 51〕再如，高本漢記廣州音的時候將覃談韻（入聲合韻）見系字韻母寫作〔ɔm〕（入聲〔ɔp〕），將侵韻（入聲緝韻）見系字韻母寫作〔ɐm〕（入聲〔ɐp〕）。實際上當時廣州城這幾韻都讀作〔am〕（入聲〔ap〕），外縣（如順德）

〔註 50〕鮑明煒《六十年來南京方音向普通話靠攏情況的考察》。

〔註 51〕張文軒《高本漢所記蘭州聲韻系統檢討》。

才有如此分別，可能高本漢的調查對象並不是廣州城里人。〔註52〕好在《中國音韻學研究》的譯者都是中國方言方面的專家，在中譯本中對不少這樣的錯誤都予以指出或直接糾正。我們在利用《中國音韻學研究》中的方音資料作為研究百年方音史的材料時，對於高本漢居住時間較長、親自逐地調查的晉方言資料，可以比較放心地拿來使用；對於其他高本漢並沒去實地調查，而是找到從那個地方來的發音人以記錄的資料（如南京、蘭州、廣州），一定要找到其他旁證材料才可以加以利用。

此外，高本漢調查的方音資料中文讀音較多，即以臨汾方言為例，中古全濁聲母在臨汾話裏有讀作送氣清音的白讀音，例如：櫃〔kuei kʻuei〕，丈〔tsaŋ tsʻo〕，這種現象在《中國音韻學研究》一書中沒有反映出來。再如中古禪母字在晉方言中除了有〔tʂ tʂʻ〕等塞擦音讀法以外，還有〔ʂ〕等清擦音，多為白讀音。比如「城」在晉方言讀清擦音，多出現於地名。洪洞：城東〔ʂe tuan〕，臨汾：麻城〔ma ʂe〕。〔註53〕像這種資料在《中國音韻學研究》中完全沒有反映出來，對於考察漢語語音史和方音史來說，這樣的白讀音往往是非常重要的材料。歸根結底，高本漢的方言調查方法主要是問字音，漢字的方音調查完全是為了重建中古音服務的，這個出發點使得他的方言調查是不夠完整、全面的。

生活在 20 世紀初的高本漢，以一個學漢語不到一年的外國人的身份，能將漢語方音的調查推進到如此的程度，已經成就很大了，我們指出其問題，但更應該關注的是他的成績以及這些方音材料的利用價值。正如趙元任說：「一個全國的方言調查不是個把人一年工夫或一個人年把工夫可以做得完的。高本漢的所得的材料可以夠使他考定隋唐時代的古音的大概，但是假如要做中國的方言志，那還得要許多人許多年有系統的調查跟研究才做得好呢。」〔註54〕

〔註52〕《中國音韻學研究》第 213、586、690 頁。又羅偉豪《析高本漢〈中國音韻學研究〉中的廣州音》。

〔註53〕喬全生《晉方言語音史研究》第 87 頁。

〔註54〕趙元任《現代吳語的研究・序》。

第三章 《中國音韻學研究》在域外漢語研究史上的地位

　　高本漢的中古音研究在域外漢學研究領域同樣有著很高的地位，我們在這裡從域外漢語研究史的演進的角度對《中國音韻學研究》一書的歷史地位略做探討，也從音韻學和方言學兩個方面展開論述。

第一節　在域外漢語音韻學研究領域的地位

　　西方人對漢語開始加以重視始於 16 世紀，利瑪竇的《西字奇蹟》、金尼閣的《西儒耳目資》都是早期用西文字母標注漢字讀音的漢語教材。他們「用羅馬字母分析漢字的音素，使向來被人看成繁難的反切，變成簡易的東西；用羅馬字母標明明季的字音，使現在對於當時的普通音，仍可推知大概；給中國音韻學研究開出一條新路，使當時的音韻學者，如方以智、楊選杞、劉獻廷等受了很大的影響。」[註1]此後用西文字母來標注漢語（包括方言）的著作不斷出現，即以《中國音韻學研究・緒論》所列來看，到了 20 世紀初中國各種重要的方言如粵語、閩語、吳語、客家話、官話都已經有了一些比較好的標音字典。關於中國古代語音的研究，也有了一些著作，不過都比較粗疏。重要的有下列

〔註1〕羅常培《耶穌會士在音韻學上的貢獻》。

幾種：〔註2〕

馬士曼（Joshua Marshman）1809 年發表了《論漢語的文字與聲音》（Dissertation on the Characters and Sounds of the Chinese Language），提出漢語、藏語、暹羅、緬甸等語言之間語音相近，認為漢語的中古音有濁塞音。根據《康熙字典》前的《字母切韻要法》來猜想中國的古音，研究的結果很不可靠。艾約瑟（J. Edkins）寫有《中國上海土話文法》和《中國官話文法》，根據現代方言證明漢語古音裏面有濁塞音聲母和塞音韻尾，其他就沒有什麼太大的成績了。湛約翰（John Chalmers）1870 年發表了一份對平水韻的不太成熟的構擬，他說他的構擬是為了滿足對一些方言進行描寫的急切需要。至於構擬的音值是怎麼獲得的，他沒有解釋，也沒有說明他的構擬和韻圖之間的關聯。實際上他運用了四等分類的方法：用開元音的相對高低來區別一二等，用前高元音或者齶化的出現與否來區別三四等。莊延齡在翟理斯《華英字典》裏面有一篇語言學論文，從一首古詩的讀音談起，論述了各種漢語方音和日語等語言的發音特點，也構擬了一個古音，可是他的構擬只是憑感覺進行的，而且實際上覺得這古音的真代表可能是客家話或廣州話。〔註3〕武爾披齊利（Z. Volpicelli）的《中國音韻學》（Chinese Phonology， 1896）排列各種方音然後用統計的方法「算」出了古音的音值，定出一二三四等的元音是 a、o、e、i，方法上有問題，結論自然也不可靠。不過他擬定的聲母的音值，是參照梵文對音來做的，具有相當的準確性。庫納特（Franz Kühnert）1890 年構擬了一個中古音系統，但是因為對漢語瞭解不夠深入，在元音的構擬上過於主觀，沒能合理地區分開中古音的一些音類。他的構擬也考慮了四等的區分，區別四等的辦法和湛約翰相近。商克（S. H. Schaank）是高本漢之前對漢語古音研究最為深入的學者之一，他在《古代漢語發聲學》中根據《切音指南》來構擬古音，提出的結論不免有不少錯誤，但是他有三點說法對高本漢啟發很大：1. 提出了〔j〕化的觀念；2. 提出古雙唇音在三等合口前變唇齒音的條理；3. 發現一二等沒有 i 介音，三四等有 i 介音。在高本漢之前漢語古音

〔註2〕 參考羅常培《漢語音韻學的外來影響》中《論近代語音學的影響》部分，《中國音韻學研究·緒論》部分，又 David Prager Branner, Simon Schaank and the evolution of Western beliefs about traditional Chinese phonology.

〔註3〕 《中國音韻學研究》第 5 頁。

構擬方面成就最為突出的應該是馬伯樂，他的《安南語言歷史語音學研究》為了研究越南語音史，利用越南漢字讀音的材料構擬了《切韻》時期的中古音，其研究從方法、材料等多個方面給高本漢以很大啟發。此外，伯希和在《通報》1911～1915 年發表的一些文章裏也涉及到了中古音的構擬，他主要是從梵漢、藏漢對音材料推測中古音的一些具體音值，這些推測對高本漢的構擬也有很重要的參考價值。〔註4〕

可以說在高本漢之前還沒有完整的成系統的中古音構擬，艾約瑟、湛約翰等人的主業還是傳教，在語言研究方面他們都是「愛美的」（amateur）。到了商克、馬伯樂那裡，這種研究才算走上了正途，可是畢竟這些研究者都不是專業的語言學家，特別是沒有受過歷史比較語言學的系統訓練，在用語言學方法分析、歸納音系方面，在對材料的佔有方面與高本漢所做的工作相比，差距非常大。還有一個更大的問題就是高本漢之前的這些研究者對中國傳統小學的研究關注不夠，僅靠現代方音或者域外漢字音、漢外對音等材料很難得出一個完整的古音系統。從這個意義上來說，在域外漢學家中，高本漢是漢語中古音全面構擬的第一人，正是他使得中古音的構擬走上了歷史比較語言學的康莊大道。

高本漢之後，馬伯樂於 1920 年發表了《唐代長安方言考》（Le dialecte de Tch'ang-ngan sous les T'ang）。這篇文章主要利用了域外漢字音（日譯漢音、漢越語）和漢外對音（梵漢、藏漢對音）材料來構擬中古音，也取得了很大的成就。他的構擬有不少地方與高本漢有所不同，後來高本漢在《中古漢語構擬》（The Reconstruction of Ancient Chinese）中對馬伯樂使用的材料、研究的方法等方面進行了討論，有些地方贊同馬伯樂的觀點，這部分在《中國音韻學研究》中譯本裏都已經反映了出來。馬伯樂的《唐代長安方言考》也是 20 世紀早期漢語中古音研究方面的重要著作，就其成就來說與高本漢只在伯仲之間，有些具體的研究結論今天看起來還是可以成立的，而且他的著作也極大地影響到了高本漢。可是在國內外漢語研究界，馬伯樂這本書的影響遠不及高本漢的《中國音韻學研究》。特別是在國內語言學界，馬伯樂文章的一些觀點可以看到有不少學者徵引，完全把它翻譯為中文卻比高本漢遲了半個多世紀。對於出現這種情況的原因，我們覺得有以下幾點。

〔註4〕Bernhard Karlgren, The Reconstruction of Ancient Chinese, pp. 1.

　　首先高本漢的構擬是最早的成系統的構擬，把這個領域的研究一下子向前推進了一大步，給後來的研究者（包括馬伯樂）提供了很好的基礎。此後的研究可以對高本漢的系統予以修補，加以糾正，但是都繞不開他的研究。馬伯樂的研究也在很多地方參考了高本漢的構擬，對高氏不足的地方加以修正。高本漢在寫作他的《中國音韻學研究》的時候爭分奪秒，為的就是能夠搶在馬伯樂、伯希和等人之前佔領這個領域，現在看來他確實成功了。

　　其次高本漢有著歷史比較語言學的研究背景，在方言學、語音學等領域都有著專業的訓練，同時他對中國傳統小學的研究也較為熟悉。這讓他的研究一開始就站在很高的高度上，與此前的漢學家不同，也與此前的中國音韻學家不同。他首先重視《切韻》這份重要的材料，重視用反切系聯法建立起古音的音類，然後調查、引用了 30 多種方言（包括域外漢字音）來說明這些音類所代表的音值，並解釋了從中古音到現代方音的演變過程。與之相較，馬伯樂用來構擬中古音的材料只有《切韻》、《韻圖》、域外漢字音和漢外對音，缺少了方言的支撐。研究一種語言的語音史，卻不用這種語言的現代方音作為主要材料，這使他的研究的基礎顯得十分不牢靠，對於後來的研究者來說可信度與解釋性沒有高本漢的著作那麼高。

　　再次關於所構擬語言對象的認識，兩位學者的觀點是差不多的，都認為《切韻》音系能代表早期中古漢語（馬伯樂）或者紀元五百年到六百年之間的中國語言（高本漢）。馬伯樂認為這個方言就是長安話〔註5〕，高本漢在《中國音韻學研究》中沒有明確表示他構擬出來的《切韻》音是什麼地方的音系，他在《中古漢語構擬》中指出是北方話，後來在《中上古漢語音韻綱要》（Comendium of Phonetics in Ancient and Archaic Chinese）明確地說「實質上就是陝西長安方言，這一方言在唐朝成為一種共通語」（第 2 頁）。同時，馬伯樂、高本漢對韻圖時代的語言看法也基本一致，認為韻圖所代表的音系是晚期中古漢語（馬伯樂）或者近古漢語（高本漢）。但是他們對《切韻》音系本身卻有著看法上的很大分歧。高本漢認為《切韻》是一個實際存在的音系，裏面的 206 韻都能夠一一區別開，真實反映了當時語言裏的差異。馬伯樂則認為《切韻》「有時因承襲前代字典而出現上古音，使人覺得不像是單一方言

〔註5〕馬伯樂，《唐代長安方言考》第 3 頁。

的實錄」，不過他又認為「《切韻》從總體上看是記錄了略早於唐代的 6 世紀的長安方言」。〔註6〕也就是說，高本漢的態度是確定的，而馬伯樂的觀點則是搖擺的。這也和他們使用的材料不同有關，用方言材料反映出來的古音音類差別更多，而用對音、譯音等材料反映出來的音類差別就要少一些。馬伯樂既然認為《切韻》裏面混有古音，那麼就不能一一予以構擬，他就用「獨用」、「同用」來確定各韻的分合。我們認為「獨用」、「同用」主要是詩歌用韻上的問題，當然在一定程度上反映了現實語音的差異，但是從出現的時間上和反映的語音背景上來看，對構擬《切韻》音只具有參考價值，而不能據以確定《切韻》音的構擬。比如馬伯樂根據模虞同用、魚韻獨用，將模虞構擬為〔u〕、〔iu〕、魚韻構擬為〔iɔ〕，甚至放棄了他認為是十分重要的日譯漢音、越南譯音所反映出來的語音現象〔註7〕：

	模　韻		魚　韻		虞　韻	
	祖	古	魚	初	須	輸
日譯漢音	so	ko	gijo	sijo	siju	siju
越南譯音	to	ko	ŋɯ	sɯ	tu	tʻu

另外，高本漢的構擬對現代方音的來源有很好的解釋性，而馬伯樂的構擬有一些現代的方音現象就不好解釋，對於這種情況，馬伯樂則一概認為是古方言（特別是吳方言）現象。解釋力的強弱也影響了其體系的科學性與可靠性。雖然馬伯樂的研究存在一些問題，但是他有一些觀點還是很有說服力的，這些觀點後來高本漢也都予以採納。更重要的是，正是因為馬伯樂和高本漢的爭論使得高本漢在這個領域裏不斷精進，完善了其構擬的體系；而且正是因為馬伯樂在漢學界的學術地位，讓更多的學者瞭解了高本漢及其研究成果。

最後高本漢的研究在中國乃至國際學術界的推介與中國學者特別是中文文本的翻譯者有很大的關係。研究中國的歷史語音，首先應該得到中國學術界的認可，另外以趙元任、李方桂等人當時在國內、國外語言學界的地位，對高本漢研究成果的介紹，對高本漢構擬系統的修正、完善，無不是在幫助高本漢確立其學術地位。三位譯者之中，趙元任最早接觸到高本漢的學說，最早開始著

〔註6〕馬伯樂，《唐代長安方言考》第 10 頁。

〔註7〕馬伯樂，《唐代長安方言考》第 115～121 頁。

手翻譯，也是最主要的翻譯人（羅常培法語不太好，實際上是趙、李二位口譯，由羅常培來記錄〔註8〕）。趙元任的學術興趣更主要地在於中國語言的現狀，特別是中國的各種方言，作為能說很多種漢語方言的語言天才，同時也是解放前漢語方言調查的領導者，用漢語方言重建古音、集各種方言語音於一體的《中國音韻學研究》一書自然會引起趙元任很大的學術興趣。相較之下，因為學術旨趣的原因，馬伯樂的研究可能不會引起趙元任這樣的學者那麼多的關注。

第二節　在域外漢語方言研究領域的地位

我們下面再從方言調查、研究的角度看看高本漢在域外語言學界所處的地位。

在高本漢之前歐洲人編寫的漢語方言詞典已經有了不少，主要包括下面這些：

馬禮遜（Robert Morrison）的《華英字典》（A Dictionry of the Chinese Language）和《廣東省土話字彙》（Vocabulary of the Canton Dialect）。

歐德理（Ernst Johann Eitel）的《粵語中文字典》（A Chinese Dictionary in the Cantonese Dialect）。

雷伊（Charles Rey）的《漢法客話詞典》（Dictionaire chinois-français，dialecte hacka）。

商克的《客話陸豐方言》（Het Loeh-foeng-dialect）。

摩嘉立（Robert Samuel Maclay）和鮑德溫（Caleb Cook Baldwin）的《榕腔注音字典》（An Alphabetic Dictionary of Chinese Language in the Foochow Dialect）。

杜嘉德的《廈英大辭典》（Chinese-English Dictionary of the Vernacular of Amoy）。

汲約翰（John Campbell Gibson）給衛三畏（Samuel Wells Williams）的《漢英拼音字典》（A Syllable Dictionary of the Chinese Language）所做的汕頭話索引（A Swatow Index to the Syllable Dictionary of Chinese）。

翟理斯的《汕頭方言手冊》（Handbook of the Swatow Dialect，with a

〔註8〕《中國音韻學研究・譯者序》。

Vocabulary）。

戴維思（Darrell Haug Davis）薛思培（John Alfred Silsby）的《漢英上海方言詞典》（Shanghai Vernacular Chinese-English Dictionary）。

何美齡的《南京官話》。

此外在《中國評論》（China Review）雜誌上也刊發了一些關於漢語方言調查與研究的資料。〔註9〕這個時期的方言研究以使用拼音文字標注方言為主，偶而也有人涉及到方言比較。例如佛爾克（Alfred Forke）曾經對北方方言做過一個比較研究，拿山西、陝西、河南、山東、安徽等地的方言來和北京話做比較，指出他們各自的特點，尤其是與北京話的區別。這個比較在高本漢看來是不成功的，因為他拿北京話作為起點，有些跟北京話平行發展的方言，如河南、陝西的方言，用北京話作為根據是沒問題的，可是比較裏涉及到山西話就有些問題了，因為這個方言跟北京話的發展是不平行的。高本漢指出「無論哪個現代方言都不能當作研究其他方言的起點。只有一個有效的起點，就是古音。」（《中國音韻學研究》第 7 頁）在這裡我們再次看到了高本漢調查研究中國方言的原因與目的。此外，在高本漢看來，此前的方言調查（記錄）有兩個更大的問題，一個是記音不夠準確，一個是記錄的字母拼法很亂（拼法的式樣有一年裏的天數那麼多）。究其原因，因為這些調查者沒有很好的語音學知識，並且當時也沒有一套通用的音標系統。在這種情況下，為了構擬的古音能有一個可靠的基礎，高本漢不得不儘量多調查中國的方言，對已經有記錄的方言也儘量重新調查，以保證語音上的準確性，只有在萬不得已的情況下，他才照抄他人的材料。正因為如此，我們說高本漢將此前漢學家關於漢語方言的研究極大地推進了一步，一方面是記錄的準確性、標準性是超越前人的，另一方面是記錄的方言種類也比前人更多，特別是關於晉方言的記錄差不多可以說是前無古人的一項工作。

然而由於其調查方言的目的使然，從現代方言學的角度來看，高本漢的研究還是存在著很大的缺憾。我們拿他的研究和後來賀登崧的研究做一對比，就可以看出在域外語言學家中關於漢語方言研究的一大轉向。

歷史比較語言學的新語法學派為了證實語音規律無例外的學說，開始著手

〔註9〕王國強《〈中國評論〉與中西文化交流》。

方言調查，希望從方言語音變化中找到證據。但是實際上的方言調查並沒能為這一說法提供可靠的證據，反而促使了方言地理學的誕生。法國學者日葉龍（Jules Gilliéron）可以說是方言地理學派的奠基人之一，他認為不存在獨立的語音發展，而只有詞的發展，語音規律只是一種虛幻，並進而提出了「每一個詞都有它自己的歷史」這一著名口號。〔註10〕方言地理學派調查和研究方言的成果主要表現在用語音特徵或者重要區別詞語為方言區劃出同語線並進而劃定方言區。賀登崧是日葉龍的學生，他 20 世紀 40 年代在中國華北調查了一些方言（以晉北，特別是大同為主），後來將他的調查、研究成果發表在《通報》、《華裔學誌》等雜誌上。賀登崧 1945 年開始在輔仁大學擔任教授，主講普通語言學，後於 1950 年移居日本繼續他的研究工作。

　　賀登崧調查方言時使用的方法不是就字以問字的辦法（像高本漢所做的那樣），而是調查人們的口語，把聽到的口語詞語不做任何修改地記錄下來。在調查的時候，特別強調對被調查人（主要是農民）的生活方式要非常瞭解，要能貼近農村生活、切實關懷農民的處境，能和他們生活在一起，以達到聽記真實語料的目的。調查的內容應該包含全國各地通用的項目（如親屬稱謂、身體部位、生老病死等），也應該為不同的地域制定專門的調查項目（如穀物、食物、生活習慣、信仰等）。提問題只採用間接詢問法，而不能使用誘導答案的提問法。記音的時候要注意不是記錄語言（langue），而是記錄言語（parole），即「要忠實記錄在一定的時間內、一定的說話人所發出的瞬間的、個人的語音」〔註11〕。最後要用重要的語音特徵和區別詞語給方言繪製出同語線，然後結合行政區劃等歷史資料劃定方言的分區。賀登崧的研究不但使用了方言地理學的方法，其中我們還能看到結構主義語言學的影響，重視語言中的共時現象，重視對實際調查到的語言現象進行完全不做任何修改的記錄。雖然他也指出所繪製的語言地圖是為語言（方言）間作比較、為語言演變的歷史研究提供可靠的材料，但實際上他的調查結果偏重於方言共時的方面，對歷時情況基本沒有涉及。

　　賀登崧很早就讀到了高本漢的著作，但是他不太相信高本漢的研究結論，

〔註10〕徐通鏘《歷史語言學》第 228 頁。

〔註11〕賀登崧，石汝傑、岩田禮譯，《漢語方言地理學》第 15 頁。

原因是：「正如日葉龍已證明的那樣，法語方言中產生的各種語音變化和新詞，難以斷定它們是直接從拉丁語派生而來的。而高本漢為什麼能斷定漢語方言和公元 601 年的《切韻》所代表的語言有直接的派生關係呢？」他認為高本漢的研究「不是方言學，而是已為日葉龍的研究結果所全面否定的舊詞源學的方法。」〔註12〕賀登崧在 1943 年發表於《華裔學誌》的文章裏提倡在中國採用地理語言學的理論，批評了高本漢重古典、輕口語的方法，同時也批評了當時漢語方言的研究方法，這一點我們在前文已經指出了。對於賀登崧的批評，高本漢沒有予以答覆，後來其弟子易家樂（Sören Egerod）回答說：「賀登崧立足於『新語言學』和語言地理學的基礎，批評了高本漢的『青年語法學派』的方法。例如，批評高本漢用提問調查表對發音人進行方言調查，而不是根據自然言語。但是高本漢實地調查的目的確實是想藉以弄清某些字在以前的某些韻書中的讀音。賀登崧的方法也取得了有意義的成果，只是性質與高本漢的截然不同。」〔註13〕

　　方言地理學興起之後，就成為了歐洲方言學的主流，而新語法學派從事的方言歷史研究則退居次位。賀登崧的方言研究方法當時在中國有過一些影響，比如前面說的董同龢的研究即與賀登崧的批評有關。但是這個影響並不大，在中國方言調查領域內高本漢的辦法有著更高的地位，就像後來羅傑瑞所指出的：「在趙元任氏《現代吳語的研究》（1928）和中央研究院史語所的《湖北方言調查報告》（1948）中，可以看到高氏框架的影響。兩書中都有一批常用詞彙，也附加些地圖，不過，這兩本書以及後來的雲南、四川方言調查報告中的地圖和歐洲學者們制定的內涵不同，是偏重於聲韻和歷史發展的。」〔註14〕賀登崧的研究在日本的漢語研究界有著比較大的影響，同時他也培養了一批漢語方言研究專家，而中國學者普遍瞭解並接受其研究方法則遲至 20 世紀末、21 世紀初。高本漢、賀登崧兩條不同的研究路線在中國的接受度如此懸隔，其原因是多方面的。首先這裡有歷史的原因。高本漢的學說發表的時候正值中國學術界急切需要引進西方的自然科學、社會科學的理論與成果，這樣一個體大思精的極具現代科學特徵的體系，自然很容易激起中國學者的關注，當然這同時也與高本漢在國際漢學界的地位有關。賀登崧的研究成果

〔註12〕賀登崧，石汝傑、岩田禮譯，《漢語方言地理學・日譯本序》第 8 頁。

〔註13〕易家樂，林書武譯，《高本漢的生平和成就》。

〔註14〕羅傑瑞《漢語方言田野調查與音韻學》。

發表在 40 年代，引起人們注意主要是在 40 年代中後期，那時的中國戰亂頻仍，隨後就與國際學術界 30 年互不來往，中國學者不熟悉賀氏的學說主要即是歷史使然。其次這裡有地理、社會環境方面的原因。中國國土面積廣大，人口眾多，漢語因為有很長的歷史使得方言情況異常複雜，就如高本漢剛開始學習漢語時所認識到的，可能漢語是方言狀況最複雜的一種語言了。從 20 世紀 20 年代末開始中國學者才算用現代科學的方法來調查中國的方言（可以從趙元任的《現代吳語的研究》算起），面對這麼廣的區域，這麼多的方言，這麼多的人口，用漢字作為媒介瞭解方言大致的情況（主要是語音的情況）可以說是最快捷、有效的方法了。特別是新中國成立以後的方言普查，是一項全國性的工作，調查者研究水平高低不齊，短時間內就要求調查出方言的面貌來，如果真正使用賀登崧的方法恐怕是很難實現的。簡而言之，賀氏的方法在當時中國方言調查的現實環境下缺乏可操作性。而到了 20 世紀末，在中國方言的調查已經相當深入，研究已經全面展開的情況下，使用他的方法自然能取得更豐碩的研究成果。再次，這也與中國語言學界的學術興趣有關。當時中國的現代語言學才處於剛剛起步的階段，高本漢的這樣一個既涉及漢語歷史又關乎漢語現狀、能將漢語從古至今的發展解釋得比較好的體系，對於中國語言學界是一個急需的知識。更何況，當時中國學術界研究的重心就是如何運用引進的科學理論與方法研究中國已有的極為豐富的舊材料。將歷史與現實結合起來，科學地揭示從歷史到現實的規律，這應該是五四以後中國學術界的一大命題，對語言的研究也包含在這一命題以內。還應該指出的是，漢語特別是漢字的特徵也對學術界瞭解、應用不同的方言研究方法有所影響。漢字自創始以來即是一個偏重表意的文字體系，在一定程度上我們可以說，這一文字體系具有跨方言、跨語言乃至跨時空的特徵。這也影響到了學術界對西方語言學說的理解和在漢語研究上的實際應用，雖然我們也知道文字與口語表達所具有的區別性，也能理解記錄言語的重要性，但在方言調查的實際操作中卻仍不免誇大了文字的作用，常常就字以問字。賀登崧作為一個西方學者對這一點有很深的體會，他說：「按照語言地理學的方針進行的調查尚未開始，正是這一事實使新思路難以在中國生根。其根源與其說是由於固執地信奉舊學說的人們的惰性，還不如說是因為對於中國學者來說『詞』所包含的意義和歐美人所理解的大相徑庭，以致新的方法難以原原本本地移

植過來。」〔註15〕

我們認為，就方言調查本身來說，高本漢的方法是一種重要的行之有效的方法，如果能注意結合漢語方言的實際，重視其中能反映歷史層次（如文白讀）的方面就更好了。方言地理學的方法是對高本漢調查方法的重要補充，能讓我們充分認識到方言的全貌，瞭解到方言更多方面的屬性與特徵。但是高本漢的瞭解語言的歷史與現實、說明從歷史發展到現實的研究思路無疑是更重要的，方言地理學派的研究也未嘗不能用於揭示語言的歷史。純粹描寫漢語方言的現狀，描寫一個詞或一些詞在人們口頭的讀音及其通行的範圍，不去與它們的歷史上的狀況來比較，將很難揭示出漢語方言發展的規律，那麼對現狀的描寫往往只具有材料上的意義，而缺少理論上的價值。朱德熙曾經這樣說：「德·索緒爾區分共時的和歷時的語言研究方法的學說，給本世紀的語言研究帶來深刻的影響。這種影響有積極的方面，也有消極的方面。積極的方面人所共知，用不著說。消極的方面，指的是由這種學說導致的把對語言的歷史研究和斷代描寫截然分開，看成是毫不相干的東西的傾向。」〔註16〕

〔註15〕賀登崧，石汝傑、岩田禮譯，《漢語方言地理學》第2頁。
〔註16〕橋本萬太郎，余志鴻譯，《語言地理類型學·序》。

第四章　論高本漢構擬中古音所使用的研究方法

　　漢語音韻學是一門研究漢語歷時語音系統演變的成熟學科，有它自身獨特的研究方法。一般我們認為一門學科的研究方法可以大致劃分為三個層次：哲學層面上的方法；邏輯學層面上的方法；本學科內的方法。[註1]哲學層面的方法是最上位的，在各門學科的研究中都應該並且也能夠表現出來，漢語音韻學的研究也不例外。比如我們認為語音系統總是處在不斷的變化之中，變化是絕對的，靜止是相對的，系統的變化和靜止狀態是對立統一的。語音的變化同時表現在時間和空間兩個方面，變化中的時間是無形的，難以捕捉，而空間差異則是有形的，可以記錄的，空間差異是時間留下的痕跡，所以可以從空間上的差異來探索時間上的變化，這是歷史比較方法得以存在的哲學基礎。語言是一個系統，系統中的各要素存在著普遍的聯繫，語音和詞彙、語法、語義等有很深的關係。語音本身又是一個系統，其中的聲、韻、調等各要素之間也存在著普遍的聯繫。系統的變化和穩定是對立統一的，變化的原因在於系統各要素之間發展的不平衡性。語音系統各要素之間也同樣存在著發展的不平衡性，這種不平衡性推動了語音系統的變化以達到新的穩定。人類的語言有著共性，同時漢語又有著自身的個性，在音韻學的研究中要注意構擬的歷史語音系統能夠符

[註1] 馮蒸《漢語音韻研究方法論》。

合一般語音系統的共性，同時也要照顧到漢語語音系統自身的特點。從邏輯方法論的角度來看，主要包括歸納、演繹、推理、類比等方面。比如說，陳澧的《切韻考》提出了一整套系聯反切的方法，當代學者把這些方法概括為基本條例、分析條例和補充條例。據耿振生研究，反切系聯的條例符合這樣一些邏輯學的方法：對稱性關係的推理，傳遞性關係的推理，形式邏輯中的不矛盾律，同一關係推理，類比推理，等等。〔註2〕再比如說，音變規律是歷史比較語言學的核心內容之一，音變規律的獲得主要在於歸納方法，是從很多的語言事實中歸納出一條條規律的，而把這些已有的規律應用到新發現的語言材料中則是一個演繹的過程。例如高本漢認為《切韻》時代的濁塞音（並、定、群諸聲母）是送氣的，這主要是一個印歐語語音規律在漢語中古音構擬上的演繹過程。高本漢說：

> 所以我覺得古代漢語的 b'，d'，g'〔bɦ，dɦ，gɦ〕音的演變是像下列的情形：
>
> 1. 有些方言保存著 b'，d'，g' 的送氣，如同在客家話的前一個時期中，完全跟梵文保存印歐 bh，dh，gh 的送氣音一樣。
>
> 2. 在別的方言裏，如吳語的前一個時期，把送氣失去成 b，d，g 了；就如同在日耳曼，斯拉夫，亞美尼亞語裏頭失去印歐的送氣一樣。
>
> 3. 最後在別的方言裏，如在官話的前一個時期，有些調如平聲保留著送氣，別的調如仄聲就把他失去了：
>
>
>
> 平聲　b'，d'，g'
>
> 仄聲　b　，d　，g
>
>
>
> 現在又有一層新的演變，就是濁變清的變化，參加在裏頭。我們於是有 b'，d'，g' ＞ p'，t'，k' 的變化，跟印歐 bh，dh，gh ＞ 希臘 φ，ϑ，χ（就是 p'，t'，k'）相似，還有 b，d，g ＞ p，t，k 的變化，跟印歐 b，d，g ＞ 日耳曼 p，t，k 相似。吳語沒有經過濁變清的變化。（《中國音韻學研究》第 253 頁）

〔註2〕耿振生《20世紀漢語音韻學方法論》第 35～40 頁。

漢語中每一項音變都用印歐語的音變規律來予以說明，也就是說把印歐語的規律推衍到了漢語上，由此他認為中古濁塞音是送氣的，只有送氣才能按語音規律來予以說明。他的這個看法一直到 1954 年的《中上古漢語音韻綱要》中也沒有改變，根源即在於他認為這一看法是符合印歐語語音演變規律的。我們認為音變規律是從語音事實中歸納出來的，規律總有應用的範圍，從印歐語系語言中總結出來的規律不一定在其他語系的語言中都具有普遍的適用性。總結音變規律應該把更多語系的語音變化情況考慮在內，這樣規律適用範圍才可能擴大，才可能更準確，更具有科學性。

　　以上是哲學層面和邏輯學層面所說的研究方法，具體到本學科的研究方法，還可以再做進一步的劃分，比如歷史學、普通語言學、語言史等學科都屬於音韻學的上位學科，在這些學科裏應用的方法往往也都可以應用於音韻學領域。舉例來說，20 世紀 20 年代，王國維提出「二重證據法」，即將考古發現的新材料與記錄於載籍中的舊材料互相釋證，以達到考證古史的目的。這種「二重證據法」在語言史（包括音韻學）領域裏都得到了廣泛的運用。魯國堯先生更受到這一方法的啟發，提出了新的「二重證據法」：將「歷史文獻考證法」與「歷史比較法」結合、融會，在漢語史研究中加以運用。〔註3〕再比如說，高本漢時代的歷史比較語言學在分析音變規律的時候是以音素的改變為核心的，到了結構主義語言學興起以後，歷史語言學家（如雅科布遜）把共時結構分析的原則運用於語言史的研究，認為音變必須以音位為單位，只有音位之間的關係發生了變化，即影響到音系的變化才能認為是音變。高本漢之後的音韻學家對高氏構擬的一大修正，就是採用音位分析的原則，建立中古音的音位系統，將音變研究方面的注意力集中到音位系統的變化。

　　音韻學學科中一般使用的研究方法，前人已經做了不少總結。上文所引馮蒸的文章將音韻學研究方法大別為求音類法和求音值法兩類，求音類法又細別為反切系聯法、反切比較法等 8 種，而求音值法又可細分為歷史比較法、內部構擬法等 5 種。耿振生在《20 世紀漢語音韻學方法論》中則詳細探討了韻腳字歸納法、反切系聯法和音注類比法、諧聲推演法、異文通假聲訓集證法、統計

〔註3〕魯國堯《論「歷史文獻考證法」與「歷史比較法」的結合——兼議漢語研究中的「犬馬—鬼魅法則」》。

法、審音法、歷史比較法、內部擬測法、譯音對勘法等 9 種方法在音韻學研究中的應用及其成績。其中有些方法主要用於上古音研究，而有些方法高本漢的研究中未曾採用，我們現在就來考察一下高本漢中古音研究中涉及到的反切系聯法、審音法和歷史比較法。從重要性上來說，歷史比較法是核心方法和根本方法，也可以說它是居於上位的一種方法，而反切系聯法、審音法則屬於具體的操作手段。但是從時間順序和邏輯順序上來看，反切系聯法和審音法的使用時間上在前，邏輯上在先，所以我們先介紹它們。

第一節　反切系聯法

高本漢的中古音構擬是一個兩段式的研究過程，他先想辦法找出中古音的音韻分類，然後再想辦法利用方言和譯音、對音的材料構擬出真音值來。對於尋找中古音的音類，他特別重視反切這種材料，可以說《廣韻》裏的反切是他構擬中古音的重要起點。可是這些反切「從材料的本來面目看，就像沒琢的璞玉一樣」（《中國音韻學研究》第 58 頁），要想得出中古音的音類，就得很細心地把反切全部整理一番，也就是做反切系聯的工作。

高本漢在《中國音韻學研究》裏沒有詳談他系聯反切的辦法，只是說：

> 我用三千一百多字的反切來比較它們互相系聯的關係，把同切字一套一套的求出來，這個工作很費時間而且常出困難。我在每韻中找出分得很清的幾類，這是可以代表中古漢語的真韻母的，總數大約有二百九十類上下。同樣，我又找出四十七套聲母的同切字。
> （《中國音韻學研究》第 59 頁）

也就是說，高本漢採取的是求同切字的辦法。他還說：

> 所以我們互相比較起來就可以看出「郎」、「當」、「岡」、「剛」都是同切字，這些字是互相切的，而且它們又可以切好些別的唐韻開口字；同樣，「光」、「黃」、「旁」是唐韻合口的同切字。用互相比較的方法，大概總可以夠切實的決定哪些是同切字，哪些很清楚是另成一類的同切字。（《中國音韻學研究》第 18 頁）

後來，他在《中上古漢語音韻綱要》（第 6 頁）中對系聯反切的辦法又做了一點簡單的介紹：

假如這種有趣的拼音方法（指反切）能作為一個嚴密的系統貫徹到底的話，那麼就最好用一個固定的反切下字來標示一個固定的韻類，如東韻一等總是用「紅」來切。但是這種方法卻沒能整齊劃一，「東」用「紅」來切，「紅」用「公」來切，而「公」又用「紅」來切，因而「公」和「紅」就都是標示東韻一等的同類反切下字。用這種方法我們在每一個韻類中都發現了一連串的同類反切下字，如東韻一等有「東」、「公」、「紅」、「工」、「洪」等等。通過相互參照，非常容易確定哪些反切下字實際上是同類的。

大體上來說，高本漢使用了陳澧《切韻考》互用、遞用的原則來確定反切下字的歸屬。他列出來作為考察中古音反切的漢字材料不多，只有 3000 多個，而且都是常用字。這些漢字的反切不太複雜，而且比較明確，用以確定切下字，不用太多的原則即可解決。我們能看到高本漢是嚴格用反切系聯來確定各字歸屬的，比如說唇音字作為反切下字的時候，開合有難定的現象，高本漢依切來解決。例如止攝「支脂之」三韻的唇音字，《韻鏡》一律歸入開口圖中，《切韻指掌圖》一律放在合口圖中，《切音指南》則將「幫」組放入開口、「非」組放入合口，李榮《切韻音系》「止攝單音字表」按照《韻鏡》的辦法一律列為開口。高本漢的辦法是依據反切來定，例如「卑、脾、皮、疲」等字，反切下字是「移、羈」，列入開口；而「碑、麋」的反切下字是「為」，列入合口。對於《廣韻》反切下字唇音有開合混切的情況，高本漢是有所瞭解的，在他所考察的三千多字中，他發現有「一兩打字的性質究竟是開口還是合口，在反切上不很清楚」，其他的字，則「都可以找出很嚴格分開的兩套反切下字，一套是開口，一套是合口」。（《中國音韻學研究》第 41 頁）他找出來的有開合混切的情況當然都和唇音字有關，但是因為數量不多，可以認為是規則的例外，所以他認為即使唇音字開合也是嚴格分開的，他的《古音字類表》裏就是這樣處理的。對於例外的字，他也注了出來。比如說，「拜」的切下字是合口「怪」，而給開口「界」或「戒」作切下字；「賣」的切下字是開口「懈」，而給合口「卦」作切下字。高本漢《古音字類表·韻母表》止攝中在蟹、怪、卦等韻的非系聲母下面就注明了開合口互相參看，至於具體字列入開口還是合口主要參考的是《切韻指掌圖》。〔註4〕李榮《切韻音系》

〔註4〕《中國音韻學研究》中譯本第98頁在「拜、備、派、稗」等字下注「參看合口」，

和邵榮芬《切韻研究》都認為《切韻》裏的唇音字不分開合,現在贊同這個觀點的人比較多,但也不是沒有其他的看法,比如葛毅卿即認為《切韻》唇音字有開有合,要看具體情況而定〔註5〕。

除了唇音字開合口問題會影響到反切下字的歸類問題,有時個別字的等列問題也會影響到反切下字系聯的結果。比如《韻鏡》內轉第一開「送」韻中,將「鳳、諷、夢」列入三等字,而將「夢」列入一等字。李新魁《韻鏡校證》、楊軍《韻鏡校箋》都認為「夢」應該為三等字,李榮《切韻音系》也將這個字列入三等丑類。《切韻指掌圖》「鳳、諷、夢」都在三等,「夢」在一等,《切音指南》「諷」三等、「夢」一等,無「夢」字。高本漢《古音字類表》則將「夢」列在通攝一等字中,「鳳」作為反切下字也列入通攝一等。《廣韻》:夢,莫鳳切;鳳,馮貢切;貢,古送切;送,蘇弄切;諷,方鳳切。憑反切這一組字確實可以系聯到一起,參酌韻圖則都為一等字,高本漢的系聯是非常嚴格的。李榮在《切韻音系》裏對這種反切下字與被切字等列不同的現象已經有所論述,我們就不再贅述了。

第二節 審音法

馮蒸提出,審音法「主要是指傳統漢語音韻學者在處理漢語音韻資料時運用一定的音理知識對音類的分合加以判定,以得出符合漢語實際的語音系統的方法。」〔註6〕耿振生則認為,「根據音系結構規律和語音發展規律來研究古音,檢驗文獻材料的考據結果,決斷音類的分合,就是審音法。」〔註7〕他們這裡所說的審音法主要是指傳統音韻學在上古音研究中與考古派相對的審音派所用的方法,是指運用等韻原理來決定音系結構並進而擬測音值。我們所說的審音法和馮、耿二位所講的稍有不同,是指在中古音研究中所使用的審定音系和音值的方法,是反切系聯法和歷史比較法的有效補充。

在用反切系聯法系聯出聲類、韻類以後,在用歷史比較法擬測出音值之前,需要先用審音法整理音系框架,確定各聲類、韻類之間的結構關係。這

誤,當為「參看開口」,法文原本不誤。

〔註5〕葛毅卿《隋唐音研究》第 210 頁。

〔註6〕馮蒸《漢語音韻研究方法論》。

〔註7〕耿振生《20 世紀漢語音韻學方法論》第 163 頁。

種審音法需要有理論依託，這個理論可以是普通語音學理論，也可以是中國傳統的等韻學。高本漢在將反切材料逐韻系聯整理之後，還需要確定整體的聲韻框架，他主要是利用等韻圖來架構這種框架的。首先，高本漢認為反切所代表的語言和《切韻指掌圖》等韻圖所代表的語言在時代上是不同的，韻圖代表反切以後至少幾百年的一個語言。然後，他提出這兩者所代表的既然不是同一時代的語言，當然彼此都不能給我們關於單個字的知識，但是關於大的音韻分類上，卻可以將兩者進行比較以解決音系結構的問題：

> 假如我們在「唐」韻裏看見有一套同切字「郎、當、剛」跟另
> 外一套的同切字「光、黃」很小心的分開；此外假如我們又看出來，
> 第一套反切字在《切韻指掌圖》裏嚴格的屬於開口，而第二套反切
> 字只有在合口裏才出現，那麼結果就可以說在古代漢語裏這兩套字
> 也是開口跟合口的區別。我們在本書裏就可以用以下的原則：在語
> 言的兩個時代，除非我們可以找出其他不同的原因，同樣的音類分
> 別是由同樣的語音分別而來的。」（《中國音韻學研究》第 26 頁）

也就是說，韻圖和反切之間雖然有時代上的差異，但是在音韻分類上卻有很深的關係。在高本漢看來，韻圖也代表著實際存在的音系，而且是從反切的音系發展而來的。依據反切系聯所得到的聲類、韻類之間的區分，在韻圖（比如《切韻指掌圖》）上大多能看到。比如說有些聲母依據反切可以系聯為兩套，一套單純的，一套 j 化的，韻圖中就把單純的放在一二四等，而把 j 化的放在三等。韻圖時代語言上的這種區別正是從反切時代的語言發展而來的。同樣高本漢認為，韻圖裏的韻母部分將反切中的韻母進行了合併，這是因為從反切時代到韻圖時代，語言裏的韻母發生了簡化、混合。我們可以利用韻圖的「攝」的分法來架構反切時代語言的韻類，這是因為「總是很有密切關係的韻母才會這樣混合起來。那麼，為把我的音類排比起來，我當然要利用近古韻表中放字的地位以定《廣韻》各韻的性質。」（《中國音韻學研究》第 60 頁）意思是說，各攝在反切時代韻母的主元音相近或相同，到了韻圖時代合併到了一起，因此可以利用韻圖來逆推它們在反切時代的關係。這種逆向推理的辦法既和審音法有關，又和歷史語音學的研究有關。

到這裡，是利用審音法來建立中古音聲韻框架的第一步，這一步主要是以等韻學和語音史作為理論依託來完成的。雖然已經有了聲母和韻攝作為一個整

體的框架，但如果利用方言材料開始實際的構擬工作，就會發現這個框架可操作性不強，特別是不容易發現入手點，還需要對它進行一番整理工作。比如可以參考傳統音韻學五音或七音的分類，初步參考方言分化情況，對聲母進行一些整理。高本漢將聲母整理為這樣幾組來進行構擬的：見溪群；疑；曉匣影喻；知徹澄照穿狀審禪；日；泥娘來；端透定精清從心邪；非敷並；明。整理的依據主要參酌了傳統音韻學對 36 字母的分類、普通語音學對它們的分類、這些聲母在現代方言中的分化等三方面的情況。

　　在中古音韻母的擬測之前，高本漢也做了一番整理工作，韻母的處理辦法與聲母不同：

> 　　因為聲母是簡單的音，至多不過複雜到塞擦跟送氣的程度，又因為這樣它們就可以併為容易概括的幾類，所以討論聲母的時候，宜於首先把一類古聲母的現代代表簡明而有系統的列出來，然後對於這些聲母在古代漢語的音值跟現代音的演變，再下確定的結論。

> 　　韻母一層就完全兩樣了。它們時常是很複雜的音，並且作韻母表恐怕遠不能如作聲母表那麼清楚。還有，好多最重要的擬測的問題，只有靠著從所有各韻攝裏提出來的材料才可以解決。所以韻母的擬測不能像聲母那樣片斷的去作的。（《中國音韻學研究》第 451 頁）

高本漢在擬測韻母的時候，不是逐韻單獨去構擬的，也不是逐攝去構擬的。他走的第一步是依據韻尾的類型來對韻母進行分類：果止蟹效流遇是用元音收尾的；咸深攝平上去聲收-m，入聲收-p；山臻攝平上去聲收-n，入聲收-t；梗宕通攝平上去聲收-ŋ，入聲收-k；還可以再進一步將元音收尾的幾韻劃分為元音+i（蟹攝）、元音+u（效攝、流攝）和元音+ø（果、止、遇三攝）。這些從韻圖、方言都可以看得出來，前人關於這方面的研究已經較多，應該是比較可靠的了。高本漢走的第二步是依據元音的類型來對韻母進行第二次分類，橫向打通各攝。〔註8〕他將山、咸、效、蟹、果、宕六攝作為構擬的第一種元

〔註8〕參看馮蒸《高本漢、董同龢、王力、李方桂擬測漢語中古和上古元音系統方法管窺：元音類型說》。

音類型，基本元音都是〔a-ε〕；止攝作為第二種元音類型，主元音為〔i〕；臻、深、梗、流四攝作為第三種元音類型，主元音是〔ə〕；遇、通兩攝作為第四種元音類型，主元音為〔u-o〕；江攝的情況比較特殊，可以依據韻圖放在宕攝中，但依據方言實際上可能是屬於第四種元音類型的。高本漢得出這幾種元音類型，主要依據的還是等韻學、普通語音學和現代方言的情況。有了這樣一個間架以後，具體元音的擬測就要方便得多了。高本漢的擬測工作是從山攝開始的，因為依據韻圖（《切韻指掌圖》）這是開合四等俱全的一攝。「這一攝從許多方面看都是很可以作代表的。如果弄清楚了（往往要取證於別攝）山攝在古代的元音，我們同時就得到可以共同應用的結果來幫助我們解釋別的攝了。」（《中國音韻學研究》第 455 頁）。後來的很多學者也採用了高本漢這種利用音系結構平行構擬的思路，比如說高本漢構擬主元音為〔ə〕類的韻攝時，臻、深、梗三個收鼻韻尾的韻攝是平行類推來構擬的，後來陸志韋、邵榮芬等學者也都沿用了這一方法，認為這三個韻攝是平行發展的。高本漢擬測的具體音值還有一些值得商榷之處，但是從音系結構的系統性、平行性角度出發去整體地探討中古音音值，這種思路是我們研究古音體系時應該參考的。不過從音系結構的系統性角度去平行地構擬古音音值，還應該考慮更多的方面，比如說對語音結構要做更深的探討，要能更合理準確地解釋方言的演變，也要能符合語言類型學的要求。高本漢的構擬是從山攝開始的，而山攝的一、二等元音之間的差別卻是從果攝類推而來的。從山攝類推到咸攝、蟹攝，因為都是有韻尾的，而且韻尾或同為鼻音或同為舌尖音，類推過去應該問題不大。但是從果攝這樣一個沒有韻尾的韻攝來推測山攝主元音的區別，可能風險會稍大了一些。

　　高本漢認為果假攝一、二等主元音之間的區別為〔ɑ〕、〔a〕（即所謂深、淺 a 的區別），也未必沒有可商榷之處。我們調查了 310 種語言的元音系統〔註9〕，裏面能區別〔a、ɑ〕的語言只有 6 種，而且裏面有兩種對〔a〕還加了位置稍高的注釋（也就是說和〔ɑ〕不是完全平行的），一種是〔æ、a、ɑ〕的三相對立，所以實際上嚴格區分〔a、ɑ〕的語言是 3 種。法語以前區分〔a、ɑ〕，但是現代法語已經不分了。我們又考察了 20 種漢語方言的元音系統〔註10〕，沒有一種方

〔註9〕見 Ian Maddieson, Patterns of Sounds 書後所附。

〔註10〕見《漢語方音字彙》書前所附。

言能區分〔a、ɑ〕。更重要的是，如果〔a、ɑ〕形成音位上的對立，那麼語言的元音系統就是四邊形結構（倒置的梯形），而如果不能對立，只有〔ɑ〕、〔a〕中的一個，那麼語言的元音系統就是三角形結構。一個語言的這種元音結構是很深層次的東西，較難改變。我們調查的 310 種語言中，也只有上述的幾種形成了四邊形結構的元音系統。現代漢語的方言都是三角形結構的元音系統，說中古音有〔a、ɑ〕的對立對這個問題也難以解釋。歌韻能對應出〔a〕音的為幾種域外漢字音，方言則逆推不出〔ɑ〕的讀音。高本漢有〔a、ɑ〕對立的觀念實際上來自馬伯樂（當然也受到等韻圖分四等的影響），而馬伯樂是法國人，有〔a、ɑ〕對立的想法當然來自其母語的影響。實際上高本漢（包括其他漢學家）在擬測漢語古音的時候會受到印歐語系語言的語音結構的影響，這是顯而易見的。看看日耳曼語族語言的元音結構，高本漢擬測中古音一、二等重韻用長、短元音來表示就很容易理解了；看看瑞典語的輔音系統，高本漢擬測中古音有所謂普通輔音和〔j〕化輔音就很容易明白了。我們認為，一、二等元音的對立應該為〔ɒ、a〕，這樣擬測一則加大了這兩個元音的區別度；二則其中的〔ɒ〕因為舌位稍高於〔ɑ〕，和〔a〕並不平行，那麼維持了三角形的元音結構；三則從類型學上來看有〔ɒ、a〕區別的語言要多很多；四則現代漢語方言裏還尋得到對立，比如蘇州方言有〔-aŋ -ɒŋ〕、〔-aʔ ɒʔ〕的對立；五則對域外漢字音、方言語音都能有個比較好的解釋，日本、朝鮮等國因為沒有〔ɒ〕，用〔a〕來對譯，而各地方言歌韻有〔ɔ、ɤ、o〕等都是〔ɒ〕的變化，能比〔ɑ〕的變化解釋得更好。實際上，陸志韋、俞敏、黃典誠、黃笑山諸位學者也都是持這個看法的，我們僅是從類型學角度再補充一點證據罷了。

有些音類的具體屬性較難確定，即使用歷史比較法逆向推理也會陷於兩難的境地，可以考慮利用審音法從音系結構角度入手來嘗試解決這樣的難題。高本漢在解決知、照兩組聲母的發音類型和彼此之間的關係就採用了這種方法。這兩組聲母在現代方言中塞音和塞擦音都有，發音部位也比較混亂，高本漢是怎麼解決這個問題的呢？首先，他通過排除法確定這兩組聲母的發音部位應該在齒齦的後部跟前硬齶。然後將發音部位在這個地方的塞音、擦音、塞擦音寫作 t_2、d_2、s_2、z_2、t_2s_2、d_2z_2。〔註11〕接著，他利用韻圖的排列得到

〔註11〕這裡同發音部位偏前一點兒的輔音，譯本使用 t_1、t_1s_1 的方式來表示，偏後一點兒的則使用 t_2、t_2s_2 等，法文原本是使用不同音標符號來表示的。

以下比例式：

$$t（端）：知 = ts（精）：照$$

並且：

$$知：照 = t：ts$$

由此他提出照母應該是知母加一個同部位的摩擦，那麼知（像 t 似的）是一個後面不隨著擦音的塞音，換言之就是 t_2；照是這個塞音加同部位的擦音，結果就是塞擦音 t_2s_2。

　　高本漢這兩個比例式是如何得出來的呢？只要看一看《切韻指掌圖》，就比較清楚了。在《指掌圖》中，端、知、精、照四組聲母是像下圖這樣排列的：

表 4.1

					斜	心	從	清	精						泥	定	透	端
禪	審	床	穿	照							娘	澄	徹	知				
禪	審	床	穿	照							娘	澄	徹	知				
					斜	心	從	清	精						泥	定	透	端

和《韻鏡》等早期韻圖雖然沒有本質上的區別，但是這種將 36 字母一字排開的列圖方式使人清楚地看到端組、精組都在一、四等，而知組、照組都在二、三等，從而得出第一個比例式；同時由於端、精之間是同部位塞音和塞擦音，知、照之間也應該是這種關係，從而得出第二個比例式。我們知道，端、知兩組聲母之間有歷史淵源，精、照兩組聲母之間也一樣。但是要把端、知之間的關係就平移到精、照之間，還有將端、精之間的關係平移到知、照之間，那是存在較大問題的。特別是端組是一、四等，而精組則實際上一、三、四等都有；同一韻圖中知組二、三等的字必不同韻，而照組二、三等的字可以同韻，這個比例式本身就存在問題。等韻圖畢竟不是數學模型，語音上的關聯畢竟和數學比例式很不一樣。高本漢由此將知組擬為舌面塞音，並不符合《切韻》的實際情況，在方言和對音方面也有解釋不清的問題。

　　總體來說，審音法讓高本漢在利用方言進行歷史比較以擬測中古音具體音值之前，先獲得了音類的間架結構，為他構擬音值提供了很好的起點。

第三節　歷史比較法

　　語言的歷史比較法是通過比較有親屬關係的語言與方言進行共同祖語重建的研究方法。從理論上來說，歷史比較法可以用於語言各分支部門的比較研究，但實際上歷史比較語言學的主要成績就在祖語語音形式的構擬與音變規律的說明方面。所以高本漢將歷史比較法移植到漢語音韻學研究上是可能的，也是必然的。

　　語言的發展是有規律性的，但是這種規律性又受到一定時間、地域、條件的限制，表現出發展的不平衡性，帶來了語言之間的差異。對歷史比較法來說，關鍵就是比較語言的差異，這是這一方法能取得成功的首要原因。在語言史的研究中，歷史比較法取得了巨大的成績，是一種極為有效的研究方法，語言學家梅耶甚至認為「比較研究是語言學家用來建立語言史唯一有效的工具」。〔註12〕然而隨著語言史研究的深入，人們逐漸發現了這一方法的一些問題和缺陷。首先，歷史比較法特別重視用有親屬關係的語言之間的對應，特別是在語音上的對應來構擬共同祖語早期的歷史狀況，對於找不到親屬語言的一種孤立的語言則認為是無法研究其歷史的，梅耶就說過：「一種語言只要是孤立的，就沒有歷史可言。」〔註13〕其次，純粹用歷史比較法重建出來的祖語形式，其年代層次無法確定，用各種分化出來的語言重建出來的祖語往往被看成是同一時代的語言，但其實可能包含著不同年代層次上的語言現象。再次，歷史比較法最早是學習生物學譜系樹理論建立其模式的，這種理論認為祖語形式的內部是統一的，沒有方言分歧；語言在分化之後就各自順著自己的方向發展，相互間沒有聯繫，沒有影響。這種看法無疑是相當機械的，完全忽略了語言的社會屬性。最後，歷史比較法最早建立在印歐語系語言的比較之上，印歐語系的語言一般都有著或繁或簡的形態變化，僅以形態變化上的相似性就不難確定語言之間的親屬關係。然而亞洲的很多語言，比如我們假設為漢藏語系的一些語言，其形態變化就十分簡單。對於沒有形態變化或者形態變化非常簡單的語言來說，確定其親屬關係並且構擬出共同祖語，主要只能憑藉語音對應關係。如果兩個語言（如漢語和藏語）分化較早，各

〔註12〕梅耶《歷史語言學中的比較方法》第 11 頁。

〔註13〕同前，第 12 頁。

自經歷了漫長時間的發展變化，建立語音對應關係是十分困難的。

可以說，高本漢是最早將歷史比較法系統地移植到漢語早期形式構擬上的第一人，對於歷史比較法本身的缺陷，高本漢是有一些認識的，他在 1946 年寫的《漢語的本質和歷史》（第 24 頁）中是這麼說的：

> 構擬的方法很久以前就完備了，並被應用於許多語言研究領域，但是我沒有僅僅滿足於這種方法，因為它不能解決我所要解決的全部問題。事實上，這樣僅僅以一系列子語中的現存狀況為基礎來構擬一種語言，永遠至多只能得到一個極不完美的近似值。母語的哪些成分可以從子語中發現，而哪些成分則在所有的子語中都完全失落了，這純粹是偶然的事。子語的數量越多，相互差得越遠，那麼完美地構擬母語的可能性也就越大。可是我們應該確信，在每一步構擬的嘗試中總會有相當數量的母語現象是永遠揭示不出來的。……無論人們怎樣熱心而周密地研究羅曼語言，比較法語、葡萄牙語、西班牙語、雷蒂亞－羅曼語、意大利語和羅馬尼亞語，最多只能構擬出派生所有這些語言的俗拉丁語的最粗略的輪廓。幸好我們還能從文字資料上瞭解俗拉丁語，否則這樣的構擬就要失之千里了。通過這樣的途徑我清楚地瞭解到，即使有百十種分歧很大的漢語方言為依據，也只能引導我得出早期漢語的非常粗略的構擬──除非我能吸收其他類型的材料，幸好這類材料還可以收集到。

高本漢所說的其他類型的材料就是指的傳統音韻學所留下來的那些文字材料──反切和韻圖，對歷史比較法的清醒認識以及對中國傳統音韻學的瞭解，讓高本漢的中古音研究從一開始就走上了與經典歷史比較法不同的道路。

運用歷史比較法研究語言的發展，一般需要包括以下幾個步驟：〔註 14〕

第一，收集有關語言或方言的材料，以其中帶有意義的詞彙單位（詞或詞素）為基礎，比較它們的語音和各種結構要素如詞根、詞綴、詞尾等；

第二，假定這些結構要素具有共同的來源；

第三，找出這些結構要素之間的對應關係，特別是在語音上的對應關係，

〔註 14〕徐通鏘《歷史語言學》第 72 頁，岑麒祥《歷史比較語言學講話》第 20 頁。

並據此以確定同源成分，證明前一項所提出的假設；

第四，確定各要素在年代上的先後順序，以便理清語言發展的時間層次；

第五，擬測祖語形式，並利用各種可能的辦法來檢驗擬測的可靠性。

高本漢在構擬漢語中古音的時候，一開始就面對著比較可靠的文獻材料，在這些材料裏記錄了中古漢語足夠多的語音特徵。關於聲母，已經有了「三十六字母」，關於韻母有了《廣韻》這樣一部書，有眾多可資利用的韻圖。高本漢所要做的第一步便是確定這些材料的可靠性，以及這些材料可以代表什麼時代的語音面貌；第二步便是利用這些材料以確定中古音的音類系統。而漢語方言的同源性可以說是無需證明的，特別是各方言使用著相同的書面語系統，只是對這個書面語系統裏的文字各地有著不同的讀音。也就是說，那些在傳統印歐語裏使用的歷史比較法的一般步驟，第二、第三項都是可以省略的，剩下要做的工作主要就包括：收集方言材料；確定中古音框架的年代；利用方言語音以擬測祖語。這種擬測古代語言的路數是跟印歐語的歷史比較法有很大不同的，它不是對未知的古老語言的「重建」而是對已知的音類系統進行「詮釋」。〔註15〕因為有著豐富的文獻材料，如果憑藉文獻材料可以整理出可靠的音類框架，那麼會減少古音擬測的主觀任意性，提高擬音的可靠性，這是漢語史研究的優勢所在。正因為如此，魯國堯先生特別強調指出「歷史文獻考證法」是研究漢語史的鋒利武器，「歷史文獻考證法」和「歷史比較法」兩者絕不可偏廢，兩相結合則成為研究漢語史的最佳方法。〔註16〕從另一方面來看，由於漢語方言演變的複雜性，方言從區域標準語、全國標準語借入讀音引起方言語音的疊置性，書面語對口語的影響等多方面的情況，純粹使用印歐語那種歷史比較法可能無法逆推方言的祖語，或者推理出來的祖語與實際情況有很大差別。羅傑瑞等學者拋開中古韻書，純粹利用現代方言來構擬它們的原始形式，結果證明這條路是很難走通的。高本漢在《中國音韻學研究》中已經提到了這種情況，比如他在為「知徹澄照穿狀審禪」等聲母構擬音值的時候就說：「單靠現代方音不夠作解釋這八個古聲母音值的充分的根據。在現代方言裏，我們看見代表這些聲母的有種種的齶音、齒上音、齒

〔註15〕耿振生《20世紀漢語音韻學方法論》第199頁。

〔註16〕魯國堯《論「歷史文獻考證法」與「歷史比較法」的結合——兼議漢語研究中的「犬馬—鬼魅法則」》。

音，甚至於唇音，有爆發音、塞擦音跟摩擦音。」所以他選擇了利用古代材料搭建音類，方言語音推測音值的辦法。也就是說，研究漢語的歷史必須走「歷史文獻考證法」和「歷史比較法」相結合的道路，這實際上也是漢語語言事實所提出的要求。

我們認為，高本漢的中古音研究之所以能取得巨大成功就在於他實際上走了「歷史文獻考證法」和「歷史比較法」相結合的道路，也有學者稱之為「語文學和歷史比較法相結合」的道路〔註17〕。由於他畢竟是外國人，而且寫作《中國音韻學研究》的時候學習漢語、研究漢語只不過數年時間，還談不上對漢語傳統的文獻做出多少考證。作為一位聰明的學者，高本漢是獨具慧眼的，他懂得對中國傳統小學研究成果的利用，也就是說他的「歷史文獻考證法」的部分來自於古代中國學者的研究。關於這一點，高本漢曾經說：

> 清代一批語文學大師已經對漢語歷史音韻進行了重要的研究，但是他們缺乏一套能用以從語音學角度分析漢語聲韻類的拼音字母，這就妨礙了他們得出滿意的結論。因而我為自己規定了這樣一項任務，要繼續探究這些大儒首創的研究工作，並用現代西方語言學的方法審視他們所歸納的材料，以便構擬出某一階段的古漢語音系，而這個階段要古得足以成為我研究現代方言的必要基礎。〔註18〕

對於高本漢的研究路數，因為與傳統的歷史比較法有所區別，因此有學者認為其方法不能稱之為構擬，李方桂就說過：

> 我不知道他（指高本漢）是否會把它——至少是其中的一部分稱之為構擬。因為對於公元 600 年左右的稱之為中古漢語的語言來說，已存在足夠的語音特徵（的記載），所以我不知道你是否把它稱之為構擬。我想甚至連高本漢也不認為這是一種構擬。……所以，構擬的問題——你們稱之為構擬，我認為高本漢並未把公元 6 世紀的漢語言的這種研究稱之為構擬。〔註19〕

〔註17〕陳保亞《20 世紀中國語言學方法論》第 180 頁。

〔註18〕高本漢《漢語的本質和歷史》第 23 頁。

〔註19〕李方桂《李方桂先生口述史》第 127～128 頁。

歷史語言學家（包括李方桂）所說的「構擬」，或者《中國音韻學研究》一書所說的「擬測」，都是 reconstruct 或 reconstruction（法文：reconstruire / reconstruction）的翻譯。這個詞在《中國音韻學研究》一書法文原本中多次出現，而且《中國音韻學研究》的中譯本有不少地方是參酌了高本漢 1922 年寫的 *The Reconstruction of Ancient Chinese* 對原先觀點予以修正的，李方桂作為《中國音韻學研究》一書的翻譯者之一，肯定知道高本漢將自己的研究工作稱之為「構擬」。我們認為李方桂之所以有以上說法主要就是要指出高本漢的研究與傳統印歐語的歷史比較法之間存在著很大的區別。

我們就以《中國音韻學研究》中對見、溪、群三個聲母的構擬為例來看看高本漢運用歷史比較法的全過程。

首先，高本漢利用反切材料的系聯將這幾個聲母的切上字予以分類，可以明顯看到這些切上字分為兩組，一、二、四等為一組，三等自成一組，這就是所獲得的音類情況。

然後，高本漢利用方言材料構擬音值，並說明各個聲母從古音到現代方言的演變。即以見母為例，他先將見母在現代方言中的讀音表列如下：

表 4.2

	一等	二等		三四等	
		開口	合口	開口	合口
官話	k	k，tɕ	k	tɕ	k，tɕ
上海、寧波	k	k，k 或 tɕ	k	tɕ	k，tɕ
溫州	k			tɕ	k 或 tɕ，tɕ
安南東京	k	k，z		k	
交趾支那	k	k，○		k	
閩、粵、高麗、日本	k				

表中所列都是符合後文高本漢推理出來的音變規則的讀音，不少方言裏還有一些不符合音變規則的讀音，比如讀為〔kʻ、tɕʻ、ɕ、h、x、f〕等，在他所統計的 9500 個讀音中有 250 個例外（其中有 40 個是又讀），例外讀音的比例為 2% 左右，那麼具有普遍性的音變規則是不會因為這些例外而改變的。

接著高本漢推論見母（包括溪、群）的古讀應該是舌根音，其他的讀法都可以從音變規則上得到解釋。在這裡他提出的音變規則主要是舌根塞音因

為齶化而產生舌面塞擦音，這種齶化現象在許多語言裏都是很常見的。舌根塞音的齶化在中國方言〔註20〕裏可以分成三種情況：1. 閩、粵、高麗、日本完全不受齶化的影響。2. 官話、吳語裏都有齶化現象，齶化的條件是舌根塞音位於〔i、y〕的前面，齶化的結果是演變為舌面塞擦音；有些方言裏這種齶化現象只到了〔c〕的程度；如果有更進一步的演變，就是變到舌尖齒塞擦音，如〔ts〕等（譯者特別指出「女國音」現象可以作為一個例證）。3. 在漢越語（安南譯音）中，17 世紀的時候已經演變到了塞擦齶音，以後又有了更進一步的演變，東京（河內）變成了齒音〔z、s〕，其他地方失去了這個齶音，另外使齶化現象發生的〔i〕被聲母吞沒了：〔kia〕>〔za〕。以上是舌根塞音齶化的一般規則，溪母還有自身特別的變化：〔k'〕>〔h〕，這在粵語和高麗譯音裏可以看到，可能中間經歷過〔k'〕>〔χ〕的變化；〔k'u〕>〔f（u）〕，這在粵語裏可以看到，可能經歷過〔k'u〕>〔χu〕>〔f（u）〕，〔f〕的發生是因為〔u〕的合唇作用提前了。

　　方言材料在高本漢用歷史比較法進行的古音擬測中有兩個作用，第一是作為古音實際音值的來源，比如見、溪、群三母的實際音值就來源於閩、粵、吳等各種方言，這樣就將語言發展的空間和時間很好地結合到了一起。第二，方言既用於推導音變規則，也可以用來證明音變規則，因為高本漢所採用的音變規則有很多實際上是從印歐語歷史比較中獲得的，移用到了漢語上，用方言材料再進一步加以證明。因為有這麼多規則的推導、證明過程，這使得《中國音韻學研究》一書中《歷史上的研究》這一卷分量特重，佔了全書 40% 的篇幅。有學者將高本漢和之前的漢學家（如商克、武爾披齊利、馬伯樂等人）對於中古音聲母的構擬進行了比較，認為高本漢在《中國音韻學研究》中花了 198 頁的篇幅進行構擬，其成就卻並不比前人多多少。〔註21〕言下之意，高本漢花費了這麼多的篇幅和這麼多的精力，並沒有得到與之相應的成果。我們認為這種說法實際上是對高本漢學術理路的誤解，歷史比較法有實證主義的傾向在內，是一種科學的講究證據的研究。高本漢以前的漢學家所做的古音構擬很多是感

〔註20〕包括高麗譯音、日本譯音等域外方音，高本漢實際上把它們也視為漢語的方言，我們後面還會再討論這個問題。

〔註21〕洪惟仁《小川尚義與高本漢漢語語音研究之比較——兼論小川尚義在漢語研究史上應有的地位》。

悟式的，沒有可靠的證據，沒有音變規則的說明。至於他們得到的構擬結果在很大程度上是因為中國傳統音韻學對古音的語音特徵有大量的記錄（特別是廣為流傳的 36 字母），漢學家們利用了這些記錄，參酌些一鱗半爪的方言語音，感悟式地推導出一些古音構擬，而且在聲母上的成績更大些（這也和聲母類型較少，較易推出擬測結果有關）。到高本漢這裡，情況則完全不同，他先將古音音類釐清，然後系統地用 30 多種方言資料擬測音值，說明音變規則，其結論因為方法、形式的科學從而可信度、解釋力大大提高，他的研究已經進入了實證研究的科學領域。

高本漢雖然將歷史比較法創造性地移植到了漢語歷史的研究上，但由於這一方法本身固有的一些缺陷沒能克服，給他的中古音構擬也帶來了很多問題。首先就是認為各方言之間在分化之後彼此沒有什麼影響，方言之間似乎是隔絕的，各自獨立發展的。這種相當機械的觀念在歷史比較法的全盛時代就已經有人提出了批評，施密特用波浪理論來反對譜系樹理論，認為各方言的特點有如石子投入池塘後形成的波浪那樣擴散開去，從而使不同語族、語支呈現出很多相互交叉的共同特點，這種看法後來在方言地理學中得到了進一步的發展。高本漢將歷史比較法運用於中古音研究時也同樣有這樣的問題。漢語的方言一般會受到臨近方言的影響，同時還會受到本地區和全國標準語的影響，方言中都或多或少存在著不同的層次。不考慮漢語方言中普遍存在的文白讀現象，不考慮音系疊置的狀況，就有可能放棄了構擬漢語古代語音的重要材料與線索，從而使得構擬的結果可信度不高，解釋力不強。高本漢記錄的漢語方音即有這種問題，他知道漢語不少方言中存在文白讀現象，但是他對這種材料並未給予足夠的重視，這無疑與他對方言的看法有關。

其次，經典的印歐語歷史比較法認為祖語是一個同質的系統，不考慮其中存在著方言差別，這一觀念也被高本漢移植到了漢語研究上。他提出：「假如我們要知道一套完整的真漢語，那麼最靠得住的方法就是推溯的越古越好；因為越往古推溯由方言紛歧而誤入歧途的危險就越少。」（《中國音韻學研究》第 18 頁）他認為他所研究的《切韻》音系（《廣韻》裏的反切）就代表著這麼一個完整的中國語，內部完全是同質的，不存在方言分歧。從《切韻》到現代方言完全是一個分化的過程，現代的各個方言或多或少都能在《切韻》中找到它們的影子，都能用《切韻》音系的分化來予以說明。後來高本漢在《中上古漢語音

韻綱要》裏面接受了其他學者（如馬伯樂）的批評，認為《切韻》是除了閩方言以外的其他現代方言的母語。現在看來高本漢對於《切韻》音系性質的判斷是存在偏誤的，《切韻》音系應該是異質性的，內部存在著方言、古語，應該運用異質語言的研究方法來研究《切韻》的音系。〔註22〕關於《切韻》音系的性質及其方言基礎，過去一個世紀中經歷了數次辯論，我們在後文將有專章予以討論。

　　與此相關的就是高本漢歷史比較法的第三個缺陷。我們在前面說過高本漢將歷史比較法移植到漢語中古音研究上的時候，直接跳過了裏面的一些步驟，而以「歷史文獻考證法」（實際上是借用了傳統音韻學的研究成果）代替了確定同源關係、確定時代先後等關鍵步驟。這個做法其實是個雙刃劍，既是高本漢取得巨大成功的關鍵，也是高本漢體系存在不少問題的起因。如果所採用的歷史文獻是有問題的，不是原始材料，經過後人改竄，或者有不同的時間層次，那麼對研究結論的準確性、可靠性會有著很大的影響。高本漢直接借用了傳統音韻學的成果，對文獻又缺乏必要的考證能力，特別是一些文獻所代表的時代性判斷不準，擬音的結果自然也會存在問題。黃笑山先生就說過：「如果把《切韻》時代的反切材料等跟中唐五代時的其他語音材料混合起來構擬中古音，就會造成時代上的誤差和混亂，所擬出的音系可靠程度就可懷疑了。」〔註23〕

〔註22〕李開《試論歷史語言學研究中的異質語言理論問題》。

〔註23〕黃笑山《〈切韻〉和中唐五代音位系統》第13頁。

第五章　論高本漢在研究中古音時所使用的材料

　　高本漢在進行中古音構擬的時候，使用了反切、韻圖、方言、域外譯音（對音）等多種材料。我們在這一章裏打算對高本漢使用的這些材料略加檢討，考察各種材料在高本漢中古音研究中的重要程度和它們的可靠性。

　　高本漢說：

　　　　假若我們暫時先把現代漢語所能幫助我們知道古音的材料放在一邊，專看古書上的材料，就可以看出這些材料分作三大類：

　　　　1. 外國語言裏翻譯中國字的對音跟中國語言裏翻譯外國字的對音（例如梵文的字，尤其是中亞細亞語言的字）；

　　　　2. 中國字典裏所用的古注音法，就是反切的方法；

　　　　3. 各種帶解說的韻表。（《中國音韻學研究》第 15 頁）

　　從材料的來源上說，可以分為古書上的和現代方言裏的，古書上的包括反切、韻表和對音〔註 1〕。從材料的作用上來說，古書上的材料是幫助建立音類系統的，現代方言裏的材料是幫助構擬音值的。在這裡，我們能夠很清楚地看到高本漢「歷史文獻考證法」和「歷史比較法」二分，並且緊密結合以

〔註 1〕實際上對音材料高本漢採用得很少，詳後文。

研究中古音的思路。現在我們就將高本漢所用的材料二分來逐一探討。

第一節　反切和韻表

　　高本漢在整理音類系統的時候，用了兩種材料：反切和韻圖。他對這兩種材料的重視度是不同的，對反切的重視遠高於韻圖。這主要是因為他清楚地知道這兩種材料所反映的語音系統是有時代先後的，反切（應該說是《廣韻》裏的反切）可以「代表一個不比紀元六百年更後的完整的中國語言」（《中國音韻學研究》第 20 頁），而韻圖（主要指他用的《切韻指掌圖》）則是代表反切以後至少幾百年的一個語言。《切韻指掌圖》雖然在韻目上跟《廣韻》基本上是一致的，可是在事實上卻把《廣韻》的古音系統簡化了。基於這種認識，要想認識中古音的真面貌，就必須依靠反切的系聯，而韻圖只能是作為搭建音類框架時候的參證材料。

　　高本漢對反切的性質有著很清楚的認識，而在他之前的漢學家們大多認識不到反切的重要性。他認為：

　　　　這兩種材料——反切和韻表——在外國人研究漢學的書裏所有的研究已經夠使大家都知道是怎麼一回事了。但是我相信直到現在還有人犯著太把它們混而不分的錯誤。從方法上看，這兩樣東西中間有一個根本不同之處，必須細心分辨。反切的方法是關於各字音本身的方法，它只講單個的字，就是把每字所由成的音素整個的說出來。至於講到「韻」跟「母」的系統的方法，那就剛剛相反了；它們是一種概括的、實用的、分類的方法。……

　　　　在一部按「韻」跟「母」（「見」等）排列的字典裏，如《五音集韻》，單憑這些「韻」跟「母」，就沒法子可以決定一個字的聲母是否〔j〕化，韻母是開口還是合口（就是說：複合元音用不用 u 作第一個成素），或者有沒有 i 介音（就是說複合元音用不用 i 作第一個成素）。諸如此類必得看字在韻表裏的地位（在第幾表，第幾等）才能決定。但是由反切的方法就可以無疑的解決這些問題。在反切裏，比如說純粹的 k 就用古字切；j 化的 k 就用居字切（這兩個字都屬「見」母）。開口合口也是同樣的情形。……（《中國音韻學研究》

第 15～16 頁）

在明確闡述了反切的性質之後，高本漢提出應該採取往前推溯的辦法，找到一套最古的反切。這麼做一方面是因為近代的反切材料很難判定是反映了時音，還是從古書上引用的，而更古的時代材料只限於反切一種，可以免去泥古的危險；另一方面是因為高本漢認為越往古推溯方言分歧的可能就越小。這樣推溯得到的最古的成系統的反切就是《切韻》裏的反切了，《切韻》只有一些殘卷，拿它們和《廣韻》比較就會發現其中的反切是基本一致的。高本漢又從外部、內部兩方面來證明《廣韻》裏的反切是真實可靠的。從外面的證據來看，《切韻》系統的各種韻書反切是一樣的，在《五音集韻》裏的反切也是一樣的〔註 2〕，《康熙字典》裏引的《唐韻》跟《廣韻》的反切也是一樣的，多重證據證明這些反切是真實的。從內部的證據來看，《廣韻》的 206 韻每韻的切下字都是嚴格地屬於自己所在的韻，沒有跨韻的現象（只有極其個別的例外情況），也就是說這 206 韻按照切下字是各自分開，不相摻混的。這就是說，拿《廣韻》裏的反切作為重建中古音的材料是毫無問題的。

　　高本漢在《中國音韻學研究》裏就主要用的《廣韻》反切以建立中古音音系，但是後來的研究者多認為高本漢所用的反切是從《康熙字典》裏抄的，有的是有錯誤的反切。進而有學者提出高本漢並沒有看過《廣韻》，使用的都是從《康熙字典》裏抄來的「第二手材料」。「考慮到《康熙字典》反切畢竟不是《廣韻》反切，更不是《切韻》反切，其中錯誤很多也是完全可以料想得到的。」〔註3〕這種看法是從哪裏來的呢？主要是中國的一些音韻學家在他

〔註 2〕實際上並非如此。現在我們看到的《五音集韻》其實是金人韓道昭的《改併五音集韻》，這部書就荊璞的《五音集韻》進行了改併。「併」指將《廣韻》的 206 韻合併為 160 韻（荊書還是依據《廣韻》而未有改動），「改」指的是對舊有反切進行修改，大部分是從荊書所用《集韻》反切改回《廣韻》的，但也有對《廣韻》反切進行修改的（因為併韻了）。《改併五音集韻》併韻的理由以《廣韻》「同用」為主，也摻雜了現實語音的因素在裏面。這樣歸併必然造成很多反切的合併，不過《五音集韻》裏所採用的反切（如果和《廣韻》相同的韻）倒是用《廣韻》的多，而用《集韻》的少，因此高本漢會認為《五音集韻》裏的反切與《廣韻》是一樣的。參看唐作藩《關於〈五音集韻〉——寧忌浮〈校訂五音集韻〉序》以及楊素姿《論〈改併五音集韻〉與等韻門法》。

〔註 3〕李無未、秦曰龍，《高本漢「二手材料」構擬〈廣韻〉之檢討》。

們的著作裏反覆闡述高本漢用《康熙字典》反切這種觀念。比如陸志韋在《古音說略》（第2頁）裏認為：

> 高氏並沒有小心的研究過《廣韻》，就連所用的《廣韻》反切好像都是從《康熙字典》轉抄下來的。

趙元任等在《中國音韻學研究》中譯本的《譯者提綱》裏說：

> 因為著書的時候著者沒有見到《切韻》的各種殘卷，沒有見到過《集韻》、《韻鏡》、《切韻指南》的本書，而所引的《廣韻》反切往往是《康熙字典》裏所引錯的反切，結果在好些地方都不免有細節上的錯誤（譯文裏都改正過了）。

李榮在《切韻音系》（第109頁）裏講：

> 首先，我們要指出，他（指高本漢）所根據的反切不是整部廣韻的反切，只是三千多個常用字的反切。並且，他根據的不是廣韻原書，而是康熙字典。我們知道，康熙字典上的唐韻或廣韻反切，和廣韻是有出入的。

這些學者的著作影響比較大，後來者往往人云亦云，並沒有細細檢查高本漢原著的情況，甚至過度誇大高本漢材料使用上的問題。

我們認為這個問題應該分兩個方面來看，第一是高本漢有沒有用過《廣韻》，他在《中國音韻學研究》中使用的反切材料是不是都是從《康熙字典》裏抄的。在這裡我們能找到高本漢核查過《廣韻》的一個證據，在《中國音韻學研究》中譯本第84頁有高本漢原注（法文原本第133頁）：「『彼』《康熙字典》切作『補委』，誤。《廣韻》跟《切韻指掌圖》相同，切作『甫委』」。另外可以找到一條旁證，那就是馬悅然在《高本漢》（第203頁）一書裏所說的：「直到1913年12月，離答辯還有一年半時間，伯希和才證實對高本漢的構擬工作來說，《廣韻》是最詳盡的材料來源。」馬悅然還引了高本漢給妻子的信：

> 我正好在工作中遇到一個十分頭痛的問題。我想為我調查的材料找一個可靠的出發點。我曾設想使用《康熙字典》，覺得它可行，但是進一步調查發現，這個賭打錯了。幸好我沒讓你搞《康熙字典》（指讓妻子幫助抄一些資料）！嘻，很有可能最後我還是不得不用

它。事到如今不知道該怎麼辦，真有點兒頭痛。

我們認為，高本漢最後還是引用了《康熙字典》裏的反切，並且和《廣韻》裏的反切進行了一些核查。核查的標準很可能是反切系聯與《切韻指掌圖》列字有矛盾的地方，比如說上引的「彼」字，在《切韻指掌圖》裏是列在三等位置，而且是其他三等字的切上字，如果是「補委切」就到一等字裏面去了。像這樣的地方，高本漢就核查了《廣韻》。但還是有一些地方，高本漢並沒有核查《廣韻》原書。比如《古音字類表・聲母表》見母一等開口入聲下列了一個「葛」字，高本漢注：切字是「居」。高本漢已經感覺到這個切上字有問題，如果是「居」，應該列入三等，可是按照《切韻指掌圖》是在一等的。核查《廣韻》，為「古達切」，正當列入一等。另外，還有一些他沒有核查《廣韻》原書出現的錯誤，可以參看後面的表格。

到這裡就涉及到第二個問題：《康熙字典》裏引用的《廣韻》反切是不是錯誤很多？如果錯誤非常多，那用《康熙字典》裏的反切來構擬《廣韻》的音系確實有很大的問題；可是如果錯誤是微乎其微的，那麼作為材料來構擬中古音應該也不至於對整個音系有多大的影響。關於《康熙字典》的音讀，有王力先生寫的《康熙字典音讀訂誤》，裏面對《康熙字典》各種和讀音有關的錯誤進行了訂正。我們將其中涉及《康熙字典》引用《廣韻》、《唐韻》反切錯誤的情況作了一點小統計，《訂誤》裏糾正《康熙字典・子集（上中下）》音讀錯誤共計364處，其中引用《廣韻》、《唐韻》反切錯誤共計8處，參看下表：

表 5.1

	《康熙字典》反切	《廣韻》反切
侳	則臥切	側臥切
傶	即就切	王力：《廣韻》無「傶」〔註4〕
冋	戶頃切	戶潁切〔註5〕
劭	實照切	寔照切

〔註4〕王力認為《廣韻》沒有「傶」字，看法有誤。《廣韻》「傶」有「莊俱、鋤祐、女洽」三切，《康熙字典》「即就切」，因為《廣韻》「即就切」與「鋤祐切」兩小韻相連而誤。

〔註5〕王力引反切有誤。《廣韻》「戶頂切」，在迥韻，潁、頃俱在靜韻。

醫	于計切	於計切
啅	直照切	寔照切
佋	實照切	寔照切
翄	克肢切	充肢切

其中有三個字是《廣韻》中同一小韻的反切引用錯誤。8 / 364≈2%；《康熙字典》總共收字 47000 多，《子集（上中下）》收字應不少於 3000 字，8 / 3000≈3‰，引用《廣韻》反切錯誤率應該說是很低的。

我們現在使用的《廣韻》較為通行的版本為清初張士俊澤存堂本，周祖謨《廣韻校本》、余廼永《新校互注宋本廣韻》都以之為底本。張氏刻書喜好點竄，所刻《廣韻》也有不少增改的地方。清初編輯《康熙字典》的時候，或許還能看到與今天通行本不同的《廣韻》，引用的反切也與今本有所不同。例如「硬」字，今本《廣韻》「五爭切」，入諍韻，誤。《康熙字典》音「五更切」，入映韻，是。敦煌本、宋濂跋本、裴務齊正字本《王仁昫刊謬補缺切韻》都在映（敬）韻，音「五孟切」。高本漢《中國音韻學研究》據《康熙字典》將「硬」字列入映韻，是非常正確的。

我們還有另外一個和《中國音韻學研究》相關的更直接的檢驗辦法。《中國音韻學研究·譯者序》裏說翻譯的時候已經「把所有查得著的引證都對核了，遇必要時或加以改正，然後才算放手。」那麼這種查得著的引證應該也包括核對《廣韻》原書，找到高本漢引用的錯誤（前面的《譯者提綱》裏也說到了這一點）。我們核對一下《中國音韻學研究》的法文原本和中譯本，就可以找到高本漢引用錯誤而中譯本糾正了的地方。核對的部分是《古音字類表·韻母表》，這裡列了 3125 個字，每個字都按照聲、韻、開合、等列放入表中，就是一部中古音的「指掌圖」。如果有反切錯誤的地方，那麼中譯本必定會對法文原本進行訂正，實際上譯者也是這麼做的。在這部分譯者出了一些注，但這些注主要是注明《廣韻》有又讀，字表裏用了 A 讀音，實際上現代方言裏 B 讀音更為通行。對於高本漢用錯反切的地方，中譯本都直接予以訂正，沒有出注。我們對照法文原本和中譯本，可以看到下面的字是高本漢在字表裏放錯了地方的：

表 5.2

	法文原本	中譯本	《字典》反切	《廣韻》反切
規	脂韻	支韻	居追切	居隋切
繪	隊韻	泰韻	胡對切	黃外切
杉	咸韻	銜韻	所銜切	所咸切
澗	襉韻	諫韻	古莧切	古晏切
雁	霰韻	諫韻	五宴切	五晏切
淵	仙韻	先韻	烏圓切	烏玄切
殷	真韻	欣韻	於身切	於斤切
慇	真韻	欣韻	於巾切	於斤切
筍	軫韻（開口）	準韻（合口）	思引切	思尹切
檢〔註6〕	儼韻	琰韻	居奄切	居奄切
掩	儼韻	琰韻	衣檢切	衣儉切
夾〔註7〕	狎韻	洽韻	古狎切	古洽切
狹	狎韻	洽韻	侯夾切	侯夾切
濇〔註8〕	緝韻端系	緝韻知系	所立切	色立切
沫〔註9〕	曷韻（開口）	末韻（合口）	莫葛切	莫撥切

共計 15 處。還有幾處錯誤的情況：

「倍」列入了隊韻，應該列入蟹攝開口上聲海韻並系聲母中（《康熙字典》：《集韻》補妹切；《廣韻》：薄亥切）。中譯本沒有予以更正，注：「在方言中準合口看待」。〔註10〕

「詢、旬、循、巡」四字法文原本列入諄韻並系聲母下，應該是手民誤植

〔註6〕《廣韻》「儼，魚掩切」，《康熙字典》同；「奄，衣檢切」。高本漢據此將「儼、檢、奄、掩」等字系聯起來。嚴格來說，不能算高氏的錯誤。第一，《切韻》本無「儼」韻，王仁昫刊謬補缺《切韻》的時候從「琰」韻分出了「儼」韻。第二，《廣韻》原本為「魚掩切」，各本皆如此，周祖謨《廣韻校勘記》理校為「魚埯切」，並無版本證據。

〔註7〕高本漢於「夾、狹」二字原本就有疑問，法文原本注：「夾」，反切下字為「狎」，又作「洽」的切下字，這樣就將兩韻系聯了起來。

〔註8〕《康熙字典》反切聲韻不誤，高氏此處誤列。《古音字類表·聲母表》入審母，不誤；《方言字彙》擬音〔ʂi̯əp〕，不在端系，為審母字。

〔註9〕法文原本注：參見合口。

〔註10〕中譯本認為「倍」字《廣韻》在開口代韻，誤。

（在端系、非系聲母之間多畫了一道豎線），《古音字類表‧聲母表》列入端系聲母，不誤。中譯本改正了。

「瑟」字法文原本列入「櫛」韻見系聲母下，應該也是手民誤植（見系、知系緊相併列），《古音字類表‧聲母表》列入知系聲母，不誤。中譯本改正了。

這些錯誤中有一些嚴格說起來不能算引用反切上的錯誤，例如「檢、掩」即使依據《廣韻》反切也會系聯起來；「濇」字算是筆誤；「狹」的反切也沒有用錯。這樣的話只有 11 個字（規、繪、杉、澗、雁、淵、殷、愍、笋、沫、倍）可以說是因為引用了《康熙字典》裏的反切沒有核對《廣韻》原書所以搞錯了音讀。11／3125≈3.5‰，錯誤率是很低的。這樣少的錯誤應該不是像中文譯者所說的「所引的《廣韻》反切往往是《康熙字典》裏所引錯的反切」，也不是像一些研究者所說的「其中錯誤很多也是完全可以料想得到的」。

根據以上分析我們認為高本漢在《中國音韻學研究》裏所使用的反切可以說就是《廣韻》裏的反切（雖然可能是從《康熙字典》裏抄來的），用這個反切作為建立中古音系統的材料是絕對沒有問題的。假如我們把《中國音韻學研究》算做高本漢研究漢語中古音的起點的話，那麼《漢文典（修訂本）》（Grammata Serica Recensa，1957）可以說是高本漢晚年的集大成之作。在其中高本漢明確闡述了研究中古音應該以《切韻》作為主要材料，並且明確表示他早期關於中古漢語語音的全部研究也是以《切韻》反切為主的（不過材料是從《廣韻》裏來的）。同時在這本書的《導言》部分，高本漢還提到《康熙字典》在收錄舊韻書的材料方面相較於其他大型辭典還是比較保險的，因為《康熙字典》裏「至少還標明每個讀音引自古代什麼辭書（儘管它有時也會在這方面出差錯）。」

高本漢使用《康熙字典》裏的《廣韻》反切，在正確性和真實性上問題不大，但是在數量上卻有所不足。他是用 3000 多個常用字的反切來系聯中古音系的，用這些字的目的或原因只有一個，那就是能古今溝通。這些字在現代方言中絕大部分還在使用（可以說是常用字），方言詞典上都查得到，他調查方言也都能問得到，《廣韻》裏面又有，這麼就古今打通了，用現代方言可以重建古語了，這顯然還是歷史比較語言學的思路。可是「拿三千多個常用字來調查方言的音系是夠的，拿來研究反切卻不免粗枝大葉。」〔註11〕從《中

_____

〔註11〕李榮《切韻音系》第 109 頁。

國音韻學研究》裏就能看到實際上《廣韻》裏有的音類在高本漢那裡卻沒有了，比如說果攝開口合口三等高本漢都只為麻韻擬了音，實際上歌韻三等牙音有「迦呿伽」等字，戈韻三等有「靴瘸」等字，也是中古音音類系統裏不可缺少的部分。高本漢的《方言字彙》裏沒有，中古音音類系統裏也缺了這個部分。〔註12〕按照高本漢的系統，應該分別擬為〔-ĭɑ　ĭʷɑ〕。

下面我們再來看看高本漢使用韻圖的情況。

高本漢在《中國音韻學研究》一書中主要使用了《切韻指掌圖》和《切音指南》兩種韻圖，並且以《切韻指掌圖》為主。他對所使用的韻圖的性質及其所反映的語音時代有著比較清楚的認識，特別是對韻圖與反切所反映的語音不同這一點看法還是比較準確的，比他之前或同時代的漢學家要好得多。

馬伯樂在《安南語言歷史語音學研究》裏說：

> 宋元時代的著者曾經給《切韻》（主要是根據《廣韻》）的讀音作了一個很深的分析；他們曾經把所研究的結果作成很簡明易查的表。這些表並不像一般人所說是標注作表時代的讀音，而是給古字書的讀音作分類的。這些表裏後來有些不一致的地方，這不能說是因為作各種書的時候的讀音變遷，或是著者個人方音的不同，不過是各人對於古音見解的不同罷了……。（轉引自《中國音韻學研究》第 21 頁）

也就是說馬伯樂認為韻圖都是對《切韻》系韻書反切擬測的結果，韻圖所反映的就完全是《切韻》的語音。馬伯樂看過《韻鏡》，這從高本漢《中國音韻學研究》第 22 頁的原注可以看到〔註13〕。他關於韻圖的見解應該是與《韻鏡》有關

〔註12〕一直到後來的《中上古漢語音韻綱要》裏面，這個問題還是沒有修正。

〔註13〕這裡中譯本有一處小瑕疵。法文原本為：Un tel travail de reconstruction a été fait, au contraire, par l'auteur de 韻經 Yun king.中譯本：倒有一部擬古的工作，就是韻鏡的著者作的。應該譯為：實際上《韻鏡》的作者已經做了這種擬測的工作。主要是法文原本在「Yun king」後面加了一個注：Ouvrage dont on ignore la date et l'auteur, fort en vogue a la fin de XIIe siècle; cf. Maspero, Phonétique annamite, p.120. 中譯本：一部不知道年代跟著者的書在十二世紀以後也很通行的。中譯本對這個注的翻譯會使讀者誤以為在《韻鏡》以外還另有一部通行的等韻書。實際上這個注是對《韻鏡》的注釋，應翻譯為：這是一部不知道年代跟著者的書，在十二世紀末相當流行。

的，從《韻鏡》而來又推闡到了其他所有宋元韻圖。高本漢沒有見過《韻鏡》，他關於《韻鏡》的知識是從馬伯樂那裡來的，在《中國音韻學研究》法文原本裏連《韻鏡》的名字都誤作《韻經》。《韻鏡》裏面將夬、廢韻寄放在入聲欄裏（《韻鏡》注云「去聲寄此」），同時有幾張圖在開合方面有些混亂（這主要是刻本的錯誤〔註14〕）。根據這些情況，高本漢認為《韻鏡》不太可靠，是後人的仿古之作，其結構完全是擬測出來的（擬古的），他就將《韻鏡》放在了一邊。高本漢關於韻圖的看法主要根源於《切韻指掌圖》，他認為：

> 在《廣韻》出版的時候，非但把相沿下來的反切很忠實的保存著，就是二百零六韻的排列也都因仍舊貫。可是，後來四五百年，語言很有些朝著韻系簡化的方向上變動（這到現在還是它的一個很顯著的特點），於是那時候的人不久就覺得檢查《廣韻》是很困難的。所以司馬光奉勅作一個字書的指南，就得把有關係的音都歸納成攝，好讓人一眼可以全看見，然後再給這些攝加上一套《廣韻》全部的韻目，按照這些韻目就可以檢查所要查的音，其實，這些表很顯然的可以看出來是有這種作用的。……所以《切韻指掌圖》雖然在表面上並沒有創造一個新的系統出來，而在事實上卻把古音的系統簡化的多了。無論如何，這種簡化的現象，絕對不能使我們承認這些表是根據反切來擬測古音的。（《中國音韻學研究》第21～22頁）

高本漢和馬伯樂對韻圖看法如此不同，其背後更主要的是兩人對《切韻》音系的性質有著不同的判斷。馬伯樂認為《切韻》裏面保存了很多古音上的區別，而真正能反映《切韻》音系的是「同用、獨用」，構擬《切韻》音應當依據「同用、獨用」來決定各韻的分合。而我們知道《廣韻》裏所標的「同用、獨用」實際上反映了唐代以來的北方通語（以長安方言為代表），宋元以來的韻圖（特別是《切韻指南》）有一個最大的特點就是根據「同用、獨用」對《廣韻》的韻部做了很大程度上的歸併。所以在馬伯樂看來，《切韻指南》等韻圖實際上也能反映《切韻》音系，因此也同樣是給古字書做分類的表格。高本漢則認為，《切韻》音系是單一音系，是歷史上真實存在的語音系統，其中每個韻都是彼

〔註14〕楊軍《韻鏡校箋》第499頁。

此區別開來的。到了宋朝的時候語音已經有了很大程度上的簡化，當時的人讀《廣韻》有問題，所以《切韻指掌圖》將有關係的音歸納成攝，排成表格，完全是為了當時的人查《廣韻》提供方便的。「《切韻指掌圖》所以把韻母簡化大多數是由於語言裏真發生過變化，不過有些地方著者也許把它們簡化得過分了就是了。」（《中國音韻學研究》第 25 頁）

高本漢也使用過《康熙字典》卷首的《切音指南》，他誤以為這個韻圖就是元代劉鑑的《切韻指南》。《切音指南》脫胎於《切韻指南》，基本上沒有太大的變化，可以說是《切韻指南》在清代的翻版。〔註 15〕但是《切音指南》也有一些和《切韻指南》不太一樣的地方，我們來逐攝看看它們的不同（只看大的方面，個別收字小有不同此處忽略）：

通攝：《切韻指南》「崇、剿」等字在照組二等，《切音指南》移入三等。《切韻指南》知組三等入聲字為「瘃、瘃、躅、㑌」，《切音指南》改為「竹、畜、逐、魊」。

止攝開口：《切韻指南》幫組平上聲「陂、糜、彼、美」等字二、三等重出，其中二等注明「合口呼」；《切音指南》只列入開口一等。精組平上去（「訾、姊、恣」等字）《切韻指南》在四等，《切音指南》移入一等。

蟹攝合口：三等平聲《切韻指南》有「龜、追、非、錐、麾、灗、痿」等字，《切音指南》沒有。《切韻指南》知組三等入聲字為「怵、黜、術、貀」，《切音指南》改為「竹、畜、逐、魊」。

臻攝開口：《切韻指南》知組三等入聲有「窒、抶、秩、暱」等字，《切音指南》知組三等無入聲。

山攝開口：幫組二、四等平上去聲《切音指南》有「班、版、攀、襻、蠻、矕、編、緬」等字，這些字《切韻指南》本來列入山攝合口。

果假攝：開口一、三、四等（除齒音外），合口三、四等《切音指南》增加了很多入聲字。《切韻指南》注：果攝入聲字在宕攝，假攝入聲字在山攝。

宕攝：《切韻指南》無二等字。《切音指南》有獨立的江攝圖，又將江攝開合拆分，在宕攝二等重出。《切韻指南》開口三等幫組平上去入有「方、昉、放、縛」等字，《切音指南》移入合口三等。《切韻指南》喻母四等字《切音

〔註 15〕李新魁《〈康熙字典〉的兩種韻圖》。

指南》移入喻母三等。《切韻指南》開口照組二等字《切音指南》移入合口三等。《切韻指南》合口幫組一等有「幫、螃」等字，《切音指南》一律移入開口。

梗攝：《切韻指南》合口幫組三等上聲有「丙、皿」，《切音指南》移入開口。

曾攝：《切韻指南》合口幫組三等入聲有「逼、堛、愎、寈」，《切音指南》移入開口。

流攝：《切韻指南》以屋配侯、以燭配尤，《切音指南》改為以鐸配侯、以藥配尤。

高本漢在《中國音韻學研究》裏提到了《切韻指南》與《切韻指掌圖》一些不同之處，例如「山攝的開口，《切韻指掌圖》是沒有唇音字的。可是在《切韻指南》裏我們就看見二三四等裏都填滿了唇音字（如『班、變、鞭』等），這些字在《切韻指掌圖》都是放在合口裏的。」實際情況是這些唇音字在《切韻指南》裏一部分放在開口，一部分放在合口；到了《切音指南》又進一步做了整理，將山攝合口二、四等的唇音字全部移入了開口。另外高本漢還提到《切韻指南》通攝、宕攝裏將《切韻指掌圖》的照組二等字移入了三等，這個是《切音指南》所做的改動，《切韻指南》並不如此。

高本漢認為韻圖反映的是真實的語音情況，而且是晚於《切韻》反切好幾百年的語音，他把韻圖所代表的時代稱之為近古漢語。基於這種看法，在架構中古音音類系統的時候，他把韻圖放在了一個次要的、輔助的地位。由於他認為畢竟語音相近的韻最後才會在韻圖時代合併到一起，所以利用韻圖的框架來安排各攝、各韻、各聲類、各韻類是很合適的，他利用韻圖所搭建的框架就見於《中國音韻學研究·古音字類表》中。實際上他在擬測音值（特別是聲母音值）的時候，也常常以韻圖時代的語音逆推。比如說，推測中古「疑」母音值的時候，首先根據這個聲母在韻圖裏的位置證明它在近古時代的讀音是〔ŋ〕，從中古到近古沒有發現什麼分化、演變的痕跡，所以中古也可以擬測為〔ŋ〕。這也就是高本漢所說的：「在語言的兩個時代，除非我們可以找出其他不同的原因，同樣的音類分別是由同樣的語音分別而來的。」（《中國音韻學研究》第 26 頁）。

《切韻指掌圖》之類的韻圖對於早期韻圖有很多繼承的部分，但是也有

不少根據時音進行改併的地方，完全依據它們來構建《切韻》音類系統就可
能會帶來一些細節上的問題，我們能看到高本漢的中古音系統就有一些問題
是因為用了不合適的韻圖帶來的。例如，根據《廣韻》的反切系聯，在支、
脂等 8 韻有唇、牙、喉聲母重複出現的現象，在《韻鏡》裏很清楚地把這些
字列為兩類，一類在三等，一類列入四等，音韻學家稱之為「重紐」。高本漢
所依據的《切韻指掌圖》、《切音指南》已經基本上不能反映出重紐的現象了，
而高本漢依據的反切是從《康熙字典》裏來的，沒有核對原書，自然把重紐
字都系聯到了一起，對重紐及其語音性質高本漢沒有涉及。再例如，在遇攝
高本漢根據《切韻指掌圖》將魚虞並列和模韻相配，並且根據《切音指南》
認為這一攝是合口字。這樣他參考方言語音將遇攝構擬為：

$\qquad$一等（模、姥、暮）：　-uo

$\qquad$二三四等：a 韻（魚、語、御）：　-ĭʷo

$\qquad\qquad\qquad$b 韻（虞、麌、遇）：　-ĭu

這樣三韻都有了合口的性質，並且魚虞得以並列與模相配。實際上按照《韻
鏡》等早期韻圖是模、虞相配而魚韻單立，並且魚韻指明是開口。所以後來
的學者對於這三韻的擬音提出了批評，基本上都不同意高本漢的構擬意見。
但是高本漢區分魚、虞還是很對的，做到這一點亦頗為不易。

第二節　方言和域外漢字音

　　方言和域外漢字音屬於構擬音值的材料。在《中國音韻學研究》一書裏，
高本漢使用了 30 種漢語方言和 3 種域外漢字音來構擬中古音的音值，他統稱為
「所研究的方言」。

　　30 種漢語方言包括：

　　官話方言 14 種：北京、平陽（今臨汾）、蘭州、平涼、涇州（今涇川）、西
安、三水（今旬邑）、桑家鎮、開封、固始、四川南部、漢口、南京、揚州。

　　晉方言 8 種：歸化城（今呼和浩特）、大同、太原、文水、太谷、興縣、鳳
臺（今晉城）、懷慶（今沁陽）。

　　吳方言 3 種：上海、溫州、寧波。

　　閩方言 3 種：福州、廈門、汕頭。

粵方言：廣州。

客家方言：梅縣〔註16〕。

其中經過他調查或者審核過的有 22 種，包括全部的晉方言、除四川、漢口、揚州以外的官話方言、上海、福州、廣州。

他用這 30 種方言作為構擬中古音音值的主要材料，關於這方面的成就，特別是方言調查方面的成就我們在前面已經有所論述，這裡不再贅述。只是特別強調一下，他調查並使用了晉方言的材料，對於研究中古音來說有其特殊的意義。我們這裡想談談他使用這些方言材料上的一些問題。

首先是高本漢所使用的方言裏面北方方言（特別是官話方言）較多，而南方方言偏少，湘方言、贛方言都沒有使用；至於他審核過的南方方言則只有三種。方言分布上不夠平衡，對南方方言重視度不夠，使得他沒有看到很多複雜的方言現象，所構擬的中古音系統想要「把中國的全部方言（不只一兩處方言），解釋到一種可信的程度」似乎是不可能完成的任務。他所引用的南方方言（如廈門話）是傳教士所記錄的材料，有些材料還存有問題，高本漢未經審核拿來作為構擬中古音的材料，有些地方不免有失準確。比如他說：

> 汕頭話跟廈門話古爆發音跟摩擦音並不齶化，只有塞擦音才齶化。它們有個特點，就是齶化作用不僅在高元音 i 的前頭出現就是在 ɛ 的前頭也出現。在 i、ɛ 以外所有別的元音的前頭舌尖的發音部位都保存著，不過在廈門話所有的送氣的塞擦音都是齶音，這是個重要例外。（《中國音韻學研究》第 390 頁）

他這裡所謂的重要例外實際上是用錯了資料，使用的杜嘉德的《廈英大辭典》在這方面的記錄有問題，是強生分別的標音。〔註17〕

其次，中國方言有很多都有文白異讀的現象，它們所代表的往往是不同的歷史層次。其中白讀往往是較古的語音層次，代表著這個方言的歷史；文讀則是在本方言音系許可的範圍內吸收的地區標準語或全國標準語的成分，構成疊加的通語層次。文白異讀展現了不同的時間層次，對研究漢語方言的歷史、方

〔註16〕高本漢將客家方言也放在粵方言中，我們這裡按照現在通行的辦法將它們分開。

〔註17〕洪惟仁《小川尚義與高本漢漢語語音研究之比較——兼論小川尚義在漢語研究史上應有的地位》。

言之間的關係、方言的歷史語音等方面都有非常重要的價值。高本漢雖然知道漢語方言有這種文白異讀的現象，但是他對於這種資料並未加以收集、整理，在他的《方言字彙》裏很多地方實際上收集的都是文讀音，這當然也和他所選擇的方言調查人有關。此外《方言字彙》裏不少地方還有文白混雜的現象，時間層次不明。我們在這裡舉一個高本漢因為在《方言字彙》裏收集文讀音較多，造成對中古音判斷不夠準確的例子。他研究山攝三、四等仙、先韻之間差別的時候，說「要是考查方言，看看有沒有什麼分別跟古時候的分別相當，我們就發現大多數方言不保存痕跡：這個分別當初一定是很細微的。」（《中國音韻學研究》第 472 頁）無奈之下，他只好轉而求助於高麗譯音來研究這個問題，將仙擬為〔-ĭɛn〕，先擬為〔-ien〕。其實我們看一下閩語的白讀，就能找到仙、先之間明顯的區別：〔註18〕

表 5.3

漢字 地點	連（仙）		聯（仙）		憐（先）		蓮（先）	
	文	白	文	白	文	白	文	白
廈門	liɛn	nĩ	liɛn		liɛn	lin	liɛn	nãĩ
潮州	lieŋ		lieŋ		lieŋ		lieŋ	nõĩ
福州	lieŋ		lieŋ		lieŋ	leiŋ	lieŋ	leiŋ
建甌	liiŋ		liiŋ	lyiŋ	liiŋ	leiŋ	liiŋ	laiŋ

而高本漢所記錄的方音則為文讀一類。由閩語白讀來看，四等未必像高本漢所擬的那樣帶有介音，所謂「三四皆細，而四等尤細」的說法不一定是正確的。

　　最後，高本漢對南方方言不夠重視，方言材料收集不夠，這主要和他對《切韻》和現代方言關係的認識有關。他認為《切韻》所代表的語言是漢語現代方言的祖語，可以「把一切方言都直接跟《切韻》的語言連接起來，而且這些這麼分歧的方言，在大體上看起來，都自然的可以拿這個古代語言作出發點來解釋的過去」（《中國音韻學研究》第 528 頁）；「幾乎所有分歧很大的現代方言都可以從《切韻》語言中系統而合乎邏輯地分別推演出來。」〔註19〕因為他搭建了中古音的系統以後，用現代方言來為這個系統添上音值。更重要的

〔註18〕資料來自北京大學中文系語言學教研室編《漢語方音字彙》，聲調符號省略。

〔註19〕高本漢《漢語的本質和歷史》第 32 頁。

是，他要用現代方言為《切韻》的音類作注釋，能夠用方言材料解釋《切韻》音類的分合，他就滿足了；他不想用分歧的現代方言的差異去檢驗他的《切韻》「母語」說的可靠性。〔註20〕

高本漢「所研究的方言」裏還有 3 種域外漢字音，其中日本譯音又可以分為日譯吳音和日譯漢音，所以其實應該算是 4 種。一般學者傾向於把這種材料稱之為譯音材料，和梵漢、藏漢等對音材料放在一起，用來構擬古音的音值。高本漢沒有使用梵漢、藏漢等對音材料，因為他認為這類材料是古書上的材料，是作為研究古音音系（而不是音值）的資料。這點看法和馬伯樂、鋼和泰、汪榮寶等研究者是有很大區別的。關於他為什麼不肯使用梵漢、藏漢等對音材料的原因，他自己有所闡述：

> 不過我們對於這一類材料（指對音材料）得要當心一點。因為各民族要遷就自己語言的讀音習慣，對於外來的借字都有曲改讀音的傾向，甚至改的認都認不出來了，所以有時簡直連相近的音值都不一定找得到了。例如蒙古書中把漢語爆發音裏的清音寫作濁音，濁音寫作清音。所以從這些對音材料上所擬出的音系決不能就算是古代漢語的音系。至多只能算是中國古音最粗的一個輪廓罷了。

（《中國音韻學研究》第 15 頁）

1963 年他還在《前漢文獻中的借字》裏重複了對音材料不夠可靠的這一觀點：

> 論證在很大程度上依賴外來詞的漢語轉寫，這些外來詞大都出自中亞和印度，這是一種非常冒險的做法。從一個方面來看，這些詞語有的基於純粹的梵文，有的則主要基於從中亞學來的巴利語化的形式，在一個個實例中需要猜測究竟是哪一種，可以說我們處在一個非常不保險的基礎之上。從另一個方面來看，尤其重要的是，轉寫只能用在一個受限制的範圍。我們可以藉以發現一般性的東西，但難以確知有關古代發音的細節，道理很簡單，漢語對應單位的選擇大都沒有系統，是很隨意的，近似而已。〔註21〕

高本漢認為所謂梵文譯音有些是來自中亞的其他語言，這個觀點或許是來自季

〔註20〕徐通鏘《歷史語言學》第 135 頁。

〔註21〕轉引自蒲立本《如何構擬上古漢語》。

羨林 1948 年的研究〔註22〕。季文的看法大體是早期漢譯佛經很可能是中亞語言轉譯過來的，隋唐時期的佛經則是從梵文直接對譯的。但是俞敏也提出了不同的意見，他認為後漢三國的譯經除支謙譯文裏偶而流露些巴利文痕跡外，其他人大致都是純用梵本的。〔註23〕

　　我們認為如果對梵漢等對音資料的來源注意審核，謹慎地加以利用，這些材料應該是研究漢語古音的重要資料，高本漢一概予以否定的態度無疑是不對的。但是他的這個態度其實有更深層次上的原因，特別是他對梵漢對音材料予以否定，而對日本、高麗、安南譯音則大量的使用，這是一種矛盾的現象，因為這些材料也都有他所謂的「遷就自己語言的讀音習慣」因而「曲改讀音」的情況，他對這些域外漢字音的材料為什麼就那麼放心的使用？看看高本漢給日譯漢音、日譯吳音、高麗譯音、安南譯音這些材料所給的統稱，問題就比較清楚了。他在《中國音韻學研究・緒論》中將這些材料稱為「中國境外的漢語方言」（des dialectes extra-chinois），在《中古漢語構擬》（第 4 頁）裏稱之為「四個外國的（漢語）方言」（the four 「foreign dialects」），同時在《中國音韻學研究》第二卷將它們列入了「所研究方言」之中。也就是說，高本漢將這些域外漢字音材料認為是漢語的方言，認為它們和其他漢語方言一樣在漢語中古音構擬上有同等的價值與地位。還應該指出的是，這些材料都是還在實際使用中的語言材料，也就是活語言裏面的材料，和漢語的方言確實有相像之處。而梵漢對音等材料則像高本漢所說的那樣是「古書上的材料」，是死語言裏的材料，這一點才是最重要的區別。再想想高本漢的歷史比較語言學的學術背景，將對音和域外漢字音這兩種材料這樣截然分開就不難理解了。歷史比較語言學正是要用活的語言或方言材料重建歷史上的語言，通過調查、比較實際存在的語言（方言）來構擬它們的祖語形式。此外，高本漢大量採用域外漢字音而不願意利用梵漢對音等資料，可能和他的同質語言觀有關係，他認為《切韻》是一個同質的體系，那麼用來構擬《切韻》語音的材料也應該是同質的。那時歐洲的語言觀基本上是同質語言觀，索緒爾就是一個典型的代表。

〔註22〕季羨林《論梵文 ṭḍ 的音譯》。

〔註23〕俞敏《後漢三國梵漢對音譜》。

　　有意思的是，高本漢在擬測中古音音值的時候，還是不可避免地使用了對音（譯音）資料。比如說在證明中古濁塞音送氣性質的時候，引用了蒙古譯音（《中國音韻學研究》第 253 頁）；在證明曉母、匣母音值的時候，引用了「唐宋時代的譯音」（《中國音韻學研究》第 273 頁），應該也就是梵漢對音。這說明不管高本漢怎麼排斥這些對音資料，在研究中古音音值的時候也是不能棄而不用的。

　　高本漢對梵漢對音可能出現的問題看得是很清楚的，也就是所謂「曲改讀音」的現象，但是對於域外漢字音卻很少注意細細甄別，這當然是由於把它們看成是「中國境外的漢語方言」。特別是他引用的這些材料都是二手材料，來源於一些西方人編輯的詞典，又沒有經過審核，其中也存在不少問題。我們認為，引用域外漢字音要考慮漢字材料借入這些語言的時間和地點問題。其中最重要的是這些漢字音借入的時間，特別是與之相關的時間層次問題。越南的漢字音（安南譯音）至少有三個時間層次〔註24〕：

表 5.4

層　　次	時　　間	數　　量	重　要　性
古漢越語	西漢～南北朝	零星	次要，但融入越語
漢越語	隋唐（唐代為主）	大量	主體，獨立於越語
近代音	宋元以來	零星	次要

　　我們從以下譯音材料裏可以看出這些時間層次：

　　漢越語的魚韻字一般讀〔-y〕，例如：渠〔cy²〕，書〔thy¹〕，諸〔chy¹〕，可是以下漢字讀音例外：許〔hya³〕，序〔tya⁶〕，呂〔la⁴〕。讀〔-y〕的是漢越語的層次，讀〔-a〕的應該反映了更早的借音。對於讀〔-a〕的字音高本漢沒有記錄，例如他所記錄的「序」讀為〔tɯ〕，材料可靠性值得考慮。

　　漢越語虞韻字一般讀〔-u〕，例如：句〔cu⁵〕，驅〔khu¹〕，可是以下漢字讀音例外：俱〔cəu¹〕，珠〔chəu¹〕，輸〔thəu¹〕，戍〔məu⁶〕。讀〔-u〕的是漢越語的層次，讀〔-əu〕的應該反映了更早的借音，因為一部分虞韻字上古入侯韻，「戍」上古入幽韻。對於讀〔-əu〕的字音高本漢有記錄，例如「輸」讀為〔tʻəu〕、「駒」讀為〔kɐu〕，與其他虞韻字混同，未能明辨時間層次。

〔註24〕據王力《漢越語研究》整理。

漢越語蟹攝合口二等字一般讀〔uai〕，例如：怪卦〔quai⁵〕，拐掛〔quai³〕，可是「畫」〔hoa⁶〕是個例外，應該是受到漢語官話的影響，這是一個比漢越語晚的時間層次。對於這個音高本漢也同樣有記錄，無分析。〔註25〕

我們再對比一下幾個梗攝入聲字漢越語和古漢越語讀音的區別〔註26〕：

表 6.5

漢　字	錫	昔	席	碧	只
漢越語	tích	tích	tịch	bích	chích
古漢越語	thiếc	tiếc	tiệc	biếc	chiếc

從中不但能看到越南漢字音的時間層次，也可以幫助我們構擬梗攝入聲字在不同時代的不同音值。越南漢字音不僅有時間層次問題，還有借入的地點，是借入的通語還是某種方言。古漢越語很可能是借入的某種南方方言，而漢越語則應該主要借入的是唐代的長安方言。

其他幾種域外漢字音也同樣存在借入漢字的時間、地點方面的問題。比如說日譯吳音主要是魏晉南北朝時間的南方方音，日譯漢音則主要是隋唐五代時期的北方方音。朝鮮史書《三國史記》中記錄的古地名材料反映了上古漢語的譯音，而 15 世紀朝鮮頒行的《東國正韻》則反映了唐代長安的語音。〔註27〕對於這樣的時、地問題，高本漢完全沒有加以甄別。拿不同時間上的材料來構擬中古音，有些地方難免存有缺陷。

〔註25〕以上越南漢字音材料來源於王力《漢越語研究》第 33～36 頁。

〔註26〕引自阮廷賢《從漢越語研究質疑漢語中古音有舌面音韻尾》。

〔註27〕宋兆祥《中上古漢朝語研究》第 227 頁。

第六章　高本漢的中古音系統述評

　　高本漢《中國音韻學研究》一書全面系統地對中古音進行了構擬，這主要集中在第一卷第二章《古代漢語的音系》、第三章《古音字類表》以及第三卷《歷史上的研究》部分。本章即擬從聲母、韻母兩方面來討論高本漢中古音構擬的成績及其不足，討論時參考了邵榮芬、李榮、陸志韋、董同龢、王力等諸家的看法。

第一節　高本漢所構擬的中古音聲母

　　《中國音韻學研究》第一卷第二章《古代漢語的音系》裏討論了中古音聲母三個方面的問題：單純聲母（一二四等）和 j 化聲母（三等）的區別；知組和照組發音上的區別；唇音聲母的開合口問題。第三章《古音字類表：聲母表》裏根據反切將 3100 多個漢字按照聲母的類別、發音、j 化與否、等別、開合、聲調等進行了列表。第三卷《歷史上的研究》從第七章到第十五章對中古音聲母按照發音部位逐類進行了構擬，構擬大體依照：表列各種方言的發音（符合規律的）——例外的發音——討論發音部位、發音方法、歷史演變過程——確定擬音這樣一個思路來進行。

　　高本漢所構擬的中古音聲母系統如下：

幫——p	滂——pʻ	並——bʻ	明——m	
pj	pʻj	bʻj	mj	
端——t	透——tʻ	定——dʻ	泥——n	來——l
				lj
知——ʈ	徹——ʈʻ	澄——ɖʻ	娘——ɳj	
精——ts	清——tsʻ	從——dzʻ	心——s	邪——z
莊——tʂ	初——tʂʻ	崇——dʐʻ	生——ʂ	
章——tɕ	昌——tɕʻ	船——dʑʻ	書——ɕ	禪——ʑ
			日——nʑ	
見——k	溪——kʻ	群〔註1〕——gʻ	疑——ŋ	
kj	kjʻ		ŋj	
曉——x	匣——ɣ	影——ʔ	喻——○	
xj				

　　下面我們逐類來討論高氏的構擬，對於其構擬中學界普遍接受的擬音（如端透定、精心從等）略而不論，重點放在有爭議的那些擬音上。

（一）見、溪、群、疑

　　高氏在《古音字類表：聲母表》中對每個聲母的切上字進行了羅列，例如「見」母切上字有：

> 單純：一等切字：古　公　共　（沽）〔註2〕
>
> 　　　二等切字：古　佳　（革）
>
> 　　　四等切字：古　過
>
> j 化：三等切字：居　舉　九　吉　紀　俱

這個古聲母在現代方言中有 k、tɕ、z（漢越語）這幾種讀音，或者失去它，成為零聲母。根據方言和語音的演變規律，高氏將見母中古音擬為〔k〕，溪母則為同部位送氣清音〔kʻ〕，而群母高本漢認為是同部位的送氣濁音，擬為〔gʻ〕。三等聲母分別為〔kj〕、〔kʻj〕、〔gʻj〕。對於這一組聲母的舌根音性質，一般沒有什麼爭議。爭論主要集中在兩點上，一是三等聲母的 j 化，二是全濁聲母的送氣性質。

〔註1〕高本漢原書做「郡」。

〔註2〕括號裏的切上字只見於《康熙字典》中所引的《廣韻》反切，並不見於《廣韻》原書。參看《中國音韻學研究》第 64 頁中文譯者所做腳注。

　　對 j 化說的批評主要有這樣幾點：第一，按照高氏的說法，三等聲母後面有個弱化的 i 介音，而四等後面則有個強的 i 介音，弱 i 使得聲母 j 化，而強 i 反而沒有這一作用，難以解釋。第二，在方言裏找不到 j 化的證據。例如見母，閩、粵、客家等方言四個等的字聲母都是一律讀為〔k〕，無所謂 j 化不 j 化。而北方方言（少數除外）、吳、湘、贛等方言中則是或者念〔k〕，或者念〔tɕ〕，念哪一個完全跟著韻母走，與 j 化不 j 化沒有關係。第三，從反切上字來看，確實存在一二四等和三等的分組趨勢，但沒有一個聲母能完全分為兩類，都存在一定的混用情況。第四，如果堅持 j 化，還會帶來一些擬音系統內部自相矛盾的地方。例如，高氏認為韻圖排在四等的聲母一定不會 j 化，那麼精、清、從、心和喻四應該不能 j 化，可是它們實際上常常與三等韻相拼，三等韻的弱化 i 介音卻又應該使這些聲母 j 化。對於 j 化說的問題，在邵榮芬的《切韻研究》裏有比較集中的批評，可以參看。〔註 3〕學界也有對高本漢 j 化聲母全盤接收的，如黃典誠，他認為從《切韻》反切上字可以定《切韻》聲母為 41 類，每類又至少可以分為齶化（弱化）與非齶化（強化）兩種（其中有若干聲母只有齶化，沒有非齶化的純粹聲母）。〔註 4〕

　　除了群母，高本漢將《切韻》裏的濁塞音並、定、澄以及濁塞擦音從、崇、船都擬為送氣音。後來陸志韋和李榮將之改訂為不送氣音，邵榮芬也同意陸、李兩位的看法。高本漢的理由主要有這樣幾條：1. 現代吳方言的濁音有送氣音性質；2. 有印歐語的成例；3. 音理上較易解釋，而且從音變上來說，全濁音 g 不可能直接變為 k‘，只有 g‘才能變為 k‘。4. 蒙古譯音以清音對譯漢語的濁音，以濁音對譯漢語的清音，這只有古漢語的全濁音都是送氣的才能得到合理的解釋。他的幾條理由都不太能站得住腳，先來看看方言的問題。首先，吳方言的濁音送氣性質，不僅出現在全濁音後面，也出現在次濁音的後面。而且，這些帶送氣的濁音聲母都出現於陽調而不出現於陰調，應該說這種送氣是一種後起的成分，是在聲調分化為陰、陽之後，受陽調的影響而產生的。吳語中的濁音送氣還有一個特點，就是它和韻母元音差不多同時發出，並且可以伴隨著韻母元音到字音的末了，和韻母成為不可分割的整體，可以說這個送氣性質和韻母的關係更為密切。其次，即使現代吳語的濁音聲

〔註 3〕邵榮芬《切韻研究》第 101～106 頁。

〔註 4〕黃典誠《〈切韻〉綜合研究》第 214 頁。

母是送氣的，也不能用以肯定中古音全濁聲母也是送氣的，更何況還有湘方言的全濁音聲母都是不送氣的這種反證。高氏用來解釋音變的規律往往都是從印歐語中歸納出來的，這些規律可以說是一種雙刃劍。一方面，它們可以作為研究其他語系語言的音變的一個基礎；另一方面，又必須經受其他語言音變的檢驗，假如墨守成規，不能從語言事實出發調整規律以及它們的適用範圍，則可能對歷史語言學的發展帶來不利。蒙古譯音時代較晚，最早也只能推到 13 世紀，用於解釋 6 世紀時候的語言狀況缺乏說服力。真正能和《切韻》時代語音狀況相對應的可以說是梵漢譯音，而從梵漢譯音來看，正好可以證明中古的全濁聲母是不送氣的。例如法顯、曇無讖（公元 5 世紀初）和玄應（公元 7 世紀中期）譯經時，用來對譯 g 的漢字都是「伽」，而對譯 g' 的漢字都要做一些說明，法顯、曇無讖注明「重音伽」，而玄應則注明「暅，其何反」。現在學界一般認為中古全濁聲母是不送氣的，也有學者提出濁音送氣與否可能有地域性的區別，但是應該沒有音位上的區別意義〔註5〕。

「疑」母，高本漢擬為〔ŋ〕（三等〔nj〕）。「這個古聲母現在普通用 ŋ，ȵ，n，ŋg，ɳɖ，g，ɣ 這幾種音來讀它，或者失去（○）。」〔註6〕關於這個聲母的歷時演變，高本漢分析了以下幾種情況：

第一，發音部位的前移。主要是在 i、y 前發生顎化，閩、粵、日、朝顎化作用不明顯，官話方言區顎化作用明顯些。懷慶、開封念 ȵ，有點還往前移，移到 n。在 i、y 前頭聲母遺失的傾向幾乎和顎化傾向一樣的強。

第二，鼻音變為口音。高本漢說：「要知道這個變化（鼻音變為口音）是怎樣發生的，我覺得在山西很普遍的鼻音＋口音（如 ŋg）的讀法，如昂文水 ŋga，是可以啟發我們的。從鼻輔音 ŋ，變到口元音 a，軟齶同咽頭先作成閉塞，所以在鼻音跟元音之間就生出一個口塞音來。到後來這個口塞音佔優勢而鼻聲母遺失，例如，鵝汕頭 ga。這個演變是：ŋa〉ŋga〉ga，ȵi〉ɳɖi。」〔註7〕

第三，聲母的失落。高本漢認為從口部的閉塞，馳放直到塞音變成摩擦音（ɣ）是這個傾向的第一步。按照聲母的失落情況，我們可以將方言分為三類：A）福州和廈門聲母的失落是不顯著的。B）南京、揚州、高麗聲母的失落是普

〔註5〕李維琦《中國音韻學研究述評》第 9～10 頁。

〔註6〕高本漢《中國音韻學研究》第 255 頁。

〔註7〕高本漢《中國音韻學研究》第 261 頁。

通的。C）好多方言，只在有些字類裏失落，例如官話的方言在所有 u 的前頭，廣州方言在所有 y 的前頭，北京方言所有 i 的前頭等等。聲母的失落往往會影響到韻母，u、i、y 時常有一種輕微的摩擦，因此有人用「w、y」這類的符號來寫它。

第四，不規則的清聲。疑母也有讀成 k、h 的例子，特別是汕頭和廈門。如逆廈門 kɛʔ〔註 8〕。在日譯漢音裏也有幾個用 k 代表 g 的。在高本漢看來，k、h 和 ŋ 相差很遠，出現這種情況可能是古代漢語裏也有方言的歧異。

（二）曉、匣、影、喻

曉、匣兩母，高本漢分別擬為〔x〕和〔ɣ〕，清濁對立，都是舌根部位的擦音。關於發音部位為什麼是舌根而不是喉部，他給出了五條理由：

a）蒙古時代的譯音用舌根音對譯曉母和匣母。

b）日本譯音拿 k 來對譯曉匣，可知是舌根部位。

c）在唐宋時代可以找出少數拿舌根音譯曉匣的例子來。

d）南方方言中曉匣的例外讀法是 k、kʻ，不能忽略這一事實，這可以證明曉匣的舌根部位。

e）喉音容易失去，所以南方方言有失去聲母的例子。而舌根音不易失去，所以北方官話沒有失去聲母的。

不過也有一些學者提出曉匣的發音部位應當是喉部。理由主要是傳統的 36 字母一向將曉匣列入「喉音」，而且吳語這兩個聲母是清濁對立的喉擦音。也有學者提出，在當時的標準語中可以是舌根擦音，而在標準語的南方變體中則是喉擦音〔h〕、〔ɦ〕。〔註 9〕關於這兩個聲母的發音部位，現在尚處在爭論之中，沒有定論。

影母高本漢擬為喉塞音〔ʔ〕，陸志韋則提主張影母是零聲母。現在各家擬音一般還是同意高氏的看法，主要的原因是：如果影母是零聲母的話，就意味著是以純元音起頭的音節，由於元音發音聲帶振動，是濁音。那麼根據語音的發展規律，在聲調分化時影母字就該歸入陽調類，可是在現代方言裏影母字是

〔註 8〕高本漢《中國音韻學研究》第 263 頁，不過《漢語方音字彙》裏記錄廈門話「逆」讀〔ɡɪk〕。

〔註 9〕黃笑山《〈切韻〉和中唐五代音位系統》第 29 頁。

屬於陰調類的。〔註 10〕另外，邵榮芬也認為影母擬為喉塞音比零聲母更合乎事實，他的理由主要是：影母在聲調變化方面存在著平、入不一致的地方，平聲和清聲母一起變，入聲和濁聲母一起變。如果認為影母是零聲母，那麼對於以上變化難以解釋。如果影母原來是〔ʔ〕，〔ʔ〕是清塞音，所以平聲和其他清聲母一同變為陰平，後來〔ʔ〕失去了，變成了元音或半元音開頭，所以入聲和次濁聲母一同變為去聲。〔註 11〕

喻母三等和四等，高本漢混而不分，擬為零聲母。但我們知道，喻三和喻四是不同的，不僅韻圖有分別，用系聯法系聯，也各自分組，不能弄到一塊。從曾運乾開始的音韻學家，一般都主張喻三、喻四分立，通常將喻三稱為云母，喻四稱為以母。音韻學家多數認為云母跟匣母存在互補現象，在《切韻》以前同屬一個聲母。到了《切韻》時代，匣母字只見於一二四等韻，而云母只見於三等韻，凡三等韻字的聲母都受到其後介音的影響而齶化，那麼《切韻》以後云、匣反切之分就可能是齶化的〔ɣ〕與不齶化的〔ɣ〕在聽覺上比別的聲母清楚的原故。〔註 12〕因此可以將云匣認定為一個聲母，而將以母構擬為零聲母。也有一些學者對這種構擬提出了反對意見，黃笑山先生主張以母構擬為半元音〔j〕，不管是從以母字在漢越語中的音變過程角度，還是從梵漢對音的角度來說，構擬為〔j〕都更有解釋性。〔註 13〕而云母則可以構擬為半元音〔w〕，這一方面可以解釋上古的匣母發展到中古時，群母多分布在開口韻中、云母多分布在合口韻中的現象，另一方面也可以解釋在漢越語裏，云母字多數是以〔v〕聲母起頭的。李維琦先生則主張，喻三構擬為半元音〔j〕，喻四構擬為舌尖中或舌尖後部位的半元音〔ɹ〕。〔註 14〕

（三）知、徹、澄、照、穿、狀、審、禪

首先來看知組的構擬過程。

高本漢從音理分析上，認定知組和照組聲母的發音部位應該在齒齦的後部

〔註 10〕黃笑山《〈切韻〉和中唐五代音位系統》第 34 頁。

〔註 11〕邵榮芬《〈切韻〉研究》第 128 頁。

〔註 12〕董同龢《漢語音韻學》第 153 頁。

〔註 13〕黃笑山《〈切韻〉和中唐五代音位系統》第 30 頁。

〔註 14〕李維琦《〈中國音韻學研究〉述評》第 20 頁。

跟前硬齶（因為其他發音部位都已經被佔據了），同時從歷史比較語言學的角度來看，在現代方言中很多這些聲母的「後代音」也可以證實這一點。經由 Schaank（商克）所做研究的提示，並且經過高氏本人的觀察，韻表的排列可以得出以下比例式：

t（端）：知＝ts（精）：照

還可以另外得到：

知：照＝t：ts〔註15〕

〔ts〕既然是〔t〕加一個同部位的摩擦，那麼，照母就應該是知母加一個同部位的摩擦。所以高本漢就以此為起點來說知母（像 t 似的）是一個後面不隨著摩擦音的爆發音，而照母是這個爆發音加同部位的摩擦音，結果就是一個塞擦音。由此，高本漢將知組聲母構擬為舌面塞音〔t̢〕、〔t̢'〕、〔d̢〕。

羅常培先生後來在《知徹澄娘音值考》（《史語所集刊》第三本第二分）中從實際語音材料入手，利用梵漢對音的材料，參照藏譯梵音、現代方言以及等韻材料等最後得出知組是捲舌塞音的結論。他的擬音为〔ʈ〕、〔ʈ'〕、〔ɖ〕。羅常培先生的這一結論，連高本漢本人都認為是非常吸引人的。他說：「我們不妨保留一個意見，二等的聲母大概像羅氏所說，是一個比三等聲母略有些捲舌的舌面音。」〔註16〕高本漢最終沒有採取羅常培先生的說法，可能主要還是因為他的 j 化說。知組二三等反切上字只有一套，三等既然是 j 化的軟聲母，二等也應該與之一樣，所以他仍然堅持舌面塞音的構擬。

葛毅卿則提出，《切韻》音端、知兩組並沒有分家，高氏、羅氏把《切韻》音端、知兩組分立，從而把端、知兩組的音值擬成不同的兩類和事實不符。〔註17〕葛氏認為，從《王三》來看，可以把全部知母反切上字和全部端母反切上字系聯起來。不但如此，玄應《一切經音義》裏的反切知組字也可以和端組字全部系聯起來。玄應《音義》上距《切韻》不過 50 年光景，兩者都代表該時期的長安音。〔註18〕不過，葛氏的看法學界多不贊同。

〔註15〕高本漢《中國音韻學研究》第 34 頁。

〔註16〕高本漢《中上古漢語音韻綱要》第 23 頁。

〔註17〕葛毅卿《隋唐音研究》第 77 頁。

〔註18〕葛毅卿《隋唐音研究》第 81 頁。

現在再來看看照組的擬音。

高本漢將章組（照三）構擬為舌面塞擦音〔tɕ〕等，學界基本上是贊同的，有爭論的地方主要集中在以下兩點。第一，船、禪二母是否應當分立。馬伯樂注意到船母（狀母三等）字在中國大部分方言裏有的讀塞擦音，有的讀摩擦音，還有安南譯音最初也把狀母和禪母一樣地讀作摩擦音，所以他認為中古船母和禪母（只有三等）實際上是不分的。高本漢在這個問題上有些猶豫。一方面他看到了船母跟禪母由反切和韻表所表現的分別在漢語任何方言裏都沒有保存，而且這種分別在安南、日本、高麗的借字裏也一樣的沒有；另一方面，唐代所定的最古的聲母系統（三十字母）裏只有一個單獨的禪母，而不像韻表裏有狀禪兩母。不過，他認為中古漢語裏還是有狀、禪的分別，這種分別應該是由於方言的不同，照他看，「這古代有方言的假設，恰好能夠解釋現在所討論的困難。」〔註19〕同時，他也提出在前乎反切的一個時期，狀母、禪母實際上應該只是一個單獨的聲母。高氏的看法還是很有見地的。船、禪兩母在《切韻》中是分立不紊的（《廣韻》反切中「食」「時」兩類沒有混亂的痕跡，《王三》也是如此），可是在《切韻》前後或同時的語音材料中卻有混而不分的局面。《萬象名義》所存原本《玉篇》（作者顧野王為吳人）反切，船、禪大量混切，《博雅音》（作者曹憲為江都人）的反切系統也是不分船禪的，因此南方船禪合一是沒有問題的。船禪的分立應當是《切韻》當時的標準音，有可能保留了晉代以前的洛陽古讀。〔註20〕

第二，船、禪二母的位置問題。根據韻表，船母是塞擦音，禪母是擦音，高本漢的擬音即是如此。而陸志韋在《古音說略》裏提出禪母與船母應當互換位置，即禪母是塞擦音，船母是擦音。〔註21〕邵榮芬《切韻研究》裏對這個問題做了比較詳細的討論，他主要使用的是梵文字母對音的材料，可以看到義淨之前的佛經翻譯都是用常（即禪）母字對譯梵文字母的 ja 和 jha，沒有一個是船母字，由此可以認為 8 世紀以前常母在梵文對音裏的表現都是塞擦音而不是擦音。〔註22〕高本漢關於船、禪兩母的位置及發音方法的知識主要來自

〔註19〕高本漢《中國音韻學研究》第 329 頁。

〔註20〕黃笑山《〈切韻〉和中唐──五代音位系統》第 27 頁。

〔註21〕陸志韋《古音說略》第 11～13 頁。

〔註22〕邵榮芬《切韻研究》第 119 頁。

於傳統的等韻圖，梵文字母對音和等韻圖的矛盾可能是由於等韻圖的作者安排錯了位置。依據嚴之推在《嚴氏家訓·音辭篇》裏的說法，船母、禪母在 6 世紀或 6 世紀以前的很多方言裏，特別是南方方言裏，就分不清了。而《切韻》前後的一些反切系統也可以證明嚴之推的說法，例如顧野王《玉篇》的反切和陸德明《經典釋文》的反切中船、禪常常混而不分。唐代其他一些音注的反切系統，例如顏師古的《漢書》注、李善的《文選》注、李賢《後漢書》注、慧琳《一切經音義》等，船、禪也往往混同。大體可以認為韻圖的作者雖然根據《切韻》的反切知道船、禪是兩個不同的聲母，但對它們的語音性質已經不能清楚地瞭解，以致把兩母的位置弄顛倒了。

最後再來看看莊組（照二）的音值問題。高本漢將這組構擬為舌尖齒齦位置的塞擦音〔tʂ〕、擦音〔ʂ〕等。高本漢將知、莊、章三組聲母聯繫在一起進行考察。他先假設上古漢語知組照組聲母的字跟端組聲母的字一樣有齒音，隨後出現了齒音齶化（j 化）的傾向，齶化的舌尖音變成了齶音。隨後發生了一種傾向，把軟的輔音（齶音、舌面音）變成硬的輔音（齒上音、舌尖音）。這種傾向發生得很早，在《切韻》的反切所保存的「中古漢語」裏，還只是塞擦音和擦音受影響，塞音依然是齶音。不久這種變化更擴大了，爆發音（知組）在二等韻的前頭也變成齒上音，所以在這種情形之下它也同樣有二等齒上音和三等齶音的不同。同時他提出照組就是知組加一個同部位的摩擦，而齒齦與硬齶一帶發出的音大體只能分作兩大類，一大類是硬的齒上音，還有一大類是軟的舌面音。齶音因為是軟的（舌面的），跟 j 化是很相調適的，而硬音（舌尖音）因為舌頭部位的緣故對於〔j〕是很不相容的。由此，他把莊組擬為舌上部位的塞擦音等。中國學者對高的擬音很早就提出了更正，陸志韋、李榮都主張將這組改為〔tʃ〕等。理由主要有兩個：〔tʂ〕等跟〔i〕拼就發音部位上來說有困難；在〔tʃ〕等後〔i〕介音不十分顯著，便於解釋莊組反切上字二、三等不分組的情況。〔註23〕其後學者大多數接受這種擬音。另外高本漢莊組只有莊初崇生四類，李榮《切韻音系》根據反切和韻圖把「俟、漦」兩個小韻從崇母分出來，獨立成為俟母，邵榮芬支持這一觀點並對相關材料進行了補充。

也有學者提出《切韻》時代莊組並不能獨立，這組還在精組中沒有分離

〔註23〕李榮《切韻音系》第 127 頁。

出來，也就是傳統所說的「照二歸精」，葛毅卿的《隋唐音研究》即持這種看法。他舉出的證據主要有以下幾項：1. 早期的字母家都沒有列出照二組字母，例如《守溫韻學殘卷》的三十個字母和唐寫本《歸三十字母例》都沒有照二組字母，而《七音略》、《四聲等子》、《切韻指掌圖》的三十六字母也都沒有照二組字母。2. 玄應《一切經音義》的反切照二歸精，玄應反切裏精、照兩組有互切現象，並且有同字、同音兼用精、照兩組做反切上字的情況。3.《王三》的反切照二歸精，《王三》中有精、照互切的例子，也有同字、同音卻兼用精、照兩組的切字來表示的例子。4. 精、照互用門法說明照二歸精，《四聲等子·互用憑切》和《玉鑰匙門法·精照互用》都清楚地說明了照二歸精。〔註24〕葛氏的看法可備一說。

（四）日

高本漢將日母構擬為〔nʑ〕，他說：「擬測古代漢語的聲母系統，日母是最危險的暗礁之一。」〔註25〕主要原因是近代方言（尤其是南部方言）日母的讀音很不一致，同一方言裏有好幾個音，並且在同一個字裏往往也有異讀，很難找出一個音來把所有近代的音都推導出來。高本漢構擬使用的方法主要是排除法和對音法。現代方言裏日母五花八門的讀法基本上在唐代的聲母系統裏已經都見於別的聲母（如疑、泥、娘、來、船、禪等），剩下的選擇不多了。可不可以是〔r〕呢？高本漢認為不會。〔r〕跟 j 化是不相和諧的（日母都是三等字），同時〔n〕這個發音就很難說是從〔r〕變來的。而古代的譯音有時用日母來作為齒齦跟硬齶部位的濁擦音的對音，有時用它表示〔n〕，沙畹和伯希和就把這個聲母擬為〔zn〕，高本漢認為這樣的擬音跟口部元音〔i〕很難組合，同時〔z〕是硬的擦音，而古代韻表只把日母放在三等裏足以說明這個聲母是齶化的。由此高本漢認為〔nʑ〕是最可以接受的結果。從音理上來說，〔nʑi〕發音比較自然，而且〔n〕和〔ʑ〕都是「軟化」的，跟韻表所指示的相合，並且可以把近代方言解釋得最好。

對於高本漢的構擬，李榮《切韻音系》提出了不同的看法，他的看法主要涉及到娘母（泥母三等）的獨立性問題。在李榮看來，到《切韻》的時候，從

〔註24〕葛毅卿《隋唐音研究》第93～112頁。

〔註25〕高本漢《中國音韻學研究》第338頁。

端透定分化出來的知徹澄跟端透定已經有了對立，《切韻》的局面是：

端	透	定	泥
知	徹	澄	

知徹澄沒有相當的鼻音，碰巧日母沒有相當的口音，當時的人就拿日配知徹澄，《敦煌掇瑣》第一百號「守溫撰論字音之書」說：端透定泥是舌頭音，知徹澄日是舌上音。後來的人認為知徹澄配日不妥當，便造出一個娘母來。所以，李榮認為日母的讀音就是〔ȵ〕，這也比較符合早期梵漢對音的特點。〔註26〕

　　對於李榮的構擬，邵榮芬則提出了反對意見，他也是從梵漢對音的角度進行了考察，認為「假定泥母是〔n〕，娘母是和〔ʃ〕同部位的鼻音，日母是〔nʑ〕，要把梵文 na、ṇa、ña 的不同表現出來，唯一的好辦法就是以泥母字對 na，以娘母字對 ṇa，以日母字對 ña。如果以娘母字對 ña，ṇa 就沒有辦法可對，因為日母的〔nʑ〕和 ṇa 相差顯然太遠。」〔註27〕同時，日母是帶有鼻音的，這一點和明、泥、疑三母正好相同，所以調類的演變也相同。所以他認為承認娘母的存在以及日母做〔nʑ〕都沒有什麼困難。對於日母的擬音，學者們大多接受高本漢、邵榮芬的看法。

（五）泥、娘

　　準確地來說，按照高本漢的構擬系統，娘母是不能夠獨立存在的。就像舌根爆發音高本漢只構擬了〔k〕、〔kʻ〕、〔gʻ〕三個，並沒有把 j 化的〔k〕、〔kʻ〕、〔gʻ〕稱之為獨立的聲母，高本漢認為娘母是泥母的 j 化，它只是在後來才得到了特立的娘母的名稱。「至於要知道這是 nj > ȵ 的變化，還是中國學者在語音上懸想的結果，這是一個興趣很平常的問題，因為 nj 跟 ȵ 聽起來幾乎不能分的清楚。」〔註28〕李榮的《切韻音系》也是不承認娘母的存在，但是邵榮芬《切韻研究》則認為應該承認娘母的存在（見上文所引）。

　　高氏不承認娘母的獨立，主要理由是泥娘二母的反切跟端知兩組裏別的聲母並不完全平行。爆發音二三等是用同樣的切字，而在鼻音裏一等的「奴」字

〔註26〕李榮《切韻音系》第 126 頁。

〔註27〕邵榮芬《切韻研究》第 117 頁。

〔註28〕高本漢《中國音韻學研究》第 352 頁。

照例也用於二等。這就像見組那樣，在一二四等用純粹的 n（切字奴），三等則用 j 化的 n（切字女），所以只有一個泥母就夠了。也就是說反切上字泥娘出現了類隔切，對此邵榮芬認為從反切上字的系聯來看，端、知、透、徹、定、澄各分兩類，泥、娘也分為兩類，而且類隔切，八母都有：

	《王三》		《廣韻》	
	小韻總數	類隔數	小韻總數	類隔數
端知	156	13	163	11
透徹	138	2	152	2
定澄	151	5	160	4
泥娘	116	10	123	12

從類隔切的數字統計上來看，泥、娘跟端、知是基本差不多的。不僅《切韻》如此，《切韻》前後的一些反切系統往往也是如此，如：

	《博雅音》		《晉書音義》	
	反切數	類隔數	反切數	類隔數
端知	102	7	194	16
透徹	109	3	189	0
定澄	183	3	259	4
泥娘	99	8	115	13

這兩家的情況和《切韻》幾乎完全一樣，泥、娘和端、知都是很像的。甚至在顏師古的《漢書注》裏，泥、娘反切是截然分開的。[註29] 假如我們把梵漢對音的情況加進去，更能支持泥娘的分立，自北周至隋代經師所譯佛經中，泥母字一律對譯梵文的舌尖前鼻音 n，而娘母字一律對譯舌尖後鼻音 ɳ。[註30] 同時，玄奘譯著中的梵漢對音裏泥娘也是分立的。[註31] 所以總體來看，《切韻》時代泥、娘二母還是以分立為宜。

第二節　高本漢所構擬的中古音韻母

《中國音韻學研究》第一卷第二章《古代漢語的音系》裏討論了中古音韻

[註29] 邵榮芬《切韻研究》第 36～37 頁。

[註30] 尉遲治平《周、隋長安方音初探》。

[註31] 施向東《玄奘譯著中的梵漢對音和唐初中原方音》。

母以下三個方面的問題：i 介音的問題；各等的主要元音的區別；從中古漢語到近代漢語韻部的演變。第三章《古音字類表：韻母表》里根據反切將 3100 多個漢字逐攝按照調類、等第、韻進行了列表。第三卷《歷史上的研究》對中古音韻母進行了全面構擬，在構擬之前，高本漢主要討論了中古音的韻尾輔音、一二等的主要元音、合口、三四等的主要元音跟齶介音成素、二等有沒有前齶介音、一二等的重韻等一些構擬原則方面的問題。然後高氏對各攝擬音分別進行了討論。我們以下即分專題對高本漢擬音的一些重要問題進行討論，主要通過其後一個世紀學者們的研究反觀高氏中古音韻母擬音的得失。

（一）韻母元音的數量問題

《切韻》系統到底有多少個元音，到目前為止都沒有一致意見。高本漢在中古音構擬的時候，所用的音標符號，有寬嚴兩式。嚴式所用的是倫德爾（J. A. Lundell）的瑞典方言字母，寬式是就嚴式加以簡化。中文譯本為了印刷之便，把瑞典方言字母都對譯成了國際音標，這同時也是因為國際音標比瑞典方言字母更為通行。〔註 32〕無論是原書所採用的瑞典方言字母，還是中譯本所對譯的國際音標，都是很嚴的非音位的標音（音質標音）。從中譯本來看，高本漢使用了 16 個元音音標來描寫中古音的韻母系統。

高本漢所使用的元音音標

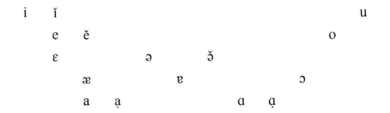

自從音位學興起之後，學界普遍認為應該用音位學的方法來描寫古音的語音體系，從而越來越多地採用音位構擬的方法。最早採用音位學方法來分析《切韻》聲韻系統的應該是馬丁（Samuel E. Martin），他採用了六個元音和兩個高元音介音來表示中古的元音系統，即介音〔i　u〕，主要元音〔* e əo ɛ ɑ〕。〔註 33〕周法高高度讚揚了馬丁音位構擬法對於漢語語音史研究的意義與價值，

〔註 32〕高本漢《中國音韻學研究・音標對照及說明》。

〔註 33〕參見薛鳳生《漢語音韻史十講》第 49 頁。

但是同時認為馬丁所構擬的音位系統的主要缺點是沒有考慮到重紐問題，而且不能解釋唇音演變的現象。他對於馬丁的構擬系統做了一些修正，提出了一個兩介音（〔i u〕）八元音（〔ɪ e ə o ɛ æ a ɑ〕）《切韻》音位系統。〔註34〕周法高的音位構擬在學界造成了很大的影響。後來美國華裔語言學家薛鳳生提出了一個七音位的元音系統，他的《切韻》元音音位系統如下：〔註35〕

薛鳳生的元音音位系統

	前	央	後
高		ɨ	
中	e	ə	o
低	ɛ	a	ɔ

黃笑山則在探討《切韻》元音音位構擬的相關原則的基礎之上，提出了一個九元音音位系統來為《切韻》擬音，這是一個相當勻整的元音系統：〔註36〕

黃笑山的元音音位系統

		前 +front	央 -front -labial	後 +labial
高	+high	i	ɨ	u
中	-high -low	ɛ	ə	o
低	+low	a	ɐ	ɒ

可以說，用依據音位構擬的規則來為《切韻》語音系統擬音才是古音構擬的康莊大道。

（二）《切韻》韻母系統的介音問題

在這個部分，我們將討論高本漢韻母擬音的介音問題，主要包括合口介音和前齶介音兩個方面。

〔註34〕周法高《論古代漢語的音位》。

〔註35〕同註33。

〔註36〕黃笑山《〈切韻〉和中唐五代音位系統》第99頁。

　　先來看看高本漢所構擬的合口介音。首先得指出的是，高本漢所說的合口不僅包括介音，也包括主元音是〔u〕的韻母，他依據的是《切音指南》對合口的判斷標準，把合口這個名詞限用於第一個元音（除去 i 介音不計）有 u（y）的韻母上，用於像 kuan、kuŋ 這樣的韻母。〔註37〕高本漢為《切韻》音構擬了兩個合口介音，一個是強的 u，一個是弱的ʷ。他把合口韻母一等擬作一個強的合口元音，而把別的韻擬作一個弱的合口元音：

　　　　一等　開　kan　：　合　kuan

　　　　二等　　　kan　：　　　kʷan　等等

他認為這樣做的好處在於能夠解釋唇音聲母后合口元音的失落。在《切韻指掌圖》、《切音指南》裏一等的 puan 類的字（如「般」等）都屬於合口類；反切、《切韻指掌圖》二等的 pʷan 類的字（如「班」等）屬於合口，而《切音指南》已經移到了開口類，就是失掉了它的ʷ了。還有現代幾個方言，在其他方面雖然是很不同，可是都保留著強的 u，而失掉了弱的ʷ：

　　　　一等　puan：廣州 puːn，福州 puɐŋ，廈門 puan

　　　　二等　pʷan：廣州 pɐːn，福州 paŋ，廈門、汕頭 pan〔註38〕

對於高本漢的這一構擬，李榮認為這兩類合口沒有辨字的功能，音位上不能構成對立，主張採用一個合口介音（u 或者 w）。《切韻音系》一書對開合口進行了詳細的討論。他認為首先需要區別開《切韻》中的獨韻和開合韻，獨韻指的是沒有開合口對立的韻，例如江韻就屬於獨韻，拿江韻的聲母做條件分化成開口和合口是後來的事。高本漢依據《切音指南》開合口構擬《切韻》音系的開合，遇到獨韻的合口，就會出現問題。通遇兩攝都是獨韻的「合口」，沒有跟它們相配的開口，所以它們的「合口」介音不能分辨字，這種介音就沒有使用的意義。高本漢通遇兩攝構擬為〔uoŋ〕，〔iwoŋ〕，〔uo〕，〔iwo〕，李榮認為只需要構擬為〔oŋ〕，〔ioŋ〕，〔o〕，〔io〕，合口介音都可以取消。對於高本漢合口的概念，李榮也提出了不同看法，他認為在現代方言裏，有介音的韻母跟沒有介音的韻母，同聲母配合的情形是不同的；而拿〔u〕做主要元音的韻母，跟拿〔u〕做介音的韻母配合的情形不見得一樣。從《切韻》收〔-ŋ〕、〔-k〕的

〔註37〕高本漢《中國音韻學研究》第 463 頁。

〔註38〕高本漢《中國音韻學研究》第 465 頁。

通江宕梗曾五攝的韻母跟聲母配合的情形，就能看出獨韻跟聲母配合的關係沒有限制，無所謂開合的區別；開合韻的合口跟聲母的配合關係是有限制的。最後，李榮提出開合韻開合的對立限於非唇音聲母，對唇音聲母講，開合韻也是獨韻，即唇音字沒有開合的對立，這樣高本漢《切韻》音系裏唇音字的〔u〕介音全可以取消。〔註39〕

　　李榮所做的分析為大多數學者所接受，邵榮芬在《切韻研究》裏對《王三》和《廣韻》兩書開合韻裏的唇音字所用的開口和合口切下字的次數，以及開口和合口字所用的唇音切下字的次數進行了列表統計。他得出的統計數據是：唇音字做開、合口字切下字的，《王三》共 151 次，其中開合口用同一字的共 70 次，占 46%；《廣韻》共 131 次，其中開合口用同一字的共 59 次，占 45%。可以說，唇音字不分開合是顯而易見的。邵氏進一步指出，唇音字不分開合並不是《切韻》一書所獨有的現象。唐代以及唐代以前的反切系統幾乎無不如此。〔註40〕由此，邵榮芬同意李榮的意見，〔u〕介音不適用於唇音字，只適用於開合韻裏的真正合口字。

　　對於《切韻》唇音字的開合問題，也有學者認為唇音字無所謂開合的說法是不成立的，葛毅卿即持此種觀點。他在《隋唐音研究》裏分析了《韻鏡》中的唇音字，認為《韻鏡》唇音字顯然分成開口、合口兩種，有些唇音字有開、合兩讀，但不能說《韻鏡》裏的唇音字不分開合。《韻鏡》中唇音字的開合情況雖然和《切韻》的不完全相同，但從這些唇音字的反切看起來，《切韻》中唇音字的開合情況基本上和《韻鏡》音相合，《切韻》中的唇音字顯然也有開口、合口兩種。葛毅卿認為《切韻音系》作者拘泥於傳統的意見，以為韻頭由反切下字定奪，而實際上隋唐韻書的反切類型有七種之多，切下字定開合只是其中之一種，切上字定開合的反切比切下字定開合的還要多。有些唇音字在《切韻》時代是合口，到《韻鏡》編著時期已經轉為開口，需要對個別字進行考證甄別的工作。〔註41〕葛氏的看法很有見地，可惜瞭解的人不多。

　　接下來我們看看高本漢對前齶介音的構擬。〔註42〕

〔註39〕這部分參看李榮《切韻音系》第 129～137 頁。

〔註40〕邵榮芬《切韻研究》第 131 頁。

〔註41〕葛毅卿《隋唐音研究》第 198~210 頁。

〔註42〕這部分構擬參看高本漢《中國音韻學研究》第 466～477 頁。

　　高本漢的前齶介音的構擬是和三四等主元音的構擬結合在一起的。他從現代方言裏發現有不少方言對於古代二等跟三四等的主要元音很小心地分別著，例如：

　　　　二等：歸化 -iaɣ̃，興縣 -iã，廣州 -ɐn，客家 -an，福州 -aŋ；

　　　　三四等：歸化 -ieɣ̃，興縣 -iŋ，廣州 -iːn，客家 -en，福州 -ieŋ，-ioŋ，

假如考查日譯漢音和高麗譯音，它們的讀音分別是：

	漢音	高麗
二等	an	an
三四等	en	ən

由此高本漢認為《切韻》音（第六世紀）三四等裏的主要元音跟二等裏的是不同的，二等是後齶元音：a，三四等是前齶元音：ε。而三四等韻又可以分成不同的三類，分別是：

　　α）有些韻在 j 化聲母后頭（三等）跟在純聲母（四等）的後頭一樣的可以出現，可是有一種有一定規則的限制。只有一個喻母（沒有口部或喉部輔音的聲母）在這些韻裏 j 化的跟純粹的兩樣都見。其餘的見、知、泥、非幾系聲母一定是 j 化的，端系聲母一定是純粹的。

　　β）另外有些韻只有 j 化的聲母（三等）。這些韻在開口類只有見系聲母；在合口類只有見非兩系聲母。所以完全沒有知泥端三系聲母，開口也沒有非系聲母。

　　γ）第三類的韻只有純聲母（四等）。所以除去知系聲母外，各系聲母都有。

　　這種區分是嚴格而且一致的，同時也是一些古老方言（如高麗譯音）的語音特點。依據高麗譯音，高本漢斷定前齶介音成素在 γ 韻裏是最強的。也就是說 γ 韻有一個元音性的 -i-，在這個 -i- 前的聲母都不 j 化；α 韻有一個輔音性的 -ĭ-，在這個 -ĭ- 前的聲母都 j 化（只有 ts 等跟 tʂ 等是從來不 j 化的）。至於 β 類，則沒有介音。高本漢對以上三類的擬測為（以山攝為例）：

α 類韻	kjĭen	tɕĭen	ljĭen	tsĭen	
β 類韻	kjɛn				
γ 類韻	kiɛn		liɛn	tsiɛn	piɛn

他的前齶介音的區別實際上也考慮到了介音的系統性，那就是在《切韻》所

代表的語言裏前齶介音和合口介音是互相匹配的。合口介音可以或者是元音性的 u，或者是輔音性的ʷ；前齶介音也一樣地可以或者是元音性的 i，或者是輔音性的ǐ。對於高本漢的這種構擬，中國學者大多表示反對。李榮《切韻音系》從反切上字分組趨勢跟《切韻》聲韻配合情形的角度討論了高本漢區分 α、β、γ 三組以及區別-i-、-ǐ-的矛盾之處。他的結論是可以取消四等的-i-介音，只保留三等的前齶介音，把它擬做-i-，同時三四等的主要元音構擬為〔e〕。〔註43〕李榮的構擬在學界影響較大。

也有一些學者對前齶介音有其他一些構擬方式。陸志韋在《古音說略》裏認為《切韻》有兩個齶介音，一個近乎高氏的ǐ，另一個是i，是高氏所沒有發現的，不過不在四等韻裏。〔註44〕陸志韋所構擬的前齶介音主要涉及到《切韻》裏的重紐現象，也即在《切韻》支、脂、祭、真、仙、宵、侵、鹽等各韻之中的喉、牙、唇音聲母地位出現了兩套反切不同的字。高本漢的研究沒有涉及到重紐，學界對重紐現象或認為是主元音差異，或認為是介音的區別，陸志韋的看法是重紐和介音差異有關。他認為支、脂、祭、真、仙、宵、侵、鹽八韻系的喉牙音應該是：

三等開	三等合	四等開	四等合
kʷɪ	kʷɪw	ki	kiw

也就是有-i-和-ɪ-兩個前齶介音。邵榮芬在《切韻研究》裏針對陸志韋的構擬做了一點修改，把重紐三等的介音擬作-i-，重紐四等的介音擬作-j-。〔註45〕葛毅卿也認為《切韻》裏的重紐字緣於韻頭的不同，需要為重紐構擬不同的齶介音，但是他所構擬的重紐三等字介音為-ɯ-，四等字介音為-i-。〔註46〕實際上，葛毅卿所構擬的介音較為複雜，他認為中古長安音的韻頭共有七個（含齶介音和合口介音）：〔註47〕

開口 i／合口 iu，除純四等韻以外的四等字的韻頭。

〔註43〕李榮《切韻音系》第 111 頁。

〔註44〕陸志韋《古音說略》第 25 頁。

〔註45〕邵榮芬《切韻研究》第 144 頁。

〔註46〕葛毅卿《隋唐音研究》第 166 頁。

〔註47〕同上，第 216 頁。

開口 ɯ / 合口 ɯu，唇、牙、喉（喻四除外）、照二等四組聲母三等字的韻頭。少數知組二等字也可能有這兩個韻頭。

開口 iɯ / 合口 iɯu，知、照三、來、日等四組聲母三等字的韻頭。

合口 u，一等字、二等字、純四等韻字的合口韻頭。少數知組二等字的合口韻頭可能是 ɯu。

不過從音位的角度來看，齶介音還是只有 ɯ、i 兩個。

黃笑山也認為出現重紐現象的原因在於介音的區別，如果用元音來區別重紐的兩類韻，則會有悖於《切韻》的分韻原則和押韻因素。黃笑山的構擬接受了陸志韋關於重紐三等介音應當「來得寬而靠後」的說法，將陸氏的-ɪ-介音改成了-ɨ-。這種構擬不僅是從音系的角度考慮的一個寫法問題，而且也是為了能更好地說明來自方言、借音和譯音各方面的證據而作出的音位構擬。〔註48〕一般來說，一個語言裏〔ɨ〕和〔ɯ〕是不會構成音位對立的，所以葛毅卿和黃笑山的對兩種齶介音的構擬本質上並無區別。

（三）《切韻》音系各等元音的差別問題

在這一專題下，我們主要來考察高本漢用於區別各等元音之間差異或者對立的方法。主要涉及到一等和二等之間主元音的差別、一等和二等內重韻之間的差別、三等和四等元音的差別三個問題。

先來看一等和二等之間主元音的差別。高本漢認為，從日譯漢音、高麗譯音和安南（今越南）譯音可以看出，中古漢語一等跟二等的主元音都是〔a〕。在現代方言裏，一等字最常讀的是〔o〕，二等字一般讀〔a〕。來自別的語言的經驗可以知道，〔ɑ〕最容易變成〔o〕。這兩等在中古漢語既然嚴格地分成不同的韻，所以完全有理由定一等為〔ɑ〕，二等為〔a〕。〔註49〕高本漢的這一構擬在學界廣為接受，影響較大。李榮《切韻音系》、邵榮芬《切韻研究》等都採用了這種構擬。然而高本漢的構擬並未在學界定於一尊，他的學說譯介到中國之後不久，陸志韋在《古音說略》中即主張將一等韻主元音〔ɑ〕改為〔ɒ〕，只是陸志韋的這種更改是因為不同意高本漢針對一等重韻所做的長短元音的構擬，他將高本漢構擬為短音的〔a〕〔註50〕改為〔ɒ〕，高氏一等韻

〔註48〕黃笑山《〈切韻〉和中唐五代音位系統》第 56 頁。

〔註49〕高本漢《中國音韻學研究》第 461 頁。

〔註50〕高本漢原書及陸志韋所引做 ɑ，現採用通行辦法將短元音寫做普通〔a〕，而將長元

所用的長音〔ɑ：〕他則仍使用〔ɑ〕。同時，他將高本漢在二等重韻用長短元音〔a〕所做出的區別也改為了不同的元音，也即將高氏的短音〔a〕改為了〔ɐ〕，高氏的長音〔a：〕他則仍使用〔a〕。這麼看來陸志韋的構擬等於基本接受了高本漢關於一等、二等主元音的差別，只是換用的不同的音標符號而已。然而陸氏在一等韻構擬中使用〔ɒ〕這樣一個後圓唇元音，給了其後學者一定的啟發。黃典誠在《切韻綜合研究》裏將一等、二等之間主元音的差別定為〔ɒ〕（一等泰、寒、歌、唐、豪、談諸韻）和〔a〕（二等夬、佳、皆、刪、麻、庚二、肴、銜諸韻）。〔註51〕其後黃笑山繼承了這一構擬，也將一、二等主元音之間的差別定為〔ɒ〕和〔a〕，並引用了俞敏論乃師陸志韋關於〔ɒ〕這一創新的一段話予以證明。〔註52〕我們對〔ɒ〕和〔a〕之間的對立亦表示贊同，見前文第四章第二節。又高本漢將唐、陽二韻之間的關係也看作一等、二等的差別，從而為唐韻構擬主元音〔ɑ〕，為陽韻構擬主元音〔a〕，李榮《切韻音系》沿用這種構擬。目前學界一般認為唐、陽同為一等韻，主元音應當都構擬為〔ɑ〕（如邵榮芬、葛毅卿），或者都構擬為〔ɒ〕（如黃典誠、黃笑山）；一般將庚韻二等主元音構擬為〔a〕，與唐、陽形成對立。

接下來再看看高本漢針對一等和二等內重韻的構擬。依據高本漢一等與二等主元音的差異，《切韻》蟹攝當擬做：

開口：一等 -ɑi　　二等 -ai

合口：一等 -uɑi　　二等 -ʷai

然而蟹攝內一等有咍、泰二韻，二等有皆、佳、夬三韻。《切韻》中像這種同攝同等，除去開合口對立以外，還有兩個或三個不同的韻類的現象通謂之重韻。對於蟹攝這幾韻的構擬，高本漢是從高麗譯音入手的。他發現雖然現代高麗語的讀音所有蟹攝開口一二等的字一律都用〔ɛ〕做主要元音，但是高麗文的拼法卻保存更古的一個階段，現代的〔ɛ〕來自兩個古代有分別的複合元音：a：i 跟 ai〔註53〕。進一步分析能夠發現，按照高麗文的拼法，一等 a 類韻（咍海代灰賄隊）的元音用〔ai〕，b 類韻（泰）的元音用〔a：i〕，區分相當嚴格。在二

音寫做〔ɑ：〕。

〔註51〕黃典誠《切韻綜合研究》第 221~222 頁。

〔註52〕黃笑山《〈切韻〉和中唐五代音位系統》第 78 頁。

〔註53〕高本漢原書做 ai 跟 ăi，參看注 50。

等裏也是類似的情形。據此，高本漢將蟹攝這幾韻擬做：

　　　　開口：一等　a）咍 ɑi　　b）泰蓋 ɑːi

　　　　　　　二等　a）皆諧 ai　　b）佳街 aːi

　　　　合口：一等　a）灰 uɑi　　b）泰外 uɑːi

　　　　　　　二等　a）皆懷 uai　　b）佳蛙 uaːi

　　他將這種構擬也推演到山、咸兩攝的重韻中，從而將《切韻》一等和二等內重韻的主元音差異都定為長短元音的差異。

　　中國學者對這種構擬自始即表示了反對，基本上都不認為《切韻》時代漢語的元音系統裏存在長短對立，所以構擬基本使用元音其他對立特徵（圓唇／展唇、舌位高／低等）代替高氏的長短對立。陸志韋在《古音說略》裏將高本漢長短元音的差別改成了展唇和圓唇的區別，前文已經予以指出。他所構擬的一等、二等重韻為：〔註54〕

　　　　咍 ɒi　　覃 ɒm　　合 ɒp　　皆 ɐi

　　　　泰 ɑi　　談 ɑm　　盍 ɑp　　佳 æi　　夬 ai

　　　　咸 ɐm　　洽 ɐp　　刪 ɐn　　黠 ɐt　　耕 ɐŋ　　麥 ɐk

　　　　銜 am　　狎 ap　　山 an　　鎋 at　　庚 aŋ　　陌二 ak

董同龢在《上古音韻表稿》中批評了高氏的說法，並且根據這些韻跟上古〔*a〕類韻有關係，還是跟〔*e〕、〔*ə〕類韻有關係，修正如下：〔註55〕

　　　　咍 ɑi　　覃 ʌm　　合 ʌp　　佳 ɛi　　皆 ɛi　　咸 ɐm　　洽 ɐp

　　　　山 ɜn　　黠 ɜt

　　　　泰 ɑi　　談 ɑm　　盍 ɑp　　　　　　夬 ai　　銜 am　　狎 ap

　　　　刪 an　　鎋 at

後來李榮的《切韻音系》基本採用了董同龢的說法，只是將咍韻改為-ʌi，佳韻改為-ɛ（沒有韻尾），其他各韻都和董氏相同。〔註56〕邵榮芬《切韻研究》則基本採用了陸志韋的構擬，只是將山韻主元音改為〔æ〕；將黠鎋二韻的位置互調了一下，使黠改配山、鎋改配刪，即鎋〔ɐt〕、黠〔æt〕；認為庚韻的主元音不

〔註54〕陸志韋《古音說略》第29～42頁。

〔註55〕董同龢《上古音韻表稿》第75～79、103、104、112頁。原文主元音音標分別做-â、
　　　　ê、ä等，現依通用國際音標予以更改。

〔註56〕李榮《切韻音系》第140頁。

應作〔a〕，應該是介於〔a〕與〔æ〕之間的音。〔註57〕

　　黃典誠《切韻綜合研究》則提出了不同的構擬，主要是考慮到重韻的上古來源，在一等重韻方面與以上諸家看法不同，他的構擬為：〔註58〕

泰 ɒi	談 ɒm	盍 ɒp	佳 ai	夬 aiʔ
咍 ɪe	覃 me	合 ɐp	皆 ai	
銜 am	狎 ap	刪 an	轄 at	庚 aŋ	陌 ak
咸 ɐma	洽 ɐa	山 ɐna	黠 ɐt	耕 ɐŋ	麥 ɐk

黃笑山在《〈切韻〉和中唐—五代音位系統》中繼承了這種構擬，只是將佳韻改為〔ɐ〕（無韻尾）、夬韻改為〔ai〕（非入聲）。黃笑山特別指出這樣構擬的原因是：在上古音裏，覃、咸、咍、皆、佳、山、耕基本上（或一部分）與高元音韻諧聲或叶韻，而談、銜、泰、夬、刪、庚二等則與低元音韻諧聲或叶韻。因此把來自上古低元音的韻仍擬作低元音，來自上古高元音的韻擬成央元音。〔註59〕目前看來，這種構擬較為近真。也有贊同高本漢重韻為元音長短對立這一說法的，如葛毅卿即全面為《切韻》音構擬了一整套對立的長短元音。〔註60〕

　　最後再來看看高本漢對《切韻》三、四等主元音的構擬，這裡指的是具有三、四等元音差別的各攝，如蟹、山、咸諸攝。高本漢由於相信清代等韻學家對於韻圖四等差別的說法，也就是江永所說的「一等洪大，二等次大，三四皆細，而四尤細」，將三、四等主元音都擬做前半高元音，同時帶有介音。例如：

| 祭 ĭɛi | 仙 ĭɛi | 鹽 ĭɛm |
| 齊 iei | 先 ien | 添 iem |

中國學界由於多不認同高本漢四等有前齶介音的說法，所以對高本漢三、四等主元音的構擬也提出了批評。陸志韋的構擬系統中，前齶介音〔ɪ〕和〔i〕是用來區別《切韻》重紐的，如果不考慮重紐現象，他的三、四等構擬為：

| 祭 iɛi | 仙 ɪɛi | 鹽 ɪɛm |
| 齊 ɛi | 先 ɛn | 添 ɛm |

〔註57〕邵榮芬《切韻研究》第150～151頁，由於沒有現成的符號，庚韻還是寫作〔a〕。

〔註58〕黃典誠《切韻綜合研究》第220～222頁，其中皆韻應該作〔ɐi〕，當為筆誤。

〔註59〕黃笑山《〈切韻〉和中唐五代音位系統》第77頁。

〔註60〕見葛毅卿《隋唐音研究》第347頁《〈切韻〉韻母擬音表》。

也即，三、四等主元音相同，區別只在於三等有介音。究其實，這種同攝出現三、四等字的現象也可以算是一種重韻。高本漢對這種重韻沒有使用元音長短的對立而是代之以開口度的大小，但是在山攝和臻攝還是出現了元音長短的對立。如：

先　ien　　　真　ĭĕn〔註61〕

陸志韋的構擬雖然將三、四等主元音都統一為〔ɛ〕，但卻在真、蒸、侵、幽等韻系裏都出現了短元音〔ĕ〕。李榮《切韻音系》也基本採用了陸志韋的構擬，只是將主元音都改為〔e〕，同時在真、幽韻系里保留了高本漢的短元音，真為〔iĕn〕，幽為〔iĕu〕。邵榮芬則將主元音又改回為〔ɛ〕，他認為把四等寫作〔ɛ〕，就可以完全不用短元音符號了：〔註62〕

先　ɛn　　　蕭　ɛu

真　ien　　　幽　ieu

對於《切韻》四等的主元音，黃典誠認為應該不是細音而是洪音，因為《切韻》四等韻反切上字基本用的是純粹聲母，在方言裏四等韻還有作為開口呼的。四等韻之作為細音，是《切韻》以後的事情，是由於四等韻的前半高主元音〔ɛ〕所引起的：〔註63〕

齊　dzɛ——dzie——ts'i

先　sɛn——sien——çien

不過在他的《切韻》擬音表格中，仍將三、四等主元音都寫作〔e〕，只是將臻韻擬作〔ɛn〕，似乎自相矛盾。黃笑山延續了黃典誠的說法，並使用音位擬音的方法，將《切韻》的三、四等韻主元音全部擬作〔ɛ〕：

祭　iɛi　　仙　iɛn　　鹽　iɛm　　清　iɛŋ

齊　ɛi　　先　ɛn　　添　ɛm　　青　ɛŋ

和陸志韋、邵榮芬的構擬相近，同時將真韻系、幽韻系主元音擬作〔i〕，避免了陸氏使用短元音之弊。

〔註61〕高本漢用–e代表長元音，用–ĕ代表相應的短元音。

〔註62〕邵榮芬《切韻研究》第147頁。

〔註63〕黃典誠《切韻綜合研究》第216頁。

第七章　論高本漢的《切韻》
單一音系說

　　對《切韻》性質的判斷是高本漢全部中古音研究的基礎，高本漢認為《切韻》代表著一個單一的、內部同質的音系，然而學術界對這個問題也有著不同的看法，有些學者認為《切韻》應該是綜合音系，是個異質的系統。這些觀點尚在爭論之中。我們這裡擬針對《切韻》音系的性質提出自己的意見，有些看法僅具有假設性質，拋磚引玉，僅供批評。

第一節　學術界關於《切韻》音系的爭論

　　高本漢認為「《廣韻》的反切是代表一個不比紀元六百年更後的完整的中國語言了」（《中國音韻學研究》第 20 頁），後來又說《切韻》所代表的就是公元 600 年左右陝西長安的方言，是唐朝的共通語[註1]。學術界一般把高本漢對《切韻》音系的這種看法稱之為單一音系說。

　　單一音系說提出後很快就遭到了中國學者的質疑，黃淬伯通過考察慧琳《一切經音義》的反切並和《切韻》音系進行比較，認為《切韻》是涵蓋了不同方言和多種韻書的綜合音系。[註2]羅常培則提出：「《切韻》的分韻是採

〔註1〕高本漢《中上古漢語音韻綱要》第 2 頁。
〔註2〕黃淬伯《慧琳一切經音義反切聲類考》。

· 129 ·

取所謂『最小公倍數的分類法』的。就是說，無論哪一種聲韻，只要是在當時的某一個地方有分別，或是在從前的某一個時代有分別，縱然所能分別的範圍很狹，它也因其或異而分，不因其或同而合。」〔註3〕其實，類似這樣的說法在章太炎那裡就有了，章氏曾說過「《廣韻》所包，兼有古今方國之音，非並時同地得有聲執二百六」〔註4〕。陸志韋在《古音說略》（第 2 頁）裏認為「《切韻》代表六朝的漢語的整個局面，不代表任何一個方言。」何九盈在《切韻音系的性質及其他》提出《切韻》音系的性質是古今南北雜湊的。董同龢的《漢語音韻學》（第 81 頁）中說：「他們（指劉臻等 8 人）分別部居，可能不是依據當時的某種方言，而是要能包羅古今方言的許多語音系統。」從黃淬伯到董同龢這一派的說法可以稱之為綜合音系說。

邵榮芬在《切韻音系的性質和它在漢語語音史上的地位》中對兩種說法做了一個折衷，但基本上還是同意單一音系說，他說：「就我們看來，《切韻》音系大體上是一個活方言的音系，只是部分地集中了一些方音的特點。具體地說，當時洛陽一帶的語音是它的基礎，金陵一帶的語音是它主要的參考對象。」王顯也對這一說法表示支持，他的《切韻的命名和切韻的性質》認為：「《切韻》音系是以當時洛陽話為基礎的，也適當吸收了魏晉時代和當時河北其他方言的個別音類以及當時金陵話的一部分音類。」王力在《中國語言學史》（第 86 頁）中說：「《切韻》的語音系統是以一個方言的語音系統為基礎（可能是洛陽話），同時照顧古音系統的混合物。」這一派的說法貌似彌縫以上兩派，實際上還是主張《切韻》是單一音系，特別是他們為《切韻》擬音的時候完全是按照單一音系的方法來操作。

陳寅恪在《從史實論〈切韻〉》中則認為《切韻》所代表的「乃東晉南渡以前，洛陽京畿舊音之系統」，陳氏稱之為「洛陽舊音」，並解釋道「本文『洛陽舊音』一詞，不僅謂昔日洛陽通行之語音，亦兼指謝安以前洛生詠之音讀。特綜集各地方音以成此複合體之新音者，非陸法言及顏、蕭諸賢，而是數百年前之太學博士耳。」陳氏是認為《切韻》的音系是一個「複合體」，是「以洛陽京畿之音為主，且綜合諸家師授，兼採納各地方音而成者也。」周祖謨先生對陳寅恪的說法進行了推闡，指出《切韻》的音系「不是單純以某一地行用的方言

〔註3〕羅常培《切韻魚虞之音值及其所據方言考——高本漢切韻音讀商榷之一》。
〔註4〕章太炎《國故論衡·音理論》。

為準，而是根據南方士大夫如顏、蕭等人所承用的雅言、書音，折衷南北的異同而定的」，「這個音系可以說就是六世紀文學語言的讀音系統」。〔註5〕周的說法在國內外有很大的影響。

張琨 1972 年在《古漢語韻母系統與〈切韻〉》（第 62 頁）裏提出早在《詩經》以前，原始漢語就分化成為北方漢語和南方漢語，《切韻》既包含了由《詩經》發展而來的北方漢語系統，也包含了《詩經》以外的南方漢語系統。也就是說《切韻》所反映的語音是綜合系統，是一個異質系統。魯國堯先生通過移民史考證和客、贛、通泰等方言的歷史比較，提出在南北朝後期形成了以洛陽話為標準的北朝通語和以建康話為標準的南朝通語。〔註6〕魯氏的文章雖然不是直接針對《切韻》音系的性質而做，但是其中的觀點則完全可以移用於回答《切韻》音系的性質及其方言基礎的問題。丁邦新 1995 年提出仍然把《切韻》看成是中古的代表音系，但他主張《切韻》是南北兩大方言相加起來的綜合音系，提出可利用《切韻》來分別構擬金陵、鄴下兩個音系。〔註7〕魯、丁兩位學者的看法非常相近，只是對南朝通語（金陵音系）的後代是今天的哪個方言有些分歧。

潘文國先生將綜合音系說裏面析出一部分稱之為「總和體系」，他用的「綜合體系」則另有所指，我們來看看他給三種不同體系所確定的內涵：〔註8〕

單一體系：一時一地說加上全部不同的擬音；

綜合體系：古今南北說加上音同韻異的擬音；

總和體系：古今南北說加上全部不同的擬音。

他的「總和體系」衡量標準是理論上認為《切韻》不代表一時一地之音而實踐上卻為《切韻》的每個韻都擬出了不同的音值（如陸志韋），這實質上與單一音系並無區別。

和單一音系說聯繫在一起的就是漢語史單線型發展觀〔註9〕，高本漢就是這個發展觀的主要代表。高本漢認為漢語的發展從上古到中古再到現代方言是一條直線發展下來的，從上古音（《詩經》韻系、諧聲音系）演變為《切韻》

〔註5〕周祖謨《切韻的性質和它的音系基礎》。

〔註6〕魯國堯《客、贛、通泰方言源於南朝通語說》。

〔註7〕丁邦新《重建漢語中古音系的一些想法》。

〔註8〕潘文國《韻圖考》第 51 頁。

〔註9〕一般多稱之為直線型發展觀，如下引李葆嘉文，但是我們覺得單線型更準確。

音系，以後再分化為現代漢語的各方言。〔註10〕高本漢一方面認為《切韻》是隋唐時期的長安方言，肯定當時的中國有方言的差異；另一方面又認為現代的各種方言都是從《切韻》分化出來的，都可以用《切韻》來予以解釋〔註11〕。這是第一重矛盾。從上古漢語發展到《切韻》音系出現繁化的趨勢，而從中古漢語發展到近代、現代漢語則出現簡化的趨勢，這種橄欖型的語音演變史是第二重矛盾。高本漢的語言史觀來自於他的歷史比較語言學的學術背景，他將譜系樹理論直接移植到了漢語之上，這種單線型的漢語發展史觀實際上並不符合漢語史的實際。

第二節　《切韻》是綜合音系的證據

我們認為，《切韻》是綜合音系，不能用構擬單一音系的方法來研究《切韻》的系統。

關於證明《切韻》綜合音系性質的證據，前人已經提出很多了，我們這裡擇其要者予以引述。

（一）古人的說法。

陸法言《切韻序》：因論南北是非，古今通塞；遂取諸家音韻、古今字書。

顏之推《顏氏家訓·音辭篇》：共以帝王都邑，參校方俗，考覈古今，為之折衷。

封演《封氏聞見記·聲韻》：隋朝陸法言與顏、魏諸公定南北音，撰為《切韻》。

江永《古韻標準·例言》：韻書流傳至今者，雖非原本，其大致自是周顒、沈約、陸法言之舊，……皆雜合五方之音，剖析毫釐，審定音切，細尋脈絡，曲有條理。

段玉裁《六書音均表》：法言二百六部，綜周、秦、漢、魏至齊、梁所積而成典型，源流正變，包括貫通。

要之，傳統的看法基本上都認為《切韻》是一部「酌古沿今」之作，至於

〔註10〕李葆嘉《高本漢直線型研究模式述論——漢語史研究理論模式論之一》。

〔註11〕實際上倒不如說是在為《切韻》的音系找方言語音的解釋，有很多不符合《切韻》音系的方言現象被有意無意地忽略掉了。

陳澧《切韻考》說：「陸氏分二百六韻，每韻又有分二類、三類、四類者，非好為繁密也，當時之音實有分別也。」細繹陳澧文章脈絡，僅謂《切韻》代表的是隋朝以前舊音，是否一時一地之音，並沒有明說，也不能完全認為他的看法就是單一音系說。《切韻》主要是為了詩文用韻而編出來的韻書，並沒有打算對某一方言進行描寫，「在第五、六世紀，沒有人覺得有必要對一個活的方言作忠實詳盡的描寫。」〔註12〕

（二）根據王仁昫《刊謬補缺切韻》韻目下的小注，我們可以看到陸法言採用其前各家韻書的韻類，基本上都是從分不從合，只有極少數的例外（例如顏之推在《家訓》裏批評的呂靜將「為、奇，益、石」分立的情況）。這一點前人已經論之甚詳，茲不贅。

（三）同其前（南北朝）其後（唐朝）詩文用韻的情況進行比較，從整理出來的情況來看，用韻所反映的語音系統都比《切韻》音系要簡單。從漢魏至齊梁陳隋，用韻趨嚴，但是即使南朝後期用韻很嚴的情況下，其韻部仍不能如《切韻》之繁多，《切韻》裏的「蕭宵、尤幽、真臻、先仙」等一些韻部，在南朝詩文用韻裏也沒有分開。〔註13〕而根據李榮《隋韻譜》，隋朝詩文用韻中「真臻、刪山、先仙、蕭宵、庚耕清青、尤侯」等都為同用。我們再看看《封氏聞見記・聲韻》裏面說「而『先』、『仙』、『刪』、『山』之類分為別韻，屬文之士共苦其苛細。國初，許敬宗等詳議，以其韻窄，奏合而用之。」這裡尤其要注意的是「共苦其苛細」裏面的「共」字，也就是說不管從南方還是北方來的「屬文之士」都覺得《切韻》分韻有不合理之處，可以證明《切韻》不合於一地之音。

（四）從域外漢字音角度來看，日譯吳音、日譯漢音、朝鮮譯音、漢越語等，都不能完全反映出《切韻》的分韻系統。日本的譯音因為日語元音系統較為簡單，有可能漢字借入的時候韻母有所合併，僅能窺見借入時語音的大類而已。但是漢越語則完全不同，越南話本身有較為複雜的韻母系統，有韻母共計 139 個，漢越語只使用了其中的 66 個。〔註14〕假如借入時源語言有很複雜的韻母系統（如單一音系者所擬測的《切韻》系統），那麼漢越語一定

〔註12〕張琨《切韻的綜合性質》第 26 頁。

〔註13〕王力《南北朝詩人用韻考》第 69 頁。

〔註14〕王力《漢越語研究》第 11～12 頁。

會想辦法將其中的韻類差別表現出來（不一定是韻值的對等）。漢越語唐初就已經產生了，其系統基本能代表初唐的漢語音系（不一定是音值）。而如果《切韻》是個單一音系並且是隋朝的語音系統，那麼從隋至初唐音系簡化這麼多是無法想像的。

（五）當時的其他資料可以證明《切韻》以下一些情況應該屬於方言現象。

1. 元韻的歸屬。從押韻的資料來看，從南北朝到初唐，似乎都是元魂痕通押，《廣韻》也在元韻下注明「魂、痕同用」。但是《詩經》音元部包括《廣韻》寒桓刪山元仙先諸韻的字，文部包括魂痕殷文諸韻的字，兩部互相獨立，漢魏晉時期還是這個格局。這種押韻的格局和後世韻攝「臻、山」的分界線大體相同，直到現代的官話方言還是這個格局。如果按照單線型發展的觀念來看，就出現了元、魂痕由分到合再到分的現象，不容易合理解釋。對這種現象，史存直〔註15〕、張琨〔註16〕都認為元韻來自南方方言，解釋非常合理。

2. 模魚虞之間的分合。《切韻序》裏有「魚虞共為一韻」的說法，《顏氏家訓・音辭篇》裏面說「北人以庶為戍，以如為儒」，說明了當時北方方言對魚虞的混淆。羅常培 1931 年在《切韻魚虞之音值及其所據方言考》中用六朝詩文用韻證明了「魚、虞兩韻在六朝時候沿著太湖周圍的吳音有分別，在大多數的北音都沒有分別」。依據唐代詩文用韻，近體詩魚韻獨用、虞模同用，這與《廣韻》同用獨用是一樣的，而古體詩則魚虞模同用。依據慧琳《一切經音義》的反切，模魚能系聯為一類，虞韻則單獨為一類。〔註17〕梵漢、藏漢對音的資料和日譯漢音顯示虞模為一類，魚韻則單獨為一類；而漢越語則能夠將模、魚、虞三韻的讀音都分開。〔註18〕我們認為應該說當時吳地方言和北方的長安（可能也包括洛陽）方言能夠區分魚虞二韻，而其他北方方言很可能是不分的。而聯繫魯國堯先生關於當時「南朝通語」本源自更早的北方方言（洛陽），這兩地的區分還是有歷史淵源的。

3. 支脂之三韻之間的關係。從押韻材料來看，南朝作家脂之合用、支韻

〔註15〕史存直《關於「該死十三元」》。

〔註16〕張琨《漢語音韻史中的方言差異》第 55 頁。

〔註17〕黃淬伯《唐代關中方言音系》第 24 頁。

〔註18〕梵漢、藏漢對音見周法高《切韻魚虞之音讀及其流變》，日譯漢音資料見馬伯樂《唐代長安方言考》第 115～121。

獨用，而顧野王原本《玉篇》裏面也是脂之相通。〔註19〕到了初唐，近體詩押韻變為支脂之同用，與《廣韻》的規定相吻合；古體詩還能顯示支獨用而脂之同用的痕跡。〔註20〕根據慧琳《一切經音義》反切的系聯，支脂之是可以歸為一類的。〔註21〕從梵漢對音的角度來看，則有：南方脂之合併對應梵文〔i〕，支對應梵文〔e〕；而北方支脂對應梵文〔i〕，之用來對應梵文〔e〕的區別〔註22〕，應該比較清楚地體現了方言的分合。

4. 《廣韻》裏所收集的大量又音資料。關於又音資料的收集，從陸法言《切韻》原書應該就已經開始了，王仁昫《刊謬補缺切韻》進行了增補，其後這一系韻書續有增加，至《廣韻》而集大成。魯國堯先生曾經說過「切韻圖是層累地造出來的」，〔註23〕我們似乎也可以說《切韻》系韻書也是層累地造出來的。關於《廣韻》的又音資料，趙振鐸在《〈廣韻〉的又讀字》裏認為它們反映了（1）字音的古今分歧；（2）某些方俗讀音；（3）古漢語某些構詞和構形的規律（也即變調構詞）；（4）特定場合的特有讀音等四種情況，這些又讀絕大多數來源於前代舊注和音義之書。我們認為這裡的第4種情況按照趙振鐸所舉的例子來看屬於同形詞的問題，也就是不同的詞（讀音不同、意義不同）用了同一個漢字來作為書寫形式。這和第3種情況同屬於語法或語用的層面，和第1、2種不當混為一談。第1種和第2種情況未始不可聯繫到一起，我們知道有些古音會在方言中遺留下來，共時的材料可以反映歷時的演變，那麼實際上這些又讀字還是以方俗音為主。假如我們把還有一些實際上同音同義但是異形的情況考慮在內，那麼《廣韻》裏的又音資料會更多。茲舉一例，《廣韻》「盲，武庚切」，梗攝開口二等平聲。我們看看這個字的方言讀音（聲調符號省略）：

表 7.1

北京	maŋ	溫州	miɛ	潮州	mẽ
揚州	maŋ	梅縣	maŋ	福州	maŋ

〔註19〕周祖謨《齊梁陳隋時期詩文韻部研究》第 240 頁。

〔註20〕鮑明煒《初唐詩文的韻系》第 167 頁。

〔註21〕黃淬伯《唐代關中方言音系》第 25 頁。

〔註22〕Edwin G. Pulleyblank, Middle Chinese: A Study in Historical Phonology. pp. 147~148.

〔註23〕魯國堯《〈盧宗邁切韻法〉述論》。

蘇州	mɒŋ	廣州	maŋ	建甌	maŋ
長沙	man	陽江	maŋ		
南昌	mɔŋ	廈門	mĩ 白		

這裡似乎除了溫州、廈門略有例外，其他各地讀音幾近相同，如果按照高本漢的擬音法我們不妨把中古庚韻擬為〔a〕，即使例外的語音都很好說明。可是如果對比庚韻其他字的讀音，問題就來了，我們舉「猛，莫杏切」（梗攝開口二等上聲）為例：

表 7.2

北京	məŋ	溫州	miɛ	潮州	mẽ
揚州	moŋ	梅縣	maŋ	福州	maŋ
蘇州	maŋ 白	廣州	maŋ	建甌	maiŋ
長沙	mən	陽江	maŋ		
南昌	mɛn 白	廈門	mĩ 白		

南方方言（除建甌小有例外）一概與「盲」同音（不同韻），連蘇州、南昌的白讀音都可以用〔a〕元音來解釋，而北方話則完全不同。那麼這個音切在北方方言裏應該是不對的。《廣韻》唐韻「莫郎切」有「䁵，目不明也」，應該也就是「盲」字。再和各方言唐韻字今天的讀音做一比較，我們舉「莽，模朗切」（宕攝開口一等上聲）為例：

表 7.3

北京	maŋ	溫州	muɔ	潮州	maŋ
揚州	maŋ	梅縣	mɔŋ	福州	mouŋ
蘇州	mɒŋ	廣州	mɔŋ	建甌	mɔŋ
長沙	man	陽江	mɔŋ		
南昌	mɔŋ	廈門	bɔŋ		

要之，表示「目不明也」的字有「盲、䁵」兩個，其實它們是同音同義字，前者「武庚切」而後者「莫郎切」。北方方言一律用「莫郎切」，南方方言則一律用「武庚切」。

其他還有重紐現象、陽上變去的區域、覃談二韻是否屬於開合韻、全濁聲母送氣與否、從邪和船禪聲母的分合等很多問題，應該都屬於方言現象，也可

以稱之為異質語言的現象。

（六）假如《切韻》音系像高本漢所說的那樣是唐朝的通語，是一個單一的音系，這個音系如此複雜，將很難解釋對音、漢越語、日譯漢音、慧琳《一切經音義》等所呈現出來的一致而且較為簡單的語音系統。也有論者（如蒲立本，甚至包括高本漢）認為《切韻》所代表的是早期中古通語（隋和初唐），而到了中晚唐以後這個通語系統簡化了。如果這個看法能成立的話，就需要解釋一個通語系統能在 200 年不到的時間裏簡化得如此厲害，能從 3600 多個音節（見下文）簡化為中唐時期的 2100 多個音節〔註24〕。我們知道通語系統一般反而具有一定的穩定性，方言系統容易受到通語的影響而發生變化，特別是最近的 100 年因為現代傳媒的影響各種方言系統都有向普通話靠攏的趨勢。可是，對比 100 年前的南京方言和現代的南京方言，也沒有發生過劇烈到面目全非的變化，如果再反觀從清初到現代的通語系統（已經有 300 年以上的時間），整個音系格局並沒有發生太大的變化。也有很多學者指出《切韻》是個讀書音系統，用所謂「洛陽舊音」再兼採各地方音混合而成，那麼這個系統更應該是一個綜合的東西。這樣一個讀書音系統，裏面的字每個都讀出來，還都按照各地兼採而來的方音讀出來，這大概是趙元任這樣的語言學家才能做到的。另外，所謂讀書音系統有沒有方言基礎，能不能和口語音系統差別很大、截然分開，這也是一個問題。有一個類似的例子，因為對韻書和韻圖的認識不夠，有些學者主張元代漢語的標準音也分讀書音和口語音兩個系統，對於這個看法，寧忌浮先生已經通過研究證明是與歷史事實不符的。〔註25〕

（七）曾曉渝從類型學的角度對《切韻》音系的性質進行了一些探討，現將他的觀點簡述如下。〔註26〕第一，《切韻》音系有 4 組塞擦音聲母（精、知、章、莊），現代漢語方言中能有 4 組塞擦音聲母的很少，即使有（如西安話）也是發音部位相隔較遠以達到區別的目的（比如西安話的 4 組是〔ts、tʂ、tɕ、pf〕，有足夠的區別度），並且聲母塞擦音較多則韻母簡單，沒有能夠截然分開知、章、莊三組塞擦音的現代方言。第二，現代漢語方言的音節數與《切

〔註24〕據黃淬伯《唐代關中方言音系》第五章《音節表》統計為 2174 個音節。

〔註25〕寧忌浮《〈古今韻會舉要〉及相關韻書》第 8 頁。

〔註26〕曾曉渝，《切韻》音系的綜合性質再探討

韻》的小韻數懸殊。現代漢語方言中音節數最多的是福州方言，有 1868 個音節，而《切韻》的小韻數則達到 3617 個〔註27〕，福州方言只能達到《切韻》小韻數的一半。現代漢語方言的平均音節數為 1130 個，只有《切韻》小韻數的三分之一。第三，《切韻》這樣一個複雜的聲韻系統，在現代漢語裏找不到任何自然語言類型的支持，這種現象顯然違背了語言的「均變性原則」。

除了以上證據以外，我們嘗試從語言的經濟性角度來為《切韻》的綜合性質提供一點證據。語言的經濟性原則是語言的基本原則之一，一個在實際交際中使用的語言不應該有大量冗餘的現象。下面我們嘗試用現代漢語普通話作為材料來證明經濟性原則在漢語中的表現。我們統計了一下現代漢語普通話裏面只有一個漢字的音節，請看附錄 A。

乍一看這個表裏面有很多音節下面有不止一個字（詞），看了下面我們列表的一些原則就會知道這些音節裏面實際上只有一個字（詞），例如「bāi：掰刮、跰」，裏面「刮、跰」都是方言詞語，並且通行範圍不廣，那麼實際上只有「掰」能算是現代漢語普通話裏面的詞兒。再比如「lā：拉 垃 啦 喇 邋」，裏面「垃、邋」只用於聯綿詞「垃圾、邋遢」裏，而「啦」組成的詞有「啦呱兒、啦啦隊」（也做「拉呱兒、拉拉隊」），「啦」是「拉」的另一種書寫形式，而「喇」組成「呼喇、哇喇」，是象聲詞，這麼看來「垃、啦、喇、邋」四個字沒有成詞的獨立性，lā 這個音節裏只有「拉」算是個詞兒。

下面說一下我們對這個詞表進行一些調整、改造的原則：一，既然是注重一個音節的構詞能力，那麼同一個音節構成的多個詞卻用同一個字來表示，這樣的情況自然應該排除在外。例如：草 1（「青草」裏的「草」），草 2（「草書」裏的「草」）。二，特殊的詞語，如象聲詞、譯音詞、科學術語（主要是化學元素名稱）、只用作姓名或地名的詞語也應該排除在外。三，只有多音節形式的詞語，例如聯綿詞、疊音詞或其他只存在於多音節詞語（如「囉嗊曲、笸籮」裏的「嗊、笸」都應該排除在外）。四，是某一詞語中的輕聲音節形式，在《現代漢語詞典》裏單立出來的（如「裳 shang：衣裳，傖 chen：寒傖」應予以排除。五，又音或音變形式，如「哇」是「啊」的音變，「哪」的又音「něi」都予以排除。六，《現代漢語詞典》裏注明為方言詞語或者書面語詞（古語詞）

〔註27〕這個數字是依據邵榮芬對宋跋本《王仁昫刊謬補缺切韻》小韻數的統計。

的情況也應予以甄別。方言詞一般排除，特別常用的實際上已經為普通話吸納的（如「甭」）予以保留；書面語詞也基本採用這一原則，特別是有些音節上只有一個罕用的古語詞（生僻字），基本上都是從古音上折合出來的今音（如「眴」），都予以排除。七，有些音節，如「mān：嫚 顢」裏面的「嫚」屬於方言詞語，而「顢」只存在於「顢頇」一詞裏；再如「qūn：囷 逡」裏面的「囷」屬於古語詞，而「逡」只存在於「逡巡」一詞裏，那麼我們可以說「mān、qūn」這兩個音節在現代漢語普通話裏是不能獨立成詞的音節。應用這些原則進行處理以後，我們有了第二個音節表，請看附錄 B。

根據《現代漢語詞典》，現代漢語的音節總數為 1338 個，我們去掉了 94 個邊際音節，共計成詞音節 1244 個。我們對邊際音節的定義是這個音節裏有下面幾種情況的字（詞）：1. 只有罕用的方言詞、古語詞，例如：nān：囡-方；ruá：挼-方；ruán：壖-書；rún：眴-書。2. 只有多音節詞（聯綿詞、疊音詞、譯音詞等）的一個字（音節），例如：cēn：參-（參差）多，rāng：嚷-（嚷嚷）多；lu：氇-（氆氇）譯。3. 只有又音、音變（包括是其他詞語的輕聲音節的情況）的詞兒，例如：啊的音變「na、wa、ya」；zhèi：這-又音；shang：裳-衣裳，chen：傖-寒傖。4. 只有象聲詞或象聲詞中的一個音節的，例如：chuā：欻-聲；mōu：哞-聲。5. 只有用作人名、地名的字（詞），例如：tuǎn：疃-地。6. 以上幾種情況混雜在一起的，例如：pīng：乒-（乒乓）聲　俜-（伶俜）多 娉-（娉婷）多。邊際音節占全部音節總數的比例為：94 / 1338≈7%。

在現代漢語普通話裏，只有 1 個字（詞）的音節總數是 258 個。258 / 1244≈20.7%，我們可以說有 1 / 5 的現代漢語普通話的音節是只有 1 個字（詞）的。只要看一下那些只有一個字（詞）的音節，我們就可以知道，這些字（詞）大都是現代漢語裏最常用的一些字（詞），可以說其中 95%以上都是常用字（詞）。這個問題可以從這樣幾方面來看：首先，如果在現代漢語普通話中存在大量只有一個字（詞）的音節（258 個單字音節已經可以說是很多了），而且這些字（詞）都是很不常用的，那麼顯然是有悖於語言的經濟性原則的。其次，我們簡直可以說正是這些常用字（詞）保證了這些音節的存在，如果不是因為這些常用字（詞），這些音節也會成為邊際音節直至從這個語言中消失。最後，從另一方面來看，這些常用字（詞）也需要「專享」自己所廁身的那個音節，這樣才能和其他字（詞）保持良好的區別性。也就是說，我們

統計只有一個漢字的音節數,這個方法可以用於證明現代漢語普通話的經濟性原則,這個方法應當也可以用於證明漢語方言、古語的經濟性原則。

下面我們來看看《切韻》的情況。我們對《切韻》裏只有一個漢字的小韻進行了統計,統計依據的是宋跋本《王仁昫刊謬補缺切韻》,統計結果請看附錄 C。《王仁昫刊謬補缺切韻》有一些小韻重出的現象,這是補缺以後沒有整理的部分,我們把這種重出小韻都排除在外,共計有單字小韻 747 個。宋跋本依據邵榮芬的統計,有 3617 個小韻,747/3617≈21%,似乎和現代漢語普通話單字音節的比例相同。但是如果從總量上來看,747 個單字音節,這個數字約為普通話的 3 倍,數量可以說相當大。我們這裡統計的是《王仁昫刊謬補缺切韻》,考慮到這本韻書還有「補缺」的部分,也即從前代舊注、音義書裏搜羅了更多的字對陸法言原本予以補充,那麼原來可能有更多的單字小韻被補上了別的字。如果用敦煌《切韻》殘卷和箋注本《切韻》殘卷與宋跋本相較,就可以看出更早的《切韻》還有更多的單字小韻。我們根據周祖謨先生編的《唐韻前韻書收字和紐數多少比較簡表》〔註28〕來統計,大約有 60 個小韻在宋跋本之前的《切韻》中是單字小韻,到了《王仁昫刊謬補缺切韻》裏都補上了別的字。因為原本或箋注本《切韻》為殘卷性質,周祖謨先生這個簡表裏還只是舉例的性質(僅舉了 38 個韻),那麼保守地估計《切韻》原本的單字小韻數目比宋跋本至少還要多 150 以上。

如果我們再來看一下這些單字小韻上的漢字,就會發現其中雖然有不少為常用字(詞),但是至少有一半以上(可能更多)是冷僻少用的字,其中還包括一些人名、地名等。這種情況與經濟性原則有所違背,其中應當有相當數量的邊際音節,有的甚至可以說是冗餘音節。即以 747 個單字小韻的半數而論,應該也有 370 個邊際音節。如果我們將現代漢語 7%邊際音節比例移用到宋跋本上面,7%×3617=253 個邊際音節。從數量上來看,370 個宋跋本邊際音節再加上原本《切韻》更多的單字小韻,差不多應該是至少兩個不同音系的綜合。

第三節　雙線型漢語語音發展史觀

對於《切韻》音系,我們認為大體上是南(金陵)北(鄴下)兩個音系

〔註28〕周祖謨《唐五代韻書集存・附表》。

的綜合。陸法言《切韻序》裏說「因論南北是非」、「蕭顏多所決定」；顏之推《家訓·音辭篇》則說：「搉而量之，獨金陵與洛下耳。」魯國堯先生和丁邦新先生對南、北兩個通語系統的存在都有了很好的說明，特別是魯國堯先生詳細討論了南朝通語的來源問題，他認為南朝通語源自於晉室南渡之前的中原通語。南渡後的中原通語「南染吳越」，成為後來的南朝通語，留於故地的中原通語則「北雜夷虜」，成為後來的北朝通語。更進一步，可以說南朝通語內部還有層次性和時代性。層次性的意思是說南朝通語內部應該還有上層社會和一般民眾所使用的語言有所不同的現象。南朝社會是一個移民社會，高門大族更傾向於儘量保持原來中原故地「洛陽舊音」的純潔度，雖然他們的語言已經不可避免地與原住民的語言有相混的趨勢；而下層民眾的語言與原住民語言相混的就更厲害了（即所謂「南染吳越」），這一點就是顏之推所說的南朝通語的「深弊」。我們略舉一例以說明這種社會語言的現象。在今天江蘇句容一帶有一些 100 多年前遷來的河南人，他們大批量遷來，在這裏形成了方言島。他們所使用的河南話既與中原舊音不同，又與句容本地口音相異，是一個混合了老河南話、普通話和本地方言的混合體，當然其內部又有各種複雜的方言現象，還存在河南話與土著方言競爭的局面。〔註29〕我們認為，應該用這種社會語言學的思路，輔之歷史文獻考證來研究當時的南朝通語。在南朝的上層士族社會則傾向於在內部交流、家庭教育等場合使用舊中原方言，所以顏之推會說：「易服而與之談，南方士庶，數言可辯」。這種現象的存在，無疑是士族的政治地位和文化上的優越感所致。即以今天還能看到的語言現象觀之，上海人走到哪裏還都傾向於教他們的孩子說上海話，而出生於外地的上海人的後代還常常以他們能說上海話而具有某種優越感。這種現代的社會語言現象，同樣也可以用於說明南朝社會的語言使用狀況。而我們所說的南朝通語的時代性，意思是從北方來的中原通語和南方原住民的語言有一個融合交匯的過程，大約要好幾代人才能融合產生一種新的方言。舊中原通語、南朝原住民語言和新產生的融合型方言之間還要經過很多年的競爭，最終才能形成一個整個社會能夠接受的南朝通語。越到南朝後期，舊士族越無法保持其舊語言的純粹性，更多地接受、使用這個南朝通語，雖然從其文化優越

〔註29〕郭熙《中國社會語言學》第 130～133 頁。

感來說，這個南朝通語有所謂「深弊」。至於北朝通語，由於留於故地者大多是下層民眾，亂華的五胡人數眾多，可能使北方漢語發生了較大變化。雖然有交融的時代性，但是沒有南朝的那種層次性，所以顏之推說：「隔垣而聽其語，北方朝野，終日難分」。

　　當時南北各地的音韻學家在編寫韻書的時候，可能會考慮到其所在地域的小方言，但要想其韻書能夠通行，更重要地要考慮南朝通語或者北朝通語的音系。顏之推在《家訓》裏面說：「自茲厥後，音韻鋒出，各有土風，遞相非笑，指馬之論，未知孰是。共以帝王都邑，參校方俗，考覈古今，為之折衷。推而量之，獨金陵與洛下耳。」這裡「共以帝王都邑」前面的主語是誰呢？應該不是顏之推，下文「推而量之」的主語才是他，而且如果是顏之推，這裡「共」這個副詞的使用就有問題了。我們認為應該是「音韻學家」，也就是說音韻學家都用「帝王都邑」的語音，再參考方俗語音，考覈語音分類的歷史，來編輯他們的韻書。帝王都邑，金陵和洛下是最主要的。顏之推是長安論韻的關鍵人物，他的語言學觀念無疑是理解《切韻》性質的鑰匙。《切韻》參考了其前呂靜、夏侯詠（一作夏侯該）等五家韻書的分韻，大體從分不從合，但也不是無原則地分。其中呂靜《韻集》最為奇特，這部書作於西晉末年，時代上與另四家遠隔，而《切韻》又參考尤多。〔註30〕因此有論者認為《切韻》所說的呂靜或許不是西晉的那個呂靜，而是另有其人。但是《顏氏家訓》中《韻集》與呂忱（靜兄）的《字林》常常並舉，顏之推所據的《韻集》應該就是晉代呂靜之書，那麼陸法言所稱應當與顏之推所說為一書。〔註31〕我們認為引用《韻集》更證明了在長安論韻時，顏之推等人心目中的「洛陽舊音」的重要性，而實際上在當時上層社會的語言裏，應該還有這種幾百年前中原舊音的遺留。即以分韻來看，呂靜《韻集》有些不同於其他韻書的特點，比如對三四等重韻（如先仙、蕭宵）的分立，脂與之微不分等，應該是中原舊音的一些特點。《切韻》將呂靜《韻集》分立的地方基本都分開了（除了為奇、益石）。夏侯詠《韻略》應該是《切韻》依據的第二本重要韻書，它的特點是韻圖列在一等和二等的韻能夠分開，一攝之內的二等重韻能夠分開，元魂痕

〔註30〕可參看本書附錄 D：《切韻》所據五家韻書分合表。

〔註31〕周祖謨《切韻的性質和它的音系基礎》第 265 頁。

合併。〔註32〕這些特點都是和南朝文人用韻相吻合的，應該反映了後期南朝通語的語音實際。另外三家韻書都是北朝韻書，雖然《切韻》注語提到的不多，但是韻系都比較簡單，不若呂、夏侯二家複雜，應該反映了北朝通語的特點。〔註33〕長安論韻之時，陸法言可能年齡還不滿 30，而蕭顏等人都是名滿天下的碩儒。特別是從語言背景來看，陸氏家族世居北地，應該對南方方言不甚熟悉。顏之推可能主導了這次論韻，他出生南朝士族，歷宦南北，博覽群籍，交遊甚廣，對南北通語（應該還有方言）都較為精通。他綜合金陵、洛下兩地通語的觀念也就體現在了《切韻》之中，陸法言不過是那個「燭下握筆，略記綱紀」的年輕人而已。

　　《切韻》音系的性質是綜合性的，應該有南北兩個通語的系統在內。我們以此為標準再來反觀高本漢的《中國音韻學研究》一書，可以知道其因為音系基礎的性質不明確而存有較大問題。不論是從語言類型學的角度，還是從對後代音系與方言的解釋力方面來看，高本漢的系統都有不少矛盾難通之處。漢語的語音史用南北雙線發展的觀念能夠給予較好的說明，〔註34〕我們的看法可以用下一頁的圖予以表示。

　　用這種雙線發展的語音史觀來審查《切韻》的音系，我們認為其中有中古時期的南朝、北朝兩個通語系統，其中南朝部分可能還有士族通語（「洛陽舊音」）和庶族通語（「南染吳越」的舊音），帶有很明顯的異質性。所以我們認為在研究漢語中古音的時候，《切韻》是一部最重要的參考資料，因為其中記錄了差不多中古時期南北方漢語所有的音類〔註35〕。但是把《切韻》當作一個同質、共時的系統來為之逐韻擬測音值，而且各韻都能分開，這可能不是中古漢語語音的真實狀況。王力先生正是看到了《切韻》音系的綜合性，所以在《漢語語音史》中用《經典釋文》和玄應《一切經音義》作為構擬中古音的主要材料。但是其中單線型的漢語語音史發展觀和高本漢並無本質區別。又近年來有周祖庠所做《新著漢語語音史》，提出以《篆隸萬象名義》中的反切

〔註32〕黃典誠《〈切韻〉綜合研究》第 48 頁。

〔註33〕關於五家韻書的分合，請參看本書附錄 D。

〔註34〕參看張光宇《漢語語音史中的雙線發展》。

〔註35〕其實從這點上來說，高本漢認為《切韻》是現代所有漢語方言的源頭倒有一定的正確性。

作為構擬中古音系的基礎。《篆隸萬象名義》裏的原本《玉篇》音系，周祖謨先生已經做了比較透徹的研究，提出和《切韻》音系有較高的相似度。〔註36〕周祖庠的研究其實不能說是什麼「新著」，他的整個漢語語音史系統與王力先生的差別不大，特別是採用單線型的語音史敘述法，並不能揭示漢語語音史的本來面貌。

圖 7.1

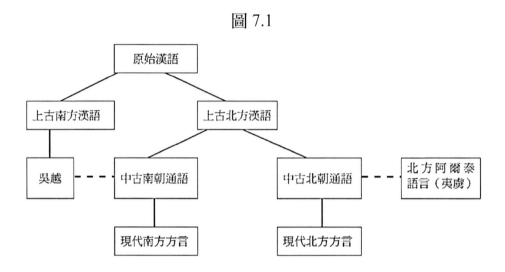

陳以信採用雙線型語音系統，為中古音構擬了金陵和洛下的兩個語音系統〔註37〕。他的思路大體是認為前人構擬的系統中三等韻一概以〔i〕作為介音，可能存在類型學上的問題〔註38〕，他用一些前圓唇元音代替了這些〔i〕介音音節。他所構擬的南北兩個語音系統有極高的相似度，而且也都比較複雜，如果算上雙元音的話南方音系統有 28 個元音，而北方系統有 26 個元音。《切韻》中的多數韻都構擬了音值，只是南北不同而已，只有少數韻有了合併。從語言類型學上來說，一個語言裏的元音應該在 3～24 個之間，而超過 17 個元音的語言在 317 個語言中只占 4.1%。〔註39〕陳以信所構擬的中古音元音系統如此複雜，跟他對《切韻》音系認識不明，而且將大部分〔i〕介音音節都用單獨的元音構擬有關。更重要的是他並沒有說明南北方分韻的基礎，特別是沒有從文獻上提

〔註36〕《切韻》39 個分韻特徵，《玉篇》裏有 33 個。參看張渭毅《魏晉至元代重紐的南北區別和標準音的轉變》第 133 頁。

〔註37〕 Abraham Chan, Early Middle Chinese: Towards a New Paradigm.

〔註38〕〔i〕介音屬於標記性音節，如果三等韻都有〔i〕介音，按照《韻鏡》系統有一半以上的中古音音節都成為了標記性音節，這很不符合自然語言的類型學特徵。

〔註39〕 Ian Maddieson, Patterns of Sounds. pp.126

供足夠多的資料予以說明。

　　我們關於中古南、北通語音系研究的初步設想是，呂靜《韻集》的分韻情況和《經典釋文》裏記錄的徐邈音切有很多相同之處[註40]，參之晉宋時候的詩文用韻，可以作為確定早期南朝通語（「洛陽舊音」）的資料。南朝後期的詩文用韻，夏侯詠《韻略》的分韻，日譯吳音，參酌原本《玉篇》音系、玄應音義，應該可以確定南朝後期通語的語音系統。至於北朝通語，隋唐時期的詩文用韻，梵漢對音、日譯漢音、漢越語、高麗譯音，慧琳《一切經音義》等資料，差不多可以確定它的音系。另外，利用現代方言的反推更為重要，現代方言也大體可以分為兩組，一套來自北朝通語，如北方各種官話方言；一套來自南朝通語，如南方吳、贛、湘等方言。歷史文獻的考證與方言的歷史比較仍然是重建中古南、北通語系統最主要的方法。這部分內容與探討高本漢中古音研究的成績關係不大，在這裡就不再展開論述了。

[註40] 張渭毅《魏晉至元代重紐的南北區別和標準音的轉變》第118頁。

結論與展望

　　以上不揣譾陋，對高本漢漢語中古音研究進行了較為系統的討論。研討之中處處注意從近一個世紀以來漢語語言研究史演進的角度入手，評價高本漢中古音研究的成績與其不足。本書分析高本漢《中國音韻學研究》在漢語語言研究史上的地位分成國內和域外兩個區域，討論了高本漢的研究在音韻學和方言學領域裏的成就，並指出其不足之處。其中域外並不主要是地理概念，而是指研究者（如賀登崧、小川尚義等）的身份為外國人，漢語非其母語。「域外」所指，和一般所論「海外中國學」之「海外」意義大體相同。論文也對高本漢中古音研究的方法進行了總結，尤其對高氏的審音法和歷史比較法著墨較多，因為語音學、歷史比較語言學是高氏主要的學術背景。在討論高本漢中古音研究所使用的材料時，本書認為前人指出高本漢使用的研究材料多為二手材料，這個看法有誇大高氏問題之嫌。高本漢在研究材料的使用上確實存在較為粗疏的弊病，但一則材料中反切和韻圖並不處於同等重要的地位，反切依據《康熙字典》，和《廣韻》相較並沒有那麼高的錯誤率。二則作為一位學習漢語不過數年的外國學者，在材料的利用上已經達到了較為準確的程度，實在不必過於苛責。本書指出高本漢對梵漢對音等材料予以排斥是不對的，同時也探討了他大量使用域外漢字音而對梵漢對音持排斥態度的深刻原因。本書最後討論了《切韻》音系的性質和漢語語音雙線發展的觀念，因為單一音系論是高本漢整個中古音構擬的基礎，如果這個基礎的存在

還值得商榷的話，那麼他的整個中古音系統的合理性可能要重新予以考慮。

中古音研究是高本漢漢語、漢學研究的起點也是核心所在。高本漢自漢語研究開始便有雄圖大略，他試圖探求漢語的整個歷史面貌，中古音只是一個起點。他研究中古音的最終目的是要研究上古音，即所謂「考證中國語言的祖先跟來源」（《中國音韻學研究・緒論》）。中古音這個起點非常重要，有較多的歷史材料，如果能考證、擬測到一個較為準確的程度，推證上古音也就有了一個堅實的基礎。清儒由《廣韻》上推古音，高本漢也同樣走上了這條道路。〔註1〕高本漢還意識到，語言是解讀古典經籍、研究古代中國的重要管鑰。他不但學習、掌握了漢語，研究了漢語的歷史，還將這把鑰匙用於解讀中國傳統典籍，並且取得了相當的成績。

在完成了本書之後，我們下面的研究計劃，打算從三個方面展開：

第一，探討高本漢上古音研究的成績與不足，闡述其上古音研究的方法，說明從中古音到上古音研究的過渡，疏通高本漢的整個漢語語音史體系，展現高本漢漢語古音研究的全貌。

第二，編寫一本高本漢的學術年譜。所謂學術年譜者，一方面將譜主的學術活動、著作按年份前後予以排列，述其條理，撮其大要，以展現譜主的整個學術生命。另一方面，將與譜主學術研究相關領域發生的大事、要事亦按年份前後予以排列，以展現譜主整個學術活動的時、空背景，說明其學術觀點的來源，對於學術界的影響，在學術史上的地位。

第三，以漢語南北雙線發展史觀為綱，收集相關材料，整理前人的研究成果，以建立我們自己的南朝通語、北朝通語兩個音系的構擬，並對近代語音和現代南北方言語音的演變做出說明。

本書作者才疏學淺，對相關研究資料亦未能盡讀，所論可能掛一漏萬，也可能有諸多錯誤。一得之愚，還乞方家賜教。

〔註1〕李開《論高本漢和漢語上古音研究》。

附錄 A：現代漢語單字音節表（一）

根據中國社科院語言研究所詞典編輯室編《現代漢語詞典》（2002 年增補本）整理而成。

á：啊-歎 嘎-同啊　ǎ：啊-歎　à：啊-歎　a：啊-助　āng：肮-（肮髒）多 áng：昂 卬-書

ba：吧-助　bāi：掰 刓-方 跰-方　bái：白　bai：唄-助，同唄（bei）　běi：北　bei：唄-助 臂-（胳臂）輕　béng：甭-方　bí：鼻 荸-（荸薺）多　biě：癟 biè：別-方　bo：蔔-（蘿蔔）輕　啵-方、助　bú：醭

cā：擦 拆-方 嚓-聲 礤-方　cǎ：礤　cāi：猜 偲-書　cáng：藏　cèi：瓶 cēn：參-（參差）多　cèng：蹭　chào：耖　chen：傖-（寒傖）輕　chǒng：寵 chòu：臭 殠（同臭）　chuā：欻-聲 chuái：膗-方　chuǎi：揣　chuàng：闖 chǔn：蠢 cū：粗　cuán：攢　cún：存 蹲-方　cǔn：忖 刌-書　cùn：寸 cuǒ：脞-書

dǎ：打　dà：大 沃-方　dē：嘚-聲　dēi：嘚-聲　děi：得　dèn：扽 diǎ：嗲-方　diǎo：屌 鳥-同屌 diū：丟 銩-科　duǎn：短　duī：堆 魋-古

ě：惡　e：呃-助　ēi：欸-歎　éi：欸-歎　ěi：欸-歎　èi：欸-歎　ēn：恩 奀 -方 蒽-科　èn：摁　ēng：鞥-書

fā：發 醱-（醱酵）同發酵　fǎ：法 1 法 2-譯 砝-（砝碼）多 灋-同法 fà：髮 琺-（琺瑯）譯　fa：哊-方、助　fàng：放　fěn：粉　fiào：嫑-方　fó：佛

gǎ：玍-方 嘎-同玍 尕-方　gà：尬－（尷尬）多　gǎi：改 胲-書　gěi：給 gén：哏-方　gěn：艮-方　guǎi：拐　gùn：棍　guò：過　guo：過

há：蛤-（蛤蟆）多 蝦-（蝦蟆）同蛤蟆　hà：哈-方、少（滿）　hāng：夯 hǎo：好 郝-姓　hén：痕　hèn：恨　hèng：橫 啈-聲　hm：噷-歎　hng：哼- 歎　hǒng：哄 嗊-（羅嗊曲）詞牌名　hōu：齁　huài：壞　huai：劃-（刮劃） 方　huǎn：緩

jiáo：嚼 矯-（矯情）方　jie：價-方、綴 家-同價　jiu：蹶-（圪蹶）方、 多　juě：蹶　juè：倔

kā：擖 咔-聲 咖-（咖啡）譯 喀-聲或譯　káng：扛　kāo：尻-書　kēi：尅 kèn：裉 掯-方　kōng：空 倥-（倥侗）多 崆-（崆峒）多 悾-（悾悾）多 箜- （箜篌）多　kǒu：口　kǔ：苦 楛-書　kuā：誇 姱-書　kuǎi：蒯-科或姓 擓- 方　kuǎng：夼-方　kùn：困

lā：拉 垃-（垃圾）多 啦-（拉呱兒、啦啦隊）同拉 喇-（呼喇、哇喇） 聲 邋-（邋遢）多　lá：拉 旯-（旮旯）多 砬-（砬子）地 捌-（捌子）方 喇 -（哈喇子）方　la：啦-助 靶-（靯靶）譯　lai：倈-方　lāng：啷-（啷當）多、 方　lāo：撈　le：了-助 餎-（餄餎）多　lēi：勒　lei：嘞-助　léng：棱 崚- （棱嶒）多 塄-方 楞-同棱 薐-（菠薐菜）方　lěng：冷　lèng：愣 堎-方 睖- 方　lī：哩（哩哩啦啦等）多　li：哩-方、助　liǎ：倆　liāo：撩 蹽-方　liē： 咧-（咧咧）多　liě：咧 裂-方　lie：咧-方、助　līn：拎　lo：咯-助　lōng： 隆-（黑咕隆咚）多　lōu：摟 瞜-方　lou：嘍-助　lu：氇-（氆氇）譯、輕　luǎn： 卵　luàn：亂　lüě：掠　lūn：掄　lǔn：埨-方　lùn：論　luō：捋 囉-（囉嗦） 多 落-（大大落落）多　luo：囉-助

mī：姆-方　mí：嘸-歎 嘸-方　mì：嘸-歎　mǎi：買 蕒-（苣蕒）多　mān： 嫚-方 顢-（顢頇）多　māng：牤-方　māo：貓　me：麼-綴 嚜-助，同嘛　mēn： 悶　men：們　mī：眯 咪-聲　miāo：喵-聲　mǐng：酩-（酩酊）多　miù： 謬 繆-（紕繆）多　mō：摸　mǒ：抹　mōu：哞-聲　mǒu：某　mú：模 氌- （氌子）譯

ń：嗯-歎　ň：嗯-歎　ǹ：嗯-歎　nǎ：哪 娜-方　na：哪-助、變　nān：囡 -方　nàn：難　nàng：齉　nāo：孬-方　né：哪-（哪吒）名　nè：訥 那-又 吶- 同訥　ne：呢-助　něi：餒-書 哪-又　nèi：內 那-又　nèn：嫩 恁-方　néng：

能 ńg：嗯-歎，同ń ňg：嗯-歎，同ň ǹg：嗯-歎，同ǹ nī：妮-方 niáng：娘 niàng：釀 niào：尿 脲-（尿素）科 溺-同尿 niē：捏 nié：苶-方 nín：您 恁-同您 nǐng：擰 niū：妞 niú：牛 niù：拗 nòng：弄 nòu：耨 nù：怒 傉-名 nǚ：女 釹-科 籹-（粔籹）多 nuǎn：暖 nún：黁-書

ō：噢-歎 ó：哦-歎 ǒ：嚄-歎 ò：哦-歎

pāi：拍 pài：派 哌-（哌嗪）科 蒎-科 湃-（澎湃）多 pān：攀 扳-同攀 番-（番禺）地 潘-姓 pǎng：耪 嗙-方 髈-方 pàng：胖 pǎo：跑 pēn：噴 pén：盆 湓-書 pèn：噴-方（噴香）多 pěng：捧 pèng：碰 椪-（椪柑）專 piǎn：諞-方 piě：撇 苤-（苤藍）多 鐅-方 piè：嫳-（嫳屑）多 pīng：乒-（乒乓）聲 俜-（伶俜）多 娉-（娉婷）多 pǒ：叵 笸-（笸籃、笸籮）多 鉕-科 po：桲-（榅桲）多 pōu：剖 pǒu：掊-書

qiá：拤 qiǎ：卡 qiē：切 qié：茄 伽-（伽藍）譯 qiǔ：糗-古或方 qu：戌-（屈戌兒）輕 qué：瘸 qūn：囷-書 逡-（逡巡）多

rǎn：染 冉-姓或（冉冉）多 苒-（荏苒）多 rāng：嚷-（嚷嚷）多 ràng：讓 瀼-（瀼渡河）地 rǎo：擾 嬈-書 rào：繞 rě：惹 若-（般若）譯 喏-（唱喏）方、古 rè：熱 rēng：扔 réng：仍 礽-書 rì：日 馹-古 ròu：肉 ruá：挼-方 ruán：堧-書 ruǎn：軟 阮-姓 朊-科 耎-同軟 rún：瞤-書 ruó：挼-書

sān：三 弎-同三 叁-同三 毵-(毵毵)多 sàn：散 sàng：喪 sēn：森 sēng：僧 鬙-（鬅鬙）多 shá：啥-方 shǎ：傻 shǎi：色 shài：曬 shang：裳-輕 shǎo：少 shě：捨 shéi：誰 shéng：繩 澠-地 shōu：收 shóu：熟-又 shuā：刷1 刷2-聲 shuǎ：耍-方 shuà：刷-方 shuǎi：甩 shuàn：涮 shuí 誰-又 shuǐ：水 shǔn：吮 楯-書 shuō：說 sǐ：死 sóng：㞞 sòu：嗽 擻-方 sú：俗 suān：酸 狻-（狻猊）多 suǐ：髓

tǎi：呔-方 tǎo：討 謟-方 tào：套 te：忒-又 tēi：忒-又 tēng：熥 鼟-聲 tǐ：體 tiàn：掭 tiǎo：挑 朓-古 窕-（窈窕）多 斢-方 tiè：帖 餮-（饕餮）多 tìng：梃 tōng：通 恫-書 嗵-聲 tōu：偷 tòu：透 tuān：湍 tuǎn：疃-地 tuàn：彖-書 tuí：頹 隤-同頹 穨-同頹 艡-（虺艡）多 tuǐ：腿 tǔn：氽-方 tùn：褪

　　wá：娃　wa：哇-助、變　wǎi：崴 捼-方　wài：外　wǒ：我 髮-（髮鬏）多

　　xiáo：淆 殽-同淆 洨-地 崤-地　xín：鐔-古　xǐn：伈-（伈伈）多　xú：徐 xu：蓿-（苜蓿）多

　　ya：呀-助、變　yé：爺 耶-書、助 邪-（莫邪）多 揶-（揶揄）多 鋣-（鏌鋣）多　yō：喲-歎 育-（杭育）聲 唷-（哼唷）聲　yo：喲-助　yuǎn：遠　yuě：噦

　　zǎ：咋-方　zān：簪 鐕-同簪 糌-（糌粑）譯　zán：咱　zan：咱-方　zǎng：駔-書　zěn：怎　zèn：譖-書　zha：餷-（餎餷）多、輕　zhǎi：窄 鉾-方　zháo：着　zhe：著 着-同著　zhèi：這-又　zhóu：軸 妯-（妯娌）多 碡-（碌碡）多 zhuǎ：爪　zhuāi：拽-方　zhuǎi：轉 跩-方　zhuài：拽　zhuǎn：轉　zhuǎng：奘-方　zǒng：總 捴-同總 傯-（倥傯）多　zǒu：走　zuī：脧-方　zuǐ：嘴 咀-同嘴 觜-同嘴　zǔn：撙　zùn：拵-書

附錄 B：現代漢語單字音節表（二）

á：啊-歎　ǎ：啊-歎　à：啊-歎　a：啊-助　áng：昂

ba：吧-助　bāi：掰　bái：白　běi：北　bei：唄-助　béng：甭-方　bí：鼻　biě：癟　biè：別-方　bú：醭

cā：擦　cǎ：礤　cāi：猜　cáng：藏　cèi：瓃　cèng：蹭　chào：耖　chǒng：寵　chòu：臭　chuǎi：揣　chuǎng：闖　chǔn：蠢　cū：粗　cuán：攢　cún：存　cǔn：忖　cùn：寸

dǎ：打　dà：大　děi：得　dèn：扽　diǎ：嗲-方　diǎo：屌　diū：丟　duǎn：短　duī：堆

ě：惡　e：呃-助　ēi：欸-歎　éi：欸-歎　ěi：欸-歎　èi：欸-歎　ēn：恩　èn：摁

fā：發　fǎ：法 1　fà：髮　fàng：放　fěn：粉　fó：佛

gǎ：玍-方　gǎi：改　gěi：給　gén：哏-方　guǎi：拐　gùn：棍　guò：過　guo：過

hāng：夯　hǎo：好　hén：痕　hèn：恨　hèng：橫　hm：噷-歎　hng：哼-歎　hǒng：哄　hōu：齁　huài：壞　huǎn：緩

jiáo：嚼　jie：價-方、綴　juě：蹶　juè：倔

kā：擖　káng：扛　kēi：尅　kèn：裉　kōng：空　kǒu：口　kǔ：苦　kuā：誇　kùn：困

lā：拉　lá：拉　la：啦-助　lāo：撈　le：了-助　lēi：勒　lei：嘞-助　léng：棱　lěng：冷　lèng：愣　liǎ：倆　liāo：撩　liě：咧　裂-方　līn：拎　lo：咯-助　lōu：摟　lou：嘍-助　luǎn：卵　luàn：亂　lüè：掠　lūn：掄　lùn：論　luō：捋　luo：囉-助

m̄：嘸-歎　m̀：嘸-歎　mǎi：買　māo：貓　me：麼-綴　mēn：悶　men：們　mī：眯　miù：謬　mō：摸　mǒ：抹　mǒu：某　mú：模

ń：嗯-歎　ň：嗯-歎　ǹ：嗯-歎　nǎ：哪　nàn：難　nàng：齉　nāo：孬-方　nè：訥　ne：呢-助　něi：餒-書　nèi：內　nèn：嫩　néng：能　niáng：娘　niàng：釀　niào：尿　niē：捏　nín：您　nǐng：擰　niū：妞　niú：牛　niù：拗　nòng：弄　nòu：耨　nù：怒　nǚ：女　nuǎn：暖

ō：噢-歎　ó：哦-歎　ǒ：嚄-歎　ò：哦-歎

pāi：拍　pài：派　pān：攀　pǎng：耪　pàng：胖　pǎo：跑　pēn：噴　pén：盆　pěng：捧　pèng：碰　piě：撇　pǒ：叵　pōu：剖　pǒu：掊-書

qiá：拤　qiǎ：卡　qiē：切　qié：茄　qué：瘸

rǎn：染　ràng：讓　rǎo：擾　rào：繞　rě：惹　rè：熱　rēng：扔　réng：仍　rì：日　ròu：肉　ruǎn：軟

sān：三　sàn：散　sàng：喪　sēn：森　sēng：僧　shá：啥-方　shǎ：傻　shǎi：色　shài：曬　shǎo：少　shě：捨　shéi：誰　shéng：繩　shōu：收　shuā：刷　shuǎ：耍-方　shuǎi：甩　shuàn：涮　shuǐ：水　shǔn：吮　shuō：說　sǐ：死　sóng：屣　sòu：嗽　sú：俗　suān：酸　suǐ：髓

tǎo：討　tào：套　tēng：熥　tǐ：體　tiàn：掭　tiǎo：挑　tiē：帖　tìng：梃　tōng：通　tōu：偷　tòu：透　tuān：湍　tuàn：彖-書　tuí：頹　tuǐ：腿　tùn：褪

wá：娃　wǎi：崴　wài：外　wǒ：我

xiáo：淆　xú：徐

yé：爺　yō：喲-歎　yo：喲-助　yuǎn：遠　yuě：噦

ză：咋-方　zān：簪　zán：咱　zan：咱-方　zěn：怎　zèn：譖-書　zhǎi：窄　zháo：着　zhe：著　zhóu：軸　zhuǎ：爪　zhuǎi：轉　zhuài：拽　zhuǎn：轉　zǒng：總　zǒu：走　zuǐ：嘴　zǔn：撙

附錄 C：《王仁昫刊謬補缺切韻》單字小韻

　　根據故宮藏宋濂跋本《王仁昫刊謬補缺切韻》（簡稱宋跋本），參考《裴務齊正字本刊謬補缺切韻》（簡稱裴本）、敦煌（伯 2011）《王仁昫刊謬補缺切韻》殘卷（簡稱敦煌本）、敦煌（斯 2071）《箋注本切韻》（簡稱箋注本）、唐寫本《唐韻》〔註1〕、《廣韻》（用周祖謨《廣韻校本》）。

　　東：子紅反（叢）　蘇公反（樬）

　　冬：作琮反（宗）

　　鍾：疾容反（從）

　　江：博江反（邦）　呂江反（瀧）　都江反（樁）

　　支：力為反（羸）　去為反（虧）　去隨反（闚）　如移反（兒）　楚宜反（差）　息為反（眭）　香支反（訑）　山垂反（韉）　楚危反（衰）

　　脂：府眉反（悲）　侑悲反（帷）　尺佳反（推）　匹夷反（紕）　牛肌反（狋）

　　之：士之反（茬）　俟淄反（漦）

　　微：魚依反（沂）　丘韋反（蘬）　俱韋反（歸）

　　魚：楚魚反（初）

〔註1〕以上諸本俱見於周祖謨編《唐五代韻書集存》。

虞：測禺反（芻）　勅俱反（貙）　七朱反（趨）

齊：人兮反（鷖）　成西反（桋）　呼圭反（睳）　烏攜反（娃）

佳：丑佳反（扠）　所柴反（崽）

皆：古懷反（乖）　呼懷反（脦）　側皆反（齋）　卓皆反（虄）　諾皆反（摕）　呼皆反（俙）

灰：布回反（杯）

咍：丁來反（鼞）

真：昌脣反（春）　羊倫反（匀）　七鄰反（親）　下珍反（礛）　女人反（紉）　居鄰反（巾）　昨匀反（鷏）　於巾反（䫟）　符巾反（貧）

臻：仕臻反（榛）

元：謁言反（蔫）

魂：此尊反（村）　牛昆反（僤）　奴昆反（䯩）

痕：吐根反（吞）　五根反（垠）

寒：倉干反（飡）　乃干反（難）　許安反（預）

刪：五姦反（顏）　女還反（妠）　五還反（癏）　呼關反（豩）　几焉反（攢）〔註2〕

山：古頑反（鰥）　許閒反（羴）　吳鰥反（頑〔註3〕）　力閑反（斕）〔註4〕　充山反（貚）　除頑反（窀）〔註5〕　□〔註6〕山反（譠）　於鰥反（嫚）

仙：昨仙反（錢）　居延反（甄）　繩川反（船）　敘連反（涎）　於權反（嬽）

豪：苦勞反（尻）

哥：奴和反（捼）　丁戈反（撢）　居呿反（迦）　求迦反（伽）　夷柯反（虵）　于戈反（䂂）

麻：食遮反（虵）　視奢反（闍）　莊花反（髽）　客加反（齣）　而遮

<hr />

〔註2〕依切當在仙韻。

〔註3〕《廣韻》「頑」在刪韻，山韻「鰥、溒」等字仍用「頑」為切下字，誤，「頑」當在山韻。

〔註4〕「閑」在寒韻，當作「力閑反」，箋注本、《廣韻》並「力閑反（切）」。

〔註5〕當即「穿」字，宋跋本注：穴中見犬。《廣韻》做「墜頑切，穴中見火。」

〔註6〕《廣韻》「陟山切」。

反（姥）　才耶反（查）

談：苦甘反（坩）　武酣反（妠）　昨三反（䜺）〔註7〕　食甘反（笡）

陽：楚良反（瘡）〔註8〕

唐：昨郎反（藏）　苦光反（硄）

庚：補榮反（兵）　許榮反（兄）　去京反（卿）　語京反（迎）　古行反（賡）〔註9〕

耕：古莖反（耕）

清：去營反（傾）　徐盈反（錫）

青：倉經反（青）　於形反（鯖）

尤：語求反（牛）　赤周反（犨）　式州反（收）　甫鳩反（不）　去愁反（惆）　蒲溝反（裒）〔註10〕

侯：呼侯反（齁）　五侯反（齵）

幽：居虯反（樛）　扶彪反（滮）　子幽反（稵）　山幽反（㧐）　語虯反（聱）　香幽反（飍）　許彪反（休）　武彪反（繆）　千侯反（讙）

侵：知林反（碪）　女心反（䚯）　乃心反（絘）　充針反（覦）

鹽：府廉反（砭）　視詹反（檆）　女廉反（黏）　于廉反（炎）

蒸：余陵反（蠅）　魚陵反（凝，氷〔註11〕）　山矜反（殊）　丑升反（僜）綺兢反（硱）

登：蘇曾反（僧）　北滕反（崩）　武登反（瞢，萌〔註12〕）　昨稜反（層）奴登反（能）　他登反（鼟）

咸：乙咸反（猵）　女咸反（諵）　苦咸反（鵮）

嚴：於嚴反（醃）　丘嚴反（敇）

董：康董反（孔）　奴動反（繷）　莫孔反（懵）

〔註7〕裴本「作三反」，精母，當據改。參周祖謨《廣韻校勘記》（以下簡稱周校）。

〔註8〕注云：古作創。刅，刃傷。《廣韻》：創，……今作瘡。瘡，上同。刅，俗。

〔註9〕當併入「古行反，庚」小韻中。

〔註10〕依切當入侯韻，《廣韻》作「薄侯反」。

〔註11〕「氷」，裴本、《廣韻》此處無此字，當為「冰」又體·裴本做「氷，筆陵反」。

〔註12〕注：目無光，當為「瞢」或體。

腫：扶隴反（奉）　敷隴反（捧）　墟隴反（恐）　時冗反（歱）　許拱反（洶）　都隴反（湩）〔註13〕　方奉反（覂）　渠隴反（桼〔註14〕）　充隴反（蠢）　且勇反（悚）　子冢反（縱）

講：烏項反（慃）

紙：即委反（觜〔註15〕）　而髓反（蘂）　初委反（揣）　隨婢反（獮）　於綺反（輢）〔註16〕　才捶反（惢）　求累反（跪〔註17〕）　勒爹反（褷）　興倚反（螘）　側氏反（批）

旨：水旨反（視）　息姊反（死）　扶履反（牝）　力几反（履）　式軌反（水）　女履反（柅）　徂壘反（崒）　如壘反（蕊）　於几反（欯）　稀履反（絫）　暨几反（跽）　許葵反（瞡）

止：陟里反（徵）　虛里反（喜）　詩止反（始）　昌里反（齒）

尾：居偉反（鬼）　魚豈反（顗）

語：虛呂反（許）　七與反（跛）　子與反（苴）　況羽反（祤）〔註18〕

麌：直主反（柱）　驅主反（麔）　所矩反（數）　曲羽反（翎）〔註19〕　七庾反（取）　思主反（縆）

姥：采古反（蓋）

薺：匹米反（顡）　先禮反（洗）　補米反（戥）

蟹：宅買反（豸）　奴解反（妳）　側解反（扻）　北買反（擺）　牛買反（齞）

駭：古駭反（鍇）　孤買反（楞）〔註20〕

賄：素罪反（侑）〔註21〕

〔註13〕注云：此冬字之上聲，陸冬無上聲，何失甚。裴本做「冬恭切」。

〔註14〕《廣韻》做「桼」，從禾，是。

〔註15〕字從束，俗做觜。

〔註16〕當併入「於綺反，倚」小韻中。王三注：陸於倚韻作於綺反之，於此輢韻又於綺反之，音既同反，不合兩處出韻，失何傷甚。

〔註17〕《廣韻》：「即跪字」。

〔註18〕依切當併入麌韻「況羽反，詡」小韻中。

〔註19〕此字當釋為「曲羽」，在「俱羽反，矩」小韻下，裴本、《廣韻》不誤。

〔註20〕依切當在「蟹」韻中。

〔註21〕裴本「羽罪反」，《廣韻》「于罪反」。字當做「侑」，見周校。

海：疋〔註 22〕愷反（啡）〔註 23〕　昌殆反（茝）　多改反（等）　昨宰反（在）　普乃反（俖）

軫：勑忍反（輾）　詞引反（盡）〔註 24〕　千忍反（笉）　子忍反（榼）　里尹反（輪）　而尹反（毴）　丘殞反（麋）　式尹反（賰）　牛殞反（輑）

隱：丘謹反（赾）　牛謹反（听）　初謹反（齓）　其謹反（近）

阮：去偃反（言）

混：烏本反（穩）　盧本反（惌〔註 25〕，惀-同惌）　莫本反（懣）

很：痕墾反（很）　古很反（頣）

旱：落管反（卵）　空旱反（侃，侃-同侃）　奴但反（攤）

潸：數板反（潸）　烏板反（綰）　側板反（醡）　扶板反（阪）　士板反（齴）　初板反（琖）　五板反（齗）　普板反（眅）

產：武限反（鲍）　五限反（眼）　口限反（昆〔註 26〕）

銑：苦泫反（犬）

獮：七演反（淺）　徐輦反（緓）　方緬反（編）　陟兖反（轉）　思兖反（選）　狂兖反（蜎）　基善反（搢）

篠：苦晈反（磽）

小：私兆反（小）　之少反（沼）　書沼反（少）　巨小反（驕）　於小反（闄）　方矯反（表）

巧：苦絞反（巧）　博巧反（飽）　五巧反（齩）

晧：薄浩反（抱）　呼浩反（好）　五老反（䫜）

哿：徂果反（坐）　則可反（左）　莫可反（麼）　蘇可反（縒）　胡可反（苛）　蒲可反（爸）　丁果反（禍）〔註 27〕

馬：烏雅反（啞）　徐雅反（灺）　七也反（且）　苦下反（跒）　市也反（社）　都下反（觰）　竹下反（縿）　奴下反（絮）　叉瓦反（䃯）　蘇

〔註 22〕即「匹」字。

〔註 23〕注云：出唾聲，按即「呸」字。

〔註 24〕字跡不清，似「詞」。裴本、《廣韻》作「慈引反」。詞，邪母；慈，從母。

〔註 25〕當從《廣韻》做（惌）。

〔註 26〕《廣韻》「齦，齒聲，起限切。」

〔註 27〕當併入「丁果反，埵」小韻中。

寡反（蔲）

　　感：呼感反（顣）

　　敢：倉敢反（黲）　莫敢反〔註28〕（媕）　子敢反（饡）　才敢反（槧）　安敢反（埯）　工覽反（喊）〔註29〕

　　養：魚兩反（仰）　息兩反（想）　丑兩反（昶）　王兩反（往）　時掌反（上）　中兩反（長）

　　蕩：古晃反（廣）　子朗反（駔）　奴朗反（曩）　烏晃反（汯）　各朗反（魧）　在朗反（奘）

　　梗：榮丙反（永）　張梗反（盯）　徒杏反（瑒）　烏猛反（瞀）　德冷反（打）　魯打反（冷）　蒲杏反（鮏）

　　耿：普幸反（眅）

　　靜：之郢反（整）　居郢反（頸）　弥井反（愍）

　　迥：徂醒反（洪）　烏迥反（濎）　補鼎反（鞞）　匹迥反（頩）　五剄反（脛）

　　有：去久反（糗）　子酉反（酒）　疎有反（溲）　側久反（掫）

　　厚：作口反（走）　士垢反（鮈）

　　黝：茲糾反（愀〔註30〕）　渠糾反（蟉）

　　寑：直稔反（朕）　丘甚反（坅）　褚甚反（踸）　食稔反（椹）　尺甚反（瀋）　居甚反（抌）〔註31〕　慈錦反（蕈）　居飲反（錦）　筆錦反（稟）　披飲反（品）　仕瘮反（顣）　羲錦反（廞）　竹甚反（戡）　卿飲反（願）

　　琰：方冉反（貶）　巨險反（儉）　子冉反（饡）　苦斂反（脥）

〔註28〕宋跋本漫漶，此從敦煌本及《廣韻》。

〔註29〕注云：可，字亦作嚂。按：《廣韻》「嚂，即喊字也，呼覽切。」宋跋本無呼覽切，工覽切與古覽切（敢）重出。宋跋本豏韻有「喊」字：子減反，聲。敦煌本、裴本同宋跋本，《廣韻》豏韻作「呼減反」。

〔註30〕裴本「慈糾反」《廣韻》本韻無此字。《廣韻》「愀」有「在九（有韻）、親小（小韻）」二切。宋跋本此字下注「又在由、子了二反」，在由、子了反下均無此字，有韻「在久反」下有此字。

〔註31〕《廣韻》「尼凜切」，周祖謨《唐五代韻書集存》所收諸敦煌殘卷均「尼□反」，宋跋本字近而誤。

忝：盧忝反（稴）　　居點反（孂）　　明忝反（愍）

拯：蒸上聲（拯）

等：多肯反（等）　　普等反（倗）　　苦等反（肯）

鎌：士減反（瀺）　　初減反（臁）　　力減反（臉）　　所斬反（摻）　　子減反（喊）　　女減反（図）〔註32〕　　丑減切（個）

檻：初檻反（醶）　　莫檻反（獢）

广：虞埯反（广）　　希埯反（險）　　虞广反（埯）〔註33〕　　丘广反（敁）

范：丘范反（凵）　　明范反（嬎）

送：蘇弄反（送）　　馮貢反（鳳）　　千弄反（謥）　　直眾反（仲）　　方鳳反（諷）　　去諷反（焧）　　千仲反（趠）　　之仲反（眾）　　充仲反（銃）　　士仲反（剗）

宋：莫綜反（雺）

用：余共反（用）　　渠用反（共）　　居用反（供）　　於用反（雍）　　竹用反（湩）　　他用反（儱）　　之用反（種）　　柱用反（重）〔註34〕　　良用反（贚）　　從用反（從）〔註35〕　　丑用反（憃）

絳：士巷反（漴）　　普降反（肨）　　丁降反（戇）　　叉降反（糭）

寘：榮偽反（為）　　披義反（帔）　　贏偽反（累）　　卑義反（臂）　　以豉反（易）　　智義反（智）〔註36〕　　於義反（倚）　　羲義反（戲）　　於賜反（縊）　　窺瑞反（觖）　　危賜反（偽）　　於避反（恚）　　舉企反（馶）　　而睡反（枘）　　靡寄反（縻）　　充豉反（刴）

至：洧冀反（位）　　魚器反（劓）　　匹鼻反（屁）　　蜜二反（寐）　　去冀反（器）　　徒四反（地）　　尺類反（出）　　矢利反（屍）　　充至反（痓）　　楚

〔註32〕魚図，亦做笝。《廣韻》「罶，捕魚網也。」「笝」，《廣韻》盍韻：纜舟竹索也。「図」，《廣韻》洽韻：手取物，女洽切。《說文》：下取物縮藏之，從口，從又。

〔註33〕敦煌本同。此小韻與前「广，虞垵反」重出。裴本做「奄，應險反」，義同。《廣韻》「垵，於廣切」。

〔註34〕宋跋本漫漶，此處用《廣韻》反切。

〔註35〕《廣韻》「疾用切」。

〔註36〕當從裴本、《廣韻》做「知義反」。

利反（籾）　火季反（血）

志：七吏反（蚝）　初吏反（廁）　陟吏反（置）　居吏反（記）　焉記反（冀）

未：丘謂反（毅）　於既反（衣）

御：張慮反（著）　所據反（疏）　息據反（絮）　側據反（詛）　娘舉反（女）〔註37〕　初據反（楚）　勑慮反（悇）　杵去反（處）

遇：紆遇反（嫗）　李遇反（屢）　主遇反（驅）　思句反（趣）

泰：苦會反（襘）　吾會反（外）　丁外反（祋）　在外反（蕞）　七會反（襊）　海盖反（餀）　忘艾反（眛）　千外反（竅）〔註38〕　烏鱠反（濊）〔註39〕

祭：彌弊反（袂）　竹例反（瘵）　其憩反（偈）　車芮反（啜）　牛例反（劓）

卦：莫懈反（賣）　五懈反（睚）　許懈反（謑）　側賣反（債）　呼卦反（譮）　竹賣反（腏）〔註40〕　方賣反（嶭）　分卦反（疘）

怪：女界反（褹）　客界反（炫）　知怪反（顡）　楚介反（瘥）

夬：下快反（話）　丑芥反（蠆）　所芥反（𠶬）　火夬反（咶）　火芥反（講）　倉快反（啐）

隊：奴對反（內）　五對反（磑）

代：都代反（戴）

廢：巨穢反（鞼）　孚吠反（䨻）〔註41〕　丘吠反（㡓）〔註42〕

震：是刃反（慎）　式刃反（眒）　陟刃反（鎮）　為捃反（韻）　食閏反（順）　匹刃反（朩）　居韻反（攈-同捃，捃）〔註43〕

〔註37〕裴本「乃據反」，《廣韻》「尼據切」。宋跋本即所謂類隔切，又「舉」上聲，誤。

〔註38〕當併入「七會反，襊」小韻中。

〔註39〕當併入「烏外反，儈」小韻中。

〔註40〕《廣韻》作「腏」。

〔註41〕裴本、《廣韻》無此小韻，《集韻》有「䨻，普吠反」，義同。

〔註42〕此字為後加字，《廣韻》誤入祭韻，參周校。

〔註43〕原文作「攈，古音居韻反，今音居運反，拾，或作捃。」按：居運反，在問韻。宋跋本問韻「捃」字重出，裴本、《廣韻》入問韻。裴本「韻」字仍在震韻，做「永爐反」，《廣韻》「韻」字亦入問韻。

問：渠運反（郡）

焮：居焮反（靳）　巨靳反（近）　語靳反（沂）〔註44〕

願：方怨反（販）　居万反（建）　渠建反（健）　居願反（攣）　於万反（遠）　丑万反（圈）

慁：普悶反（噴）　盧寸反（論）

恨：胡艮反（恨）　五恨反（饐）〔註45〕

翰：徂粲反（儹）　在翫反（攢）

諫：下晏反（骭）　胡慣反（宦）〔註46〕　山患反（孿）　楚患反（篡）　五患反（薍）　普患反（襻）　所晏反（柵）〔註47〕　女患反（妠）　下鴈反（婩）〔註48〕

襉：胡辨反（幻）　初莧反（羼）　莫莧反（萬）　大莧反（袒）

霰：烏縣反（餇）〔註49〕　呼見反（韅）　口見反（緊）〔註50〕

線：私箭反（線）　去戰反（譴）　尺絹反（釧）　人絹反（瞤）　尺戰反（硟）　於扇反（鄲）　丑戀反（猭）　彼眷反（變）　直戀反（傳）　似面反（羨）　豎釧反（捲）　匹扇反（騗）　女箭反（輾）　婢面反（便）　之囀反（劕）

嘯：奴弔反（尿）　呼叫反（歊）

笑：直笑反（召）　弥照反（妙）　牛召反（翹）　眉召反（廟）　毗召反（驃）　丑召反（祧〔註51〕）　方庿〔註52〕反（裱）　渠要反（翹）

效：直教反（棹）　仕稍反（巢）　五教反（樂）

〔註44〕裴本、《廣韻》做「垽」。

〔註45〕《廣韻》做「饐」，是。

〔註46〕注云：「同患字」，謂音同「患」字，當併入「胡慣反，患」小韻中。

〔註47〕當併入「所晏反，訕」小韻中。

〔註48〕當併入「下晏反，骭」小韻中。

〔註49〕依切當與前「烏見反，宴」合併，「縣，黃練反」、「練，落見反」。《廣韻》亦分。裴本「縣，玄絢反」，合口。作合口是。

〔註50〕當併入「苦見反，俔」小韻中。

〔註51〕裴本、《廣韻》做「胅」。

〔註52〕「庿」，即「廟」。

號：博耗反（報）　在到反（漕）　他到反（韜）

箇：古賀反（箇）　五箇反（餓）　胡臥反（貨）　吳貨反（臥）　奴箇反（奈）　唐佐反（馱）　先臥反（膌）　烏佐反（侉）　吐邏反（拖）　蘇箇反（些）　七箇反（磋）　呼箇反（歌）

禡：丑亞反（詫）　充夜反（赿）　苦化反（跨）　所化反（誜）　淺謝反（笡）　烏呱反（窊）　五化反（瓦）

勘：蘇紺反（俕）　五紺反（儑）　丁紺反（馸）　祖紺反（撍）　郎紺反（偂）　呼紺反（顩）　奴紺反（妠）

漾：鋤亮反（狀）　其亮反（弶）　昌亮反（唱）　息亮反（相）　扶口反（防）〔註53〕　居亮反（彊〔註54〕）　七亮反（蹡）　渠放反（狂）

宕：五浪反（柳）　則盎反（葬）　奴浪反（儴）　蘇浪反（喪）　呼浪反（荒）　烏口反（汪）〔註55〕

敬：許孟反（諻）　五勁反（鞕）〔註56〕　綺映反（慶）　古孟反（更）　眉映反（命）　楚敬反（瀨）　蒲孟反（膨）　魚更反（迎）　宅鞕反（鋥）

諍：側迸反（諍）　北諍反（迸）　蒲迸反（偋）　一諍反（嫈）　丑迸反（掌）〔註57〕

勁：□正反〔註58〕（聖）　醜鄭反（遉）　防政反（偋）　武聘反（詺）　子性反（精）

徑：戶定反（脛）　胡定反（熒）〔註59〕　力徑反（零）

〔註53〕「扶口反」，與前「府妄反，放」音同（幫母），《廣韻》做「符況切，防」（並母）。

〔註54〕《廣韻》此字做「彊」：屍勁硬也。

〔註55〕《廣韻》做「烏浪切」，與其前「烏浪切，盎」同音，非。「汪」當為合口，《集韻》做「烏曠切」，參周校。按：宋跋本此處疑似「光」字，依宋跋本「光」字無去聲，裴本、唐寫本《唐韻》、《廣韻》去聲宕韻皆有「光」字。疑宋跋本做「烏光切」，「光」（去聲）未補入。

〔註56〕五勁反，當在勁韻。裴本「五孟反」，敦煌本「五孟反」。《廣韻》「五爭切」（當為「五諍切」，見周校），在諍韻。

〔註57〕裴本、《廣韻》並「他孟反（切）」，在「敬」韻。

〔註58〕裴本「聲正反」，《廣韻》「式正反」，並書母。宋跋本此處疑為「試正反」，書母。

〔註59〕與前「戶定反，脛」音同。敦煌本同。箋注本無此字，裴本、《廣韻》並同箋注本。《廣韻》「熒，戶扃切」，在青韻。此小韻當刪。

宥：尺救反（臭）　　鋤祐反（驟）　　牛救反（鼽）

候：則候反（奏）　　五遘反（偶）　　昨候反（剩）

幼：伊謬反（幼）　　丘幼反（蹼）　　渠幼反（趴）

沁：乃禁反（賃）　　側禁反（譖）　　楚譖反（讖）　　宜禁反（吟）　　力浸反（臨）

豔：市艷反（贍）　　而贍反（染）　　子艷反（噡）　　支艷反（占）　　充艷反（贛）　　於驗反（愴）

桥：奴店反（念）　　先念反（礦）　　徒念反（磹）　　紀念反（趝）　　於念反（裔）　　子念反（僭）　　漸念反（暫）　　苦僭反（傔）　　力店反（稴）

證：丈證反（眙）〔註60〕　　里甑反（餕）　　丑證反（覲）　　時證反（烝）〔註61〕　　火孕反（凭）〔註62〕　　尺證反（稱）

嶝：昨亙反（贈）　　七贈反（蹭）　　方鄧反（絣）　　子蹭反（增）　　思贈反（癬）　　父鄧反（倗）

陷：責陷反（蘸）　　都陷反（黏）　　口陷反（鼓）　　佇陷反（賺）　　火陷反（闞）　　公陷反（餡）　　儜賺反（諵）

鑑：子鑑反（覽）　　許鑑反（做）　　所鑑反（釤）　　蒲鑑反（埿）　　胡懺反（豔）　　士懺反（鑱）

梵：舉欠反（劍）　　去劍反（欠）　　妄泛反（蔓）

屋：烏谷反（屋）　　作木反（鏃）

沃：內沃反（褥）

燭：直錄反（躅）　　神玉反（贖）　　即玉反（足）　　封曲反（鞹）　　房玉反（襆）

覺：呂角反（犖）

質：神質反（實）　　譬吉反（四）〔註63〕　　翠恤反（焌）　　初栗反（剌）　　尺

〔註60〕《廣韻》作「瞪」，注云：「直視皃，陸本作眙」。

〔註61〕「烝」當作「丞」。敦煌本作「丞，時證反」，《廣韻》作「丞，常證切」，並禪母。

〔註62〕「火」當作「皮」，涉形而誤。敦煌本「皮孕反」，《廣韻》「皮證切」。

〔註63〕宋跋本此字未注反切，附於上「親吉反，七」小韻下，誤。敦煌本、裴本、《廣韻》並「譬吉反（切）」。

律反（齣）　仕乙反（齜）　九律反（茁）　尺栗反（叱）　羲乙反（盻〔註64〕）
式出反（絀）

物：居勿反（屈）〔註65〕

迄：于乞反（圪）

月：乙劣反（钀）〔註66〕　妄發反（韤）　其謁反（撅〔註67〕）　匹伐反
（怖）　語謁反（钀〔註68〕）

沒：當沒反（咄）　普沒反（焞）

末：五活反（刖〔註69〕）　陁割反（達）

黠：女滑反（豽）　女黠反（疤）　口滑反（勖）　普八反（汃）

鎋：初鎋反（刹）　他鎋反（獺）　女鎋反（瘳）　丑刮反（頒）　百鎋
反（捌）

薛：情雪反（絕）　子悅反（蕝）　相絕反（雪）　丑劣反（掇）　傾雪
反（缺）　乙劣反（钀）　失爇反（說）　皮列反（別）　女劣反（吶）　扶
別反（婺）　於悅反（妜）　山列反（槻）　於列反（焆）　許列反（娙）　處
雪反（啜）　廁別反（劑〔註70〕）　寺絕反（哲〔註71〕）

錫：胡狄反（覤）〔註72〕

昔：竹益反（黐）

麥：陂隔反（碧）

陌：胡伯反（嚄）　許郤反（虢）　乙百反（韄）　女白反（蹃）　於陌

〔註64〕當從《廣韻》作「肹」，即「肸」。

〔註65〕當併入「九勿反，亥」小韻中。

〔註66〕注云：此亦入薛部。按：「劣」在薛韻，宋跋本依切當入薛韻。《廣韻》月韻有此
　　　字，音「於月反」，在「嬰」小韻中。

〔註67〕即「揭」字。

〔註68〕《廣韻》作「钀」。

〔註69〕注云：去樹皮。裴本、《廣韻》作「柮」。宋跋本沒韻「胡骨反」有「柮」：穿，去
　　　樹皮。

〔註70〕《廣韻》作「劗」。

〔註71〕《廣韻》作「莑」。

〔註72〕當併入「胡狄反，檄」小韻中。

反（嚙）　尼白反（搦）〔註73〕

　　盍：呼盍反（欱）　吐盍反（傝）〔註74〕　五盍反（儑）

　　洽：女洽反（囡〔註75〕）

　　狎：初甲反（霎）　士甲反（渫）

　　葉：時攝反（涉）

　　帖：在協反（蘿）

　　緝：神執反（褶）　魚及反（岌）　女縶反（囡）

　　藥：魚約反（虐）　虛約反（謔）　息略反（削）　側略反（斮）　符玃

反（縛）　王縛反（籰）　直略反（著）

　　鐸：苦各反（恪）　奴各反（諾）

　　職：渠力反（極）　丘力反（輕）　秦力反（𡖖）

　　德：即勒反（則）　博墨反（北）　古或反（國）　愛墨反（餩）　乃北

反（𪒠）

　　業：去劫反（怯）

　　乏：房法反（乏）　方乏反（法）

_____

〔註73〕當併入「女白反，搦」小韻中。

〔註74〕當併入「吐盍反，榻」小韻中。

〔註75〕即「囡」字。

附錄 D：陸法言所據五家韻書分合表

表 D.1　平　聲

	呂　靜	夏侯該	陽休之	杜臺卿	李季節	附　錄
東		？				冬：陽與鍾江同韻，
冬				？	？	呂、夏侯別
鍾						
江						
支		？				脂：呂、夏侯與之微大
脂						亂雜，陽、李、杜別
之						
微						
魚						
虞		？				
模						
齊						皆：呂、陽與齊同，夏
皆						侯、杜別
佳		？			？	灰：夏侯、陽、杜與咍
灰						同，呂別
咍						
真		真				真：呂與文同，夏侯、
臻		文				陽、杜別
文					？	臻：呂、陽、杜與真同，
殷		臻殷				夏侯別

韻					說明
元					殷：陽、杜與文同，夏侯與臻同
魂					元：陽、夏侯、杜與魂同，呂別
痕				?	魂：呂、陽、夏侯與痕同
寒		?			刪：李與山同，呂、夏侯、陽別
刪					山：陽與先仙同，夏侯、杜別
山	?				先：夏侯、陽、杜與仙同，呂別
先				?	
仙					
蕭					
宵	?			?	肴：陽與蕭宵同，夏侯、杜別
肴					
豪		?			
歌		?			
麻		?			
陽			?	?	陽：呂、杜與唐同，夏侯別
唐					
庚					
耕		?			
清					
青					
蒸		?			
登					
尤			?	?	尤：夏侯、杜與侯同，呂別
侯					
幽		?			
侵		?			
覃		?			
談					談：呂與銜同，陽、夏侯別
銜			?		
咸	?	?			咸：李與銜同，夏侯別
添					
鹽		?			
嚴					
凡					

表 D.2 上 聲

		呂 靜	夏侯該	陽休之	杜臺卿	李季節	附 錄
東	董			?	?	?	董：呂與腫同，夏侯別
鍾	腫						
江	講			?			
支	紙			?			
脂	旨						旨：夏侯與止為疑，
之	止						呂、陽、李、杜別
微	尾			?			
魚	語						語：呂與麌同，夏侯、
虞	麌						陽、李、杜別
模	姥			?			
齊	薺			?			
佳	蟹	?					蟹：李與駭同，夏侯別
皆	駭			?	?		賄：李與海同，夏侯為
灰	賄						疑，呂別
咍	海						
真	軫			?			
文	吻			?	?		隱：呂與吻同，夏侯別
殷	隱					?	阮：夏侯、陽、杜與混、
元	阮						很同，呂別
魂	混	?					
痕	很						
寒	旱			?	?		產：呂與旱同，夏侯別
刪	產						潸：陽與銑、獮同，夏
山	潸	?				?	侯別
先	銑						銑：夏侯、陽、杜與獮
仙	獮						同，呂別
蕭	篠						篠：李、夏侯與小同，
宵	小						呂、杜別
肴	巧						巧：呂與晧同，陽與
豪	晧				?	?	篠、小同，夏侯並別
歌	哿			?			
麻	馬			?			

		呂靜	夏侯該	陽休之	杜臺卿	李季節	附錄
陽	養			?	?	?	養：夏侯在平聲陽唐、入聲藥鐸並別，上聲養蕩為疑，呂與蕩同
唐	蕩						
庚	梗		靜				梗：夏侯與靖（靜）同，呂別 耿：李、杜與梗迥同，呂與靖同，與梗別，夏侯與梗靖迥並別 靜：呂與迥同，夏侯別
耕	耿		梗				
清	靜		耿	?			
青	迥		迥				
蒸	拯			?			
登	等						
尤	有			?	?		有：李與厚同，夏侯為疑，呂別
侯	厚						
幽	黝			?			
侵	寢			?			
覃	感			?			
談	敢					?	敢：呂與檻同，夏侯別 琰：呂與忝范豏同，夏侯與范豏別，與忝同 豏：李與檻同，夏侯別
銜	檻						
咸	豏			?	?		
添	忝						
鹽	琰					?	
凡	范						
嚴	广			?			

表 D.3　去　聲

		呂靜	夏侯該	陽休之	杜臺卿	李季節	附　錄
東	送	?	?		?	?	送：陽與用絳同，夏侯別
冬	宋						
鍾	用						
江	絳	?	?		?	?	
支	寘			?			至：夏侯與志同，陽、李、杜別
脂	至	?					
之	志						
微	未			?			
魚	御						
虞	遇			?			
模	暮						

平	去						備註
齊	霽		?	?			
	祭						霽：李、杜與祭同，呂別
佳	卦		?				
皆	怪					怪夬	怪：夏侯與泰同，杜別
	泰						夬：李與怪同，呂別與會（泰）同，夏侯別
	夬		?			泰？	
	廢				?	?	隊：李與代同，夏侯為疑，呂別
灰	隊						廢：夏侯與隊同，呂別
咍	代						
真	震						
文	問		?				
殷	焮						願：夏侯與恩別，與恨同
元	願						
痕	恨		?	?			恩：呂、李與恨同
魂	恩						
寒	翰		?				
刪	諫	?		?	?		諫：李與襇同，夏侯別
山	襇						霰：夏侯、陽、杜與線同，呂別
先	霰					?	
仙	線						
蕭	嘯						嘯：陽李夏侯與笑同，夏侯與效同（？），呂杜並別。效：陽與嘯同，夏侯、杜別
宵	笑						
肴	效	?				?	
豪	号		?				
歌	箇			?			箇：呂與禡同，夏侯別
麻	禡						
陽	漾			?			漾：夏侯在平聲陽唐、入聲藥鐸並別，去聲漾宕為疑，呂與宕同
唐	宕						
庚	敬						
清	勁			?			敬：呂與靜勁徑同，夏侯與勁同與靜徑別
耕	靜						
青	徑						
蒸	證		?				
登	嶝						

		呂靜	夏侯該	陽休之	杜臺卿	李季節	附　錄
尤	宥		………	?	?		宥：呂、李與候同，夏侯為疑
侯	候						
幽	幼			?			
侵	沁			?			
覃	勘			?			
談	闞		?			?	
銜	鑑	?					豔：呂與梵同，夏侯與橋同
咸	陷			?	?		陷：李與鑑同，夏侯別
添	橋						
鹽	豔					?	
凡	梵						
嚴	嚴			?			

表 D.4　入　聲

		呂　靜	夏侯該	陽休之	杜臺卿	李季節	附　錄
東	屋	?	?				沃：陽與燭同，呂、夏侯別
冬	沃			?	?		
鍾	燭						
江	覺			?			
真	質						櫛：呂、夏侯與質同
臻	櫛				?		迄：夏侯與質同，呂別
殷	迄						月：夏侯與沒同，呂別
文	物	?	?				
元	月						
魂	沒						
寒	末						
刪	黠			?			屑：李、夏侯與薛同，呂別
山	鎋						
先	屑			?	?		
仙	薛						
陽	藥			?		?	藥：呂、杜與鐸同，夏侯別
唐	鐸						
庚	陌	?	陌錫			?	錫：李與昔同，夏侯與陌同，呂與昔別，與麥同
耕	麥			?			
青	錫		麥昔				
清	昔		?				

蒸	職	?					
登	德						
侵	緝	?					
談	盍	?					
鹽	葉		?			?	葉：呂與怗洽同
添	怗						洽：李與狎同，呂、夏侯別
咸	洽			?	?		
銜	狎						乏：呂與業同，夏侯與合同
嚴	業		?				
凡	乏					?	
覃	合	?					

參考文獻

1. Abraham Chan, Early Middle Chinese: Towards a New Paradigm. T'oung Pao, Second Series, Vol. 90, Fasc. 1/3（2004）, pp. 122-162

2. Bernhard Karlgren, Etudes sur la phonologie chinoise. Archives d'Etudes Orientales, Goteborg, 1926

3. Bernhard Karlgren, The Reconstruction of Ancient Chinese. T'oung Pao, Second Series, Vol. 21, No. 1（1922）, pp. 1-42

4. David Prager Branner, Simon Schaank and the evolution of Western beliefs about traditional Chinese phonology. David Prager Branner（Ed.）, The Chinese Rime Tables: Linguistic Philosophy and Historical-Comparative Phonology, Amsterdam, John Benjamins Pub. Co., 2006

5. Edwin G. Pulleyblank, Middle Chinese: A Study in Historical Phonology. Vancouver, University of British Columbia Press, 1984

6. Edwin G. Pulleyblank, Qieyun and Yunjing: The Essential Foundation for Chinese Historical Linguistics. Journal of the American Oriental Society, Vol. 118, No. 2 （1998）, pp. 200- 216

7. Ian Maddieson, Patterns of Sounds. London, Cambridge University Press, 1984

8. Lauren Keeler, Linguistic reconstruction and the construction of nationalist-era Chinese linguistics. Language & Communication Vol. 28（2008）, pp. 344-362

9. R. L. Trask, Historical Linguistics. Beijing, Foreign Language Teaching and Research Press, 2000

10. The International Phonetic Association, Handbook of the International Phonetic Association（A guide of the use of the International Phonetic Alphabet）. London, Cambridge University Press, 1999

11. William Cohn, China and Sweden. The Burlington Magazine for Connoisseurs, Vol. 85, No. 500（1944）, pp. 273-262

12. 鮑明煒，初唐詩文的韻系，《鮑明煒語言學論文集》第 133～168 頁，南京：南京大學出版社，2010。

13. 鮑明煒，六十年來南京方音向普通話靠攏情況的考察，同上第 15～22 頁。

14. 北大中文系語言學教研室編、王福堂修訂，漢語方音字彙，北京：語文出版社，2003。

15. 曹強，高本漢《中國音韻學研究》研究綜述，《甘肅高師學報》第 14 卷第 4 期，2009。

16. 岑麒祥，歷史比較語言學講話，武漢：湖北人民出版社，1981。

17. 陳保亞，20 世紀中國語言學方法論，濟南：山東教育出版社，1999。

18. 陳星燦，高本漢與廣州中山大學——跋一封新發現的中山大學致高本漢的聘請函，《科學文化評論》第 4 卷第 3 期，2007。

19. 陳寅恪，從史實論《切韻》，《金明館叢稿初編》第 382～409 頁，北京：三聯書店，2001。

20. 陳澤平，從現代方言釋《韻鏡》假二等和內外轉，《閩語新探索》第 60～74 頁，上海：遠東出版社，2003。

21. 儲泰松，梵漢對音概說，《古漢語研究》1995：4。

22. 儲泰松，梵漢對音與中古音研究，《古漢語研究》1998：1。

23. 丁邦新，吳語中的閩語成分，《丁邦新語言學論文集》第 246～256 頁，北京：商務印書館，1998。

24. 丁邦新，重建漢語中古音系的一些想法，丁邦新《中國語言學論文集》第 65～73 頁，北京：中華書局，2008。

25. 董同龢，漢語音韻學，北京：中華書局，2001。

26. 董同龢，華陽涼水井客家話記音，《歷史語言研究所集刊》第 19 本第 81～201 頁，1948。

27. 董同龢，上古音韻表稿，《歷史語言研究所集刊》第 18 本第 11～249 頁，1948。

28. 馮蒸，高本漢、董同龢、王力、李方桂擬測漢語中古和上古元音系統方法管窺：元音類型說——歷史語言學箚記之一，《首都師範大學學報》（社會科學版），2004：5。

29. 馮蒸，漢語音韻研究方法論，《語言教學與研究》1989：3。

30. 〔瑞典〕高本漢，漢文典（修訂本），潘悟雲、楊劍橋等譯，上海：上海辭書出版社，1997。

31. 〔瑞典〕高本漢，漢語的本質和歷史，聶鴻飛譯，北京：商務印書館，2010。

32. 〔瑞典〕高本漢，中國音韻學研究，趙元任、羅常培、李方桂合譯，北京：商務印書館，1994。

33. 〔瑞典〕高本漢，中上古漢語音韻綱要，聶鴻音譯，濟南：齊魯書社，1987。

34. 葛毅卿，隋唐音研究，南京：南京師範大學出版社，2003。

35. 耿振生，20世紀漢語音韻學方法論，北京：北京大學出版社，2004。

36. 顧炎武，顧亭林詩文集，北京：中華書局，1983。

37. 郭熙，中國社會語言學（增訂本），杭州：浙江大學出版社，2004。

38. 郭錫良，漢字古音手冊，北京：北京大學出版社，1986。

39. 何九盈，切韻音系的性質及其他，《中國語文》1961：9。

40. 何九盈，中國古代語言學史，廣州：廣東教育出版社，2000。

41. 何九盈，中國現代語言學史，廣州：廣東教育出版社，2000。

42. 何寅、許光華，國外漢學史，上海：上海外語教育出版社，2002。

43. 〔比〕賀登崧，漢語方言地理學，石汝傑、岩田禮譯，上海：上海教育出版社，2003。

44. 洪惟仁，小川尚義與高本漢漢語語音研究之比較——兼論小川尚義在漢語研究史上應有的地位，《臺灣史研究》1：2（1995.12）。

45. 侯精一、溫端政，山西方言調查研究報告，太原：山西高校聯合出版社，1993。

46. 黃淬伯，慧琳一切經音義反切聲類考，《歷史語言研究所集刊》第1本第2分第165～182頁，1930。

47. 黃淬伯，唐代關中方言音系，北京：中華書局，2010。

48. 黃典誠，《切韻》綜合研究，廈門：廈門大學出版社，1994。

49. 黃笑山，《切韻》和中唐五代音位系統，臺北：文津出版社，1995。

50. 黃笑山，中古二等韻介音和《切韻》元音數量，《浙江大學學報》（人文社會科學版）2002：1。

51. 季羨林，論梵文 ṭḍ 的音譯，《季羨林文集》（第四卷）第12～53頁，南昌：江西教育出版社，1996。

52. 李葆嘉，高本漢直線型研究模式述論——漢語史研究理論模式論之一，《江蘇教育學院學報》（社會科學版），1995：2。

53. 李方桂，李方桂先生口述史，王啓龍、鄧小詠譯，北京：清華大學出版社，2003。

54. 李開，重紐音理考，《漢語語學義理舉實》第56～113頁，上海：上海人民出版社，2010。

55. 李開，高本漢和他的漢學名著《中國音韻學研究》，《漢語古音學研究》第283～297頁，上海：上海人民出版社，2008。

56. 李開，漢語語言研究史，南京：江蘇教育出版社，1993。

57. 李開，論高本漢和漢語上古音研究，《漢語語學義理舉實》第1～16頁。

58. 李開，試論歷史語言學研究中的異質語言理論問題，《語言科學》第4卷第4期，2005。

59. 李開，現代學術史關於古音學的三次大討論，《漢語古音學研究》第336～352頁。

60. 李榮，切韻音系，北京：科學出版社，1956。

61. 李榮，隋韻譜，《音韻存稿》第 135～209 頁，北京：商務印書館，1982。

62. 李維琦，《中國音韻學研究》述評，長沙：嶽麓書社，1995。

63. 李無未、秦曰龍，高本漢「二手材料」構擬《廣韻》之檢討，《吉林大學社會科學學報》2008：1。

64. 李新魁，《康熙字典》的兩種韻圖，《李新魁音韻學論集》第 280～289 頁，汕頭：汕頭大學出版社，1997。

65. 李新魁，韻鏡校證，北京：中華書局，1982。

66. 林語堂，語言學論叢，《林語堂名著全集》第 19 卷，長春：東北師範大學出版社，1994。

67. 劉存雨，江寧方言的地理語言學研究，江西大學碩士學位論文，2008。

68. 劉丹青，南京方言詞典，南京：江蘇教育出版社，1995。

69. 劉國輝，歷史比較語言學概論，成都：四川大學出版社，2000。

70. 劉鑒，經史正音切韻指南，四庫全書本。

71. 劉文秀等，呼和浩特市方言辨正，呼和浩特：內蒙古人民出版社，2000。

72. 龍莊偉，切韻研究史稿，石家莊：河北教育出版社，2006。

73. 魯國堯，「方言」和《方言》，《魯國堯語言學論文集》第 1～11 頁，南京：江蘇教育出版社，2003。

74. 魯國堯，《盧宗邁切韻法》述論，同上第 326～379 頁。

75. 魯國堯，客、贛、通泰方言源於南朝通語說，同上第 123～135 頁。

76. 魯國堯，論「歷史文獻考證法」與「歷史比較法」的結合——兼議漢語研究中的「犬馬—鬼魅法則」，同上第 181～192 頁。

77. 魯國堯，沈括《夢溪筆談》所載切韻法繹析，同上第 317～325 頁。

78. 魯國堯，「顏之推謎題」及其半解，同上第 136～180 頁。

79. 魯國堯，張麟之《韻鑒序例》申解四題，《語文研究》2005：4。

80. 陸志韋，古音說略，收入《陸志韋語言學著作集》（一），北京：中華書局，1985。

81. 〔英〕羅賓斯，簡明語言學史，許德寶等譯，北京：中國社會科學出版社，1997。

82. 羅常培，漢語方音研究小史，《羅常培語言學論文集》第 163～184 頁，北京：商務印書館，2004。

83. 羅常培，漢語音韻學的外來影響，同上第 359～374 頁。

84. 羅常培，切韻魚虞之音值及其所據方言考——高本漢切韻音讀商榷之一，同上第 1～28 頁。

85. 羅常培，耶穌會士在音韻學上的貢獻，同上第 251～358 頁。

86. 羅常培，唐五代西北方音，北京：國立中央研究院歷史語言研究所，1933。

87. 羅常培、周祖謨，漢魏晉南北朝韻部演變研究（第一分冊），北京：科學出版社，1958。

88. 〔瑞典〕羅多弼，翻開瑞典的漢學研究史，李筱眉譯，《漢學研究通訊》15：2（1996.5）。

89. 〔美〕羅傑瑞，漢語方言田野調查與音韻學，《北京大學學報》(哲學社會科學版) 2007：3。

90. 〔美〕羅傑瑞，早期漢語的咽化與齶化來源，顧黔等譯，收入潘悟雲編《境外漢語音韻學論文選》第 211～231 頁，上海：上海教育出版社，2004。

91. 〔美〕羅斯瑪麗·列文森，趙元任傳，焦立為譯，石家莊：河北教育出版社，2010。

92. 羅偉豪，析高本漢《中國音韻學研究》中的廣州音，《中山大學學報》(社會科學版) 2007：1。

93. 羅元誥，高本漢知照兩組音值擬測述評，《江西大學學報》(哲學社會科學版)1988：3。

94. 〔法〕馬伯樂，唐代長安方言考，聶鴻音譯，北京：中華書局，2005。

95. 馬軍，中國學術界譯介瑞典漢學家高本漢（Bernhard Karlgren）篇目彙編，《傳統中國研究集刊（第六輯）》第 412～425 頁，上海：上海人民出版社，2009。

96. 〔瑞典〕馬悅然，我的老師高本漢：一位學者的肖像，李之義譯，長春：吉林出版集團，2009。

97. 梅耶，歷史語言學中的比較方法，收入岑麒祥《國外語言學論文選譯》第 1～85 頁，北京：語文出版社，1992。

98. 聶鴻音，番漢對音和上古漢語，《民族語文》2003：2。

99. 聶平，江寧方言語音研究，南京林業大學碩士學位論文，2010。

100. 寧忌浮，《古今韻會舉要》及相關韻書，北京：中華書局，1997。

101. 潘文國，韻圖考，上海：華東師範大學出版社，1997。

102. 潘悟雲，高本漢以後漢語音韻學的進展，《溫州師院學報》(哲學社會科學版)1988：2。

103. 〔法〕佩雷菲特，停滯的帝國——兩個世界的撞擊，王國卿等譯，北京：三聯書店，1993。

104. 〔加〕蒲立本，如何構擬上古漢語，李德超、孫景濤譯，收入潘悟雲編《境外漢語音韻學論文選》第 175～210 頁，上海：上海教育出版社，2004。

105. 錢大昕，潛研堂文集，見《嘉定錢大昕全集》(九)，南京：江蘇古籍出版社，1997。

106. 〔日〕橋本萬太郎，語言地理類型學，余志鴻譯，北京：北京大學出版社，1985。

107. 喬全生，晉方言語音史研究，北京：中華書局，2008。

108. 阮廷賢，從漢越語研究質疑漢語中古音有舌面音韻尾，《中國語文》2007：6。

109. 桑兵，國學與漢學——近代中外學界交往錄，杭州：浙江人民出版社，1999。

110. 邵榮芬，切韻研究（校訂本），北京：中華書局，2008。

111. 邵榮芬，切韻音系的性質和它在漢語語音史上的地位，《中國語文》1961：4。

112. 盛林、宮辰、李開，二十世紀中國的語言學，北京：黨建讀物出版社，2005。

113. 施向東，玄奘譯著中的梵漢對音和唐初中原方音，《語言研究》1983：5。

114. 史存直，關於「該死十三元」，史存直《漢語音韻學論文集》第 211～235，上海：華東師範大學出版社，1997。

115. 司馬光，宋本切韻指掌圖，北京：中華書局，1986。

116. 宋兆祥，中上古漢朝語研究，華中科技大學博士學位論文，2008。

117. 唐作藩，《四聲等子》研究，《漢語史學習與研究》第 190～216 頁，北京：商務印書館，2001。

118. 唐作藩，關於《五音集韻》——寧忌浮《校訂五音集韻》序，同上第 143～150 頁。

119. 萬毅，高本漢早期學術行歷與《中國音韻學研究》的撰作，《中山大學學報（社會科學版）》2007：1。

120. 王川，東西方漢學的一對巨擘——陳寅恪與伯希和學術交往述論，《一九二〇年代的中國》第 474～487 頁，北京：社會科學文獻出版社，2005。

121. 王國強，《中國評論》與中西文化交流，《九州學林》第 5 卷第 2 期，2007。

122. 王洪君，漢語非線性音系學——漢語的音系格局與單字音，北京：北京大學出版社，1999。

123. 王力，漢語語音史，北京：中國社會科學出版社，1985。

124. 王力，漢越語研究，《嶺南學報》第 9 卷第 1 期，1948。

125. 王力，康熙字典音讀訂誤，《王力文集》第 13 卷，濟南：山東教育出版社，1990。

126. 王力，南北朝詩人用韻考，《王力文集》第 18 卷。

127. 王力，中國語言學史，《王力文集》第 12 卷。

128. 王啟龍、鄧小詠，佛學大師鋼和泰男爵生平考（二），《西南民族大學學報》（人文社科版），2007：11。

129. 王顯，切韻的命名和切韻的性質，《中國語文》1961：4。

130. 徐通鏘，歷史語言學，北京：商務印書館，1991。

131. 許光華，法國漢學史，北京：學苑出版社，2009。

132. 薛鳳生，試論《切韻》音系的元音音位與重紐、重韻等現象，《語言研究》1996：1。

133. 薛鳳生，漢語音韻史十講，北京：華語教學出版社，1999。

134. 嚴修，二十世紀的古漢語研究，太原：書海出版社，2001。

135. 楊步偉，雜記趙家，瀋陽：遼寧教育出版社，1998。

136. 楊軍，韻鏡校箋，杭州：浙江大學出版社，2007。

137. 楊素姿，論《改併五音集韻》與等韻門法，《臺南大學「南大學報」》（人文與社會類）38：2（2004）。

138. 〔丹〕易家樂（Sören Egerod），高本漢的生平和成就，林書武摘譯，《國外語言學》1982-1。

139. 俞敏，後漢三國梵漢對音譜，《俞敏語言學論文集》第 1～62 頁，北京：商務印書館，1999。

140. 余迺永，新校互注宋本廣韻，上海：上海辭書出版社，2000。

141. 尉遲治平，周、隋長安方音初探，《語言研究》1982：2。

142. 袁毓林，中國現代語言學的開拓和發展——趙元任語言學論文選，北京：清華大學出版社，1992。

143. 曾曉渝，《切韻》音系的綜合性質再探討，《古漢語研究》2010：1。

144. 曾曉渝，試論《西儒耳目資》的語音基礎及明代官話的標準音，《西南師範大學學報·哲學社會科學版》1991：1。

145. 張光宇，漢語語音史中的雙線發展，中國語文，2004：6。

146. 張靜河，瑞典漢學史，合肥：安徽文藝出版社，1995。

147. 張琨，古漢語韻母系統與《切韻》，收入張琨著、張賢豹譯《漢語音韻史論文集》第 59～227 頁，武漢：華中工學院出版社，1987。

148. 張琨，漢語音韻史中的方言差異，同上第 35～57 頁。

149. 張琨，切韻的綜合性質，同上第 25～34 頁。

150. 張清常，趙元任先生所指引的，《語言教學與研究》1993：1。

151. 張渭毅，魏晉至元代重紐的南北區別和標準音的轉變，《語言學論叢》第 27 輯第 99～171 頁，北京：商務印書館，2003。

152. 張文軒，高本漢所記蘭州聲韻系統檢討，《西北師大學報》（社會科學版）2006：1。

153. 章太炎，國故論衡，浙江圖書館刊章氏叢書本。

154. 趙元任，Distinctions within Ancient Chinese，《趙元任語言學論文集》（英文）第 304～346 頁，北京：商務印書館，2006。

155. 趙元任，從家鄉到美國——趙元任早年回憶，上海：學林出版社，1997。

156. 趙元任，南京音系，《趙元任語言學論文集》第 273～297 頁，北京：商務印書館，2002。

157. 趙元任，現代吳語的研究（附調查表格），北京：科學出版社，1956。

158. 趙元任等，湖北方言調查報告，上海：商務印書館，1948。

159. 趙振鐸，《廣韻》的又讀字，中國音韻學研究會編《音韻學研究》（第一輯）第 314～329 頁，北京：中華書局，1984。

160. 鄭林傑，臨汾方音百年來的演變，山西大學碩士學位論文，2007。

161. 中國社會科學院、澳大利亞人文科學院，中國語言地圖集，香港：朗文（遠東）有限公司，1990。

162. 中國社會科學院語言研究所，方言調查字表，北京：商務印書館，1981。

163. 周法高，切韻魚虞之音讀及其流變，《歷史語言研究所集刊》第 13 冊第 119～152 頁，1948。

164. 周法高，論古代漢語的音位，《歷史語言研究所集刊》第 25 本第 1～19 頁，1954。

165. 周振鶴、游汝傑，方言與中國文化，上海：上海人民出版社，1986。

166. 周祖謨，齊梁陳隋時期詩文韻部研究，《周祖謨學術論著自選集》第 224～250 頁，北京：北京師範學院出版社，1993。

167. 周祖謨，切韻的性質和它的音系基礎，同上第 251～289 頁。

168. 周祖謨，魏晉宋時期詩文韻部研究，同上第 190～223 頁。

169. 周祖謨，萬象名義中之原本玉篇音系，《問學集》第 270～404 頁，北京：中華書局，1966。

170. 周祖謨，廣韻校本，北京：中華書局，2011。

171. 周祖謨，唐五代韻書集存，北京：中華書局，1983。

172. 周祖庠，新著漢語語音史，上海：上海辭書出版社，2006。

致　謝

　　經過數年掙扎與拖拉，我的論文最後終於定稿了。因為高本漢是一位天才的語言學家，研究範圍以語言學為主，兼及漢學研究的很多領域，語言學內部以音韻學為主，兼及方言、文字、語法等領域，所以要全面研究高本漢的學術成就實非易事。我這裡僅選取他的中古音研究這一方面，所涉及的即有漢學史、西方語言學史、漢語語言研究史、歷史語言學、音韻學、方言學等好幾個領域，於筆者來說，學力實在有所未逮。之所以還能孜孜矻矻，未半途而廢，則有賴於師友親人的多方面支持，我在這裡要向大家致以衷心的謝意。

　　首先要感謝的就是導師李開先生。我忝列李老師門牆已經十多年了，先讀碩士，後讀博士，中間還有幾年在李老師手下工作。他每日心中記掛的，我覺得就三件事：學術、學生、教學。每隔一段時間，李老師就有幾篇文章乃至專著問世，每次見面談論所及多為學問二字。老師治學範圍極廣，語言學就不用說了，經學、哲學、史學無一不精，《戴震評傳》裏多處評價戴震數學成就，我們做學生的只能瞠乎其後了。我研究高本漢能儘量放在廣闊的漢學、語言學研究史背景下來討論，實則與李老師的學術路數有關。李老師對學生非常關心，關心的是學生的方方面面，研究進展、婚戀家庭、畢業去向，無不操心。我能留在南大工作，實際是李老師多方安排的結果。學生愚鈍，這麼多年去看望老師，竟都是兩手空空，連水果都不曾拎過，現在回想起來

深感汗顏。李老師教學極為認真，我至今仍記得他對我說過「教學是要有激情的」，因為他教學就是有激情的。早年間在古代漢語教研室的小辦公室上課時，學生僅有數人，李老師也是從來不肯坐著講的——坐著講太影響發揮了，太沒有激情了。講到精彩之處，李老師聲若洪鐘，目中無人（因為全心都在學術的思辨之中），一手扶椅，一手指揮倜儻，那種激情投入的姿態我至今仍能記得。我博士論文的題目是李老師幾年以前就定下來的，研究高本漢的文章其實不多，李老師在這方面寫過幾篇文章，都是從學術史的角度評價高本漢成就的，學術思路惠我良多。寫作過程中，從資料搜集，到研究思路、角度，到最終成稿，李老師一直悉心指導，可以說我的這篇論文中處處有導師的心血在其中。

其次，我要感謝魯國堯教授，魯老師可以說是我進入音韻學領域的指路人。我曾在讀碩士、讀博士期間兩次選修過魯老師的音韻學（語音史）課程，上課筆記我至今仍完好保存著。第一次看見《韻鏡》就是在魯老師的課上，當時他笑稱之「密電碼」，沒想到以後這本「密電碼」竟成了我案頭最常翻檢的書籍之一。我報考博士面試的時候，魯老師讓我背《廣韻》韻目，我在這樣的地方總不肯下工夫，舉平以賅上去入也還差很多韻目背不出來。魯老師笑著說：「很好，已經背了很多了。」因為這個緣故，後來在讀博士期間上魯老師的課，我總是特別認真，作業次次正楷謄清，以期得到老師肯定。魯老師有黃侃遺風，文章不多，但每篇文章必定將資料搜羅殆盡，極有說服力。魯老師的文章我每篇都細細讀過，這篇論文中也有多處摘引，但魯老師寫作文章言必有據的認真態度才是我輩學人應該終身仿傚的。

再次，我要感謝高小方、張玉來二位教授。論文尚未定稿之前，我請高老師和張老師審閱、批評，兩位老師都提出了非常寶貴的意見。高老師就論文章節安排、行文、引文、字句等方面指出很多細節上的問題，他這樣認真是一如既往的，我剛讀碩士時就知道高老師是這樣認真的一個人，把論文交給他審閱最為放心，因為他把關最嚴。張老師也就引文的規範性給出了很好的意見，還就論文裏的一些觀點和我進行了討論。其實哪裏是討論，我在音韻學方面見識實在有限，張老師實際上是告訴我學術界最新的研究動態，有些觀點還在爭論之中，應該如何表達才更為科學、合理，我只有受教的份兒。

張老師對人和藹客氣，於學卻一絲不苟，都是我要好好學習的。

最後還要感謝撥冗評閱我的論文和參加我論文答辯的各位教授，值此酷暑，還要請大家前來南大，聽我陳述這些不成熟的見解，誠惶誠恐，唯有請老師們多多批評吧。